안녕, 벤자민

미안해, 벤자민

구경미 장편소설

문학동네

차례

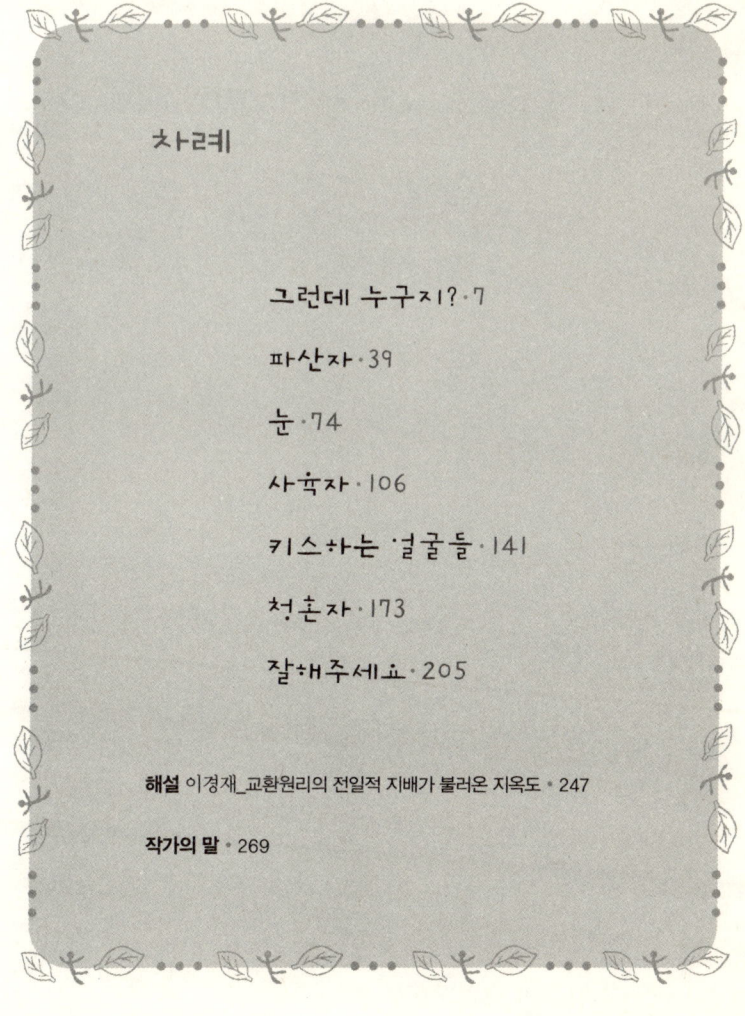

그런데 누구지?

1

때때로 나는 내가 과보호받고 있다고 생각했다. 서른이 넘은 나이에 외박이 안 되는 것은 물론 통금시간까지 있었다. 아홉시를 조금만 넘겨 귀가해도 어머니는 초조한 얼굴로 마당을 서성이며 나를 기다렸다. 아버지는 거실 소파에 앉아 있다 내가 들어서면 슬그머니 일어나 방으로 갔다. 잔소리는 없었지만 아버지의 그같은 행동은 그 어떤 잔소리보다 더한 질책처럼 느껴졌다. 퇴근이 늦는 날이면 집으로 전화를 걸어 내 귀가 여부를 챙겼다.

도대체 왜 이렇게 극성맞은 거지? 내가 물을 때마다 어머니는 대답했다. 세상이 좀 험하니. 세상이 험하다는 것은 안다. 매일 저녁 뉴스만 보아도 알 수 있다. 그렇다고 세상의 모든 딸 가진 부모가 자식의 귀가시간을 아홉시로 정해놓고 꼬박꼬박 챙기지는 않을 것이다. 그러므로 어머니의 대답은 틀렸다. 궁지에 몰린 어머니는 말을 바꿨다.

"그럴 만한 이유가 있잖아."

"그럴 만한 이유 뭐?"

어머니는 곰곰 생각하는 얼굴이 되었다가 미심쩍은 듯 물었다.

"정말 몰라?"

"뭘?"

"그럼 됐어."

"나는 안 됐는데?"

"세상이 험하니 별일이 다 생기네."

"별일 뭐?"

"네가 꼬치꼬치 캐묻는 거."

스물일고여덟 무렵, 독립할 수 없었으므로 대신 가출을 감행했다. 삼엄한 교도소 같은 집안 분위기가 갑갑하기도 했지만 더 큰 목적은 내 의지를 알리는 것이었다. 통금시간을 없애거나 아니면 적어도 늦추는 것.

친구의 원룸에서 한 달을 살았다. 그 동안 어디에도 가지 않았다. 아무것도 하지 않았다. 친구는 아침 일찍 출근했다 저녁 늦게 돌아왔다. 한 달째 되는 날 저녁, 친구가 물었다. 밤낮 집에만 있을 거면서 가출은 왜 했니? 나는 잠시 생각하다 부모님에게 내 의지를 알리는 중이라고 대답했다.

"무슨 의지?"

"간섭하지 말 것. 가령, 귀가시간을 정하지 말 것."

"그게 가출까지 해가며 알려야 할 의지야?"

친구는 알 수 없다는 표정을 지었다. 친구는 피곤해 보였고 얼른 자고 싶어하는 것 같았다.

"세상이 좀 험하니."

다행히 친구는 더 묻지 않았다. 알 수 없다는 표정이 알 것 같다는 표정으로 바뀌지는 않았지만 나는 친구가 피곤해서 그럴 거라고 생각했다.

"피곤한 덴 잠이 최고야, 얼른 자."

욕실로 들어간 친구가 푸하, 소리를 내며 요란하게 세수를 하는 동안 나는 바닥에 요를 깔고 누웠고 금방 잠이 들었다.

다음날 늦은 저녁을 먹는데 부모님이 찾아왔다. 그들은 조용히 내 짐을 챙겨 밖으로 나갔다. 나는 그다지 실망하지 않았다. 이 정도면 충분히 내 의지가 전달됐을 거라고 생각했다. 방을 나서는 내게 친구가 속삭이듯 말했다.

"미안해. 밤낮 집에만 있는 너 때문에 내가 숨막혀서 살 수가 없었어. 이해해줘. 그리고 내가 잘 말씀드렸으니까 괜찮을 거야."

나는 미안해하지 말라고, 이제쯤 가출을 끝낼까 생각중이었다고 했다. 친구의 얼굴이 한결 밝아졌다. 친구의 손을 잡아주고 가벼운 마음으로 자동차에 올랐다. 그러나 내가 도착한 곳은 집이 아니라 병원이었다. 내 의지는 읽혀지지 않았거나 잘못 해석

되었다.

"너는 정상이 아니다. 정상이 아니기 때문에 집을 나간 거다. 의사선생들이 다 알아서 할 거니까 너는 따르기만 해라. 하루빨리 집으로 돌아올 수 있기를 바란다."

아버지의 목소리는 비장했고 침울했다. 어머니는 울음을 터뜨렸다. 그리고 나는 어리둥절해서 아무런 말도 할 수 없었다.

의사와 간호사들은 나를 반갑게 맞아주었다. 기억은 나지 않는데, 그들의 웃는 얼굴을 보자 초면이 아니라는 생각이 들었다. 예전에도 그렇게 웃고 있었던 것 같았다. 병원 복도를 걷는데, 그곳 역시 낯설지 않았다. 휴게실이 이쪽이었는데 생각하면 때마침 휴게실이 나타났고, 미술치료실이 여기 어디쯤이었던가 생각하면 마치 발견해주기를 기다리고 있었다는 듯 미술치료실이 모습을 드러냈다.

병원에 머무는 삼 개월 동안 나는 무수한 질문을 받았고 대답을 했다. 그리고 세상이 얼마나 무서운 곳인가 하는 것을 석 달 열흘을 설명해도 예가 부족하지 않을 만큼 들었다. 마지막으로, 다시는 가출하지 않겠다는 각서를 쓰고 퇴원 허락을 받았다. 엄지에 묻은 인주를 닦아내며 이런 게 왜 필요하지? 생각했지만 발설하지는 않았다. 들어올 때처럼 나갈 때도 의사와 간호사들은 환하게 웃는 얼굴로 현관까지 배웅해주었다. 아버지는 배웅 나온 서너 명의 의사 모두와 악수를 했다.

변한 것은 아무것도 없었다. 통금시간은 여전히 아홉시였고 회사의 내 자리는 채워지지 않은 채 남아 있었다. 그리고 나는 더이상 왜 이렇게 극성맞은 거지? 하고 묻지 않았다. 세상은 무서운 곳이었고 나는 나를 지켜낼 힘이 없으므로 보호받아 마땅했다. 그래도 가끔은 왜 꼭 아홉시인 거지? 하고 생각했다. 회사의 퇴근시간은 여섯시였고 칼같이 퇴근해 집으로 돌아온다면 여섯시 삼십분까지도 도착할 수 있었다. 통금시간이 여섯시 삼십분이 아니라 아홉시라면, 열시가 되어선 안 될 이유도 없을 것 같았다. 하지만 생각은 생각으로 그쳤다. 의문은 의문으로 남겨두었다. 나는 부모의 말에 순종했고 통금시간을 잘 지켰다. 언제나 웃고 있는 의사와 간호사들의 얼굴에 질려서 다시는 입원하고 싶지 않았다.

2

점심에 먹은 음식물이 뱃속에 퍼지는 느낌과 함께 가물가물 졸음이 몰려왔다. 의자 등받이에 머리를 기대고 편안하게 잠 속으로 빠져드는데, 사장님께서 약 드셨냐고 물어보라시는데요, 하는 소리가 들렸다. 그 소리는 마치 이어폰에서 울리는 음악처럼 다른 모든 소음을 삼키고 깨끗하게, 혹은 귓가에 대고 속삭이는 듯이 들렸다. 눈을 떠보니 언제 다가왔는지 제작부의 막내가 잠을 깨워 정말 미안하다는 얼굴로 서 있었다.

제작부 막내의 운동화 신은 발을 내려다보고 다시 얼굴을 올려다본 다음 그애와 나의 거리를 측정해보았다. 두 사람이 대화를 나누기에는 조금 가까웠고 이어폰에서 울리는 음악 같은 소리를 내기에는 지나치게 멀었다. 내 시선의 의미를 알지 못하는 제작부 막내가 몸 둘 바를 몰라하며 저……, 말꼬리를 늘였다. 내가 약을 먹었던가?

내가 얼른 대답을 못 하자 약 드셨냐고 사장님께서……, 제작부 막내가 다시 쥐어짜듯 소리를 냈다. 이번에는 귓속의 음악처럼 들리지 않았다. 좀 전엔 눈을 감고 있어서거나 가물가물 졸음 속으로 빠져들고 있어서 그랬는지도 몰랐다. 책상 위의 컵을 곁눈질로 보았다. 커피 자국이 말라붙어 있었다. 커피는 아침에 한 잔을 마셨을 뿐이고, 그 자국이 여태 남아 있다면 이후로 컵을 사용하지 않았다는 말이 된다. 그렇다면.

의자 등받이에 머리를 기대며 먹은 것 같다고 말했다. 그러자 제작부 막내의 얼굴이 환해지며 기쁜 듯이 네, 하더니 제자리로 돌아갔다.

약을 꺼내 물잔 속에 넣자 보글보글 기포를 뿜어올리며 녹기 시작했다. 약이 다 녹아든 물을 화분에 부었다. 사람이 먹는 거라면 너도 먹을 수 있을 거야. 분명 몸에 좋은 걸 테지. 이거 먹고 건강해져라. 나는 벤자민을 위해 기도했다.

커피 한 잔을 진하게 타서 자리로 돌아왔다. 의자를 돌려 창밖을 내다보았다. 창문을 활짝 열어 바깥의 소음을 빨아들였다. 오늘 삼촌은 무척 바쁜 모양인지 어디 나가지도 않고 하루 종일 자기 방에 틀어박혀 있었다. 직원들이 수시로 그 방을 드나들었다.

사무실은 대체로 조용했는데, 직원들은 낮은 목소리로 얘기하고 미끄러지듯 걸어다녔다. 도대체 왜 그러는 거지? 아무도 사무실에서 큰 소리로 떠들지 말라거나 쿵쿵 발소리를 울리며 걷지 말라고 한 사람은 없었다. 오히려 삼촌은 활기가 없다며 조용한 사무실을 타박하는 편이었다.

그러나 삼촌이 모르는 게 하나 있었다. 아무리 조용한 사무실이라지만 간혹은 동시다발적인 웃음소리가 피어나기도 했다. 또 간혹은 무리지어 웅성거리기도 했다. 우연인지 아닌지는 모르겠지만, 그것은 대체로 내가 없을 때의 일이었다. 내가 사무실로 들어서면 웃음소리나 웅성거림이 낮아지다가 끊기고 다시 조용함을 되찾았다. 그럴 때마다 내가 마치 음소거 버튼이라도 된 듯한 묘한 기분이었다.

커피잔을 들고 계단을 통해 옥상으로 올라갔다. 다른 건 몰라도 걷는 것만큼은 자신있었는데, 그러나 역시 계단은 힘들었다. 숨이 차서 중간에 세 번을 쉬어야 했다. 옥상에 닿았을 때는 백호짜리 대작이라도 완성한 화가처럼 뿌듯했다. 하지만 잠깐 생각해보고 나서 이 비유를 철회했다. 나는 단지 계단 몇 층을 올랐을 뿐이었다. 계단을 오르는 것은 누구라도 할 수 있는 일이었고, 누구나 하고 있는 일이었다. 비유가 정당하지 않아 보였다. 과장이 심하군, 하고 나를 질책했다. 하마터면 누구나 백 호짜리 대작을 완성할 뻔했다.

옥상에는 몇몇의 흡연자들이 제각기 구석자리를 차지하고 앉거나 서서 담배를 피우고 있었다. 우리 사무실 사람은 아무도 없었다. 안다고 할 수는 없지만 그렇다고 모른다고 하기도 애매한 두셋의 사람들이 나와 눈이 마주치자 가볍게 고개를 숙였다. 나 역시 말은 생략한 채 고개만 숙여 보였다. 오며가며 마주칠 때마다 눈인사를 나누는 사람들이었다.

의자를 끌어와 옥상 가장자리에 앉았다. 봄 햇살이 따뜻했다. 핸드폰을 꺼내 만지작거리다 결국 친구에게 전화를 걸었다. 미안해하며 나를 부모에게 인계한 친구였다. 가끔 친구보다는 친구의 원룸이 더 생각나고는 했는데, 아쉽게도 친구가 아파트로 이사하는 바람에 다시 가보지는 못했다.

"어, 너구나. 웬일이야?"

"그냥. 별일 없나 싶어서."

"별일이 좀 있었으면 좋겠다. 너는?"

"나도 뭐."

거기까지 말하고 나자 더 할 말이 없었다. 미적지근하게 끝난 내 다음 말을 기다리는 듯 친구 역시 침묵했다. 적당한 말을 찾기 위해 애쓰다가 불쑥 바쁘니? 하고 물었다. 바쁘다고 하면 그 핑계로 전화를 끊어야겠다고 생각했다.

"그렇긴 한데, 괜찮아."

"아, 생각났다."

"뭐가?"

"할 말. 오늘 점심때 식당에서 누군가를 봤어. 그 누군가가 내가 아는 사람을 닮았는데 아무리 생각해도 누구를 닮았는지 모르겠어."

그런데 정말 누구를 닮았지? 점심을 먹는 내내 나는 그 생각에만 골몰해 있었다. 틈틈이 상대편 남자를 뚫어지게 쳐다보았다. 그리고 가끔은 눈이 마주치기도 했는데, 그럴 때마다 그도 나도 황급히 고개를 숙였다. 그가 나를 모르는 것은 확실했다. 내가 그를 모르는 것도 확실했다. 더 확실한 것은 그가 누군가를 닮았다는 것이고 나는 그 누군가를 안다는 것이다. 그런데 누구지?

"세상에 닮은 사람이 한둘이야?"

"아냐, 느낌이 와."

"무슨 느낌?"

"무슨 느낌인지는 모르겠고, 그냥 느낌."

친구는 잠깐 틈을 두었다가 오래 생각하지 말고 흘려버리라고 했다. 만병의 근원이 생각이라는 말도 했다. 넌 생각이 많아서 탈이야, 라고도 했는데 내가 동의할까 말까 망설이는 사이 때를 놓쳤다. 친구가 말했다.

"그렇게 궁금하면 직접 물어보든지."

"뭘?"

"이름이나 학교, 뭐 그런 거."

"나는 그 사람을 몰라. 단지 그 사람이 내가 아는 누군가를 닮았다는 거지. 이해돼?"

나는 정성을 다해 친구의 잘못을 바로잡아주었다.

"이해라는 단어를 들을 때마다 이런 생각이 들어. 이해는 왜 이해고, 오해는 왜 오해일까."

"그러게. 왜지?"

"그런 것들이 있어. 이해는 안 되지만 원래 그렇게 생겨먹어서 어쩔 수 없는 것들. 그런 건 그냥 넘어가줘야 해. 일일이 따지다보면 머리만 아프거든. 그가 누구를 닮았건 그냥 내버려두는 거야. 넌 그렇게 살다 죽어라 하고."

나는 핸드폰을 귀에다 바짝 붙였다. 그런 다음 조심스럽게 말했다.

"지금 네 말, 이해가 안 되는걸?"

"나도 마찬가지야. 다 이해하고 말하는 사람이 몇명이나 되겠어? 오해만 안 해도 다행이지."

"이해는 고사하고, 오해하고 싶어진다, 마음이."

"미안. 어쨌거나 내가 하고 싶은 말은 딱 하나야. 그게 뭐가 됐든 일 분 이상 생각하지 말라는 것. 사는 거 정말 피곤하지 않니?"

그래, 피곤하다. 하지만 나는 그럭저럭 견딜 만하다고 대답했다. 내 말이 끝나자마자 친구가 웃었고, 웃음 끝에 넌 항상 진지하구나, 했다. 친구의 농담을 농담으로 알아듣지 못하고 진지하게 대답한 내가 어리석게 여겨졌다. 나는 친구의 말을 인용해 다시 대답했다.

"피곤하지만 어쩌겠어. 원래 그렇게 생겨먹은 게 인생인걸. 이제 사무실 들어가봐야 하는데. 잘 지내."

친구의 대답도 듣지 않고 서둘러 전화를 끊었다. 종료 버튼을 누르며 내가 내린 결론은 친구의 성격이 변했다는 것이었다. 미안해하며 나를 부모에게 인계하던 친구는 이제 세상에 없었다.

사무실은 바쁘게 돌아가고 있었다. 나도 덩달아 바빠져 옥상에서 내려온 뒤 몇 가지 결재서류를 처리했는데, 직원이 손가락으로 가리키는 곳들에 사인만 하면 되는 일이었다. 나는 시간을 들여 정성껏 사인을 한 뒤 직원에게 돌려주었다. 퇴근시간이 다가오고 있었다. 더이상의 결재서류는 없을 것이므로 책상 위를 정돈하고 펜과 연필을 제자리에 꽂았다.

또 소리없이 제작부 막내가 다가와 사장님 지금 나가신다고 준비하시래요, 하고 말했다. 점심 직후의 환청 같았던 목소리를 듣기 위해 나는 제작부 막내의 말을 못 들은 척 눈을 감고 있었다. 제작부 막내는 조심성이 많은 아이였다. 다시 말해야 하나 말아야 하나 망설이는 듯 얼른 입을 열지 못했다. 나도 고집스럽게 눈을 감고 있었다. 어차피 승부가 정해져 있는 게임이었다. 결국 제작부 막내가 입을 열었다.

"저기…… 사장님이 지금 나가신다고요…… 실장님도 준비를…… 하시라는데요……"

제작부 막내가 지나치게 더듬거리고 조심스럽게 말하는 바람에 전혀 환청처럼 들리지 않았다. 오히려 곧 울음이라도 터뜨릴 것 같은 얼굴이어서 일말의 죄책감까지 느껴졌다. 나는 응, 하고 얼른 대답했다. 조금이라도 빨리 제작부 막내를 놓여나게 해주기 위해서였다. 아니나 다를까. 제작부 막내는 꾸벅 고개를 숙이더니 뛰듯이 내게서 벗어났다. 그때도 발소리는 내지 않았다.

눈을 감고 의자 깊숙이 몸을 묻었다. 그리고 환청에 대해 생각하기 시작했다.

3

벌써 여러 날째 그 남자를 보았다. 내가 칼국숫집에 가면 몇 분 뒤 그가 어슬렁거리며 들어서고, 내가 초밥집에 가면 그가 먼저 도착해 탕을 먹고 있는 식이었다. 나는 식당 다섯 곳을 정해두고 일주일에 한 번씩 정확한 사이클로 돌았는데, 어쩌면 그도 나와 같은 사이클을 가지고 있는지 몰랐다.

나는 사이클에서 벗어나는 일 없이 정해진 순서대로 식당들을 순회했으므로, 혼자일 때도 있고 아닐 때도 있었다. 직원들에게는 날씨에 따라, 숙취 정도에 따라 또는 그날의 기분에 따라 메뉴 선택에 종종 변수가 생겨서 우리는 만났다가 헤어지고 헤어졌다가 만나는 이산가족 같았다. 그런 나에 비해 그는 늘 두 명

18

의 사람들과 함께였다. 식사중에 나는 거의 말을 하지 않았고 직원들도 마찬가지였지만 그는 쉬지 않고 말을 했다.

그가 얘기하면 그의 일행들은 가만히 듣기만 했다. 식당이 결코 크다고 할 수 없었으므로 나도 가만히 들을 수 있었다. 얘기는 주로 도색에 관한 것이었고, 페인트를 가져가버린 누군가에 대한 분노였고, 또 때로는 정말 엉뚱하게도 자신이 얼마나 선량한 사람인가 하는 것에 대한 장황한 설명이었다. 그는 끊임없이 말을 했고 나는 소리나는 쪽으로 고개를 돌리도록 프로그래밍된 자동인형처럼 그에게서 시선을 떼지 못했는데, 그것은 마치 내 시선을 붙잡아두기 위한 트릭처럼 여겨지기도 했다. 트릭의 중간중간 우리는 눈이 마주쳤고 그러면 서로가 서로를 얼른 피했다.

그가 얘기를 마쳐도 좀처럼 맞장구나 반대의견은 들을 수 없었다. 잠깐의 침묵, 그리고 다시 시작되는 그의 이야기. 그것은 상당히 어색한 데가 있었다. 그의 일행들은 마치 떠들어대는 그의 얘기를 들어주기 위해 존재하는 듯했다. 그들은 무표정한 얼굴로 웃지도 않고 반응도 보이지 않으며 오로지 자신들의 테이블 위로 떨어지는 재미없는 단어들만 힘겹게 견디는 것처럼 보였다.

"아는 사람들이세요?"

직원들 중 하나가 목소리를 낮춰 물었다. 나는 잠깐 생각하다 솔직하게 말하기로 했다.

"저 가운데 앉은 사람, 내가 아는 누군가를 닮았어. 그런데 그게 누군지 모르겠어."

"그래서 계속 쳐다보시는 거예요?"

"보다보면 생각날까 하고."

"실장님이 쳐다보니까 저 사람들도 자꾸 힐끔거리잖아요."

이번에는 다른 직원이 목소리를 더 낮춰 거의 속삭이듯 말했다. 그러자 직원들이 제각기 한마디씩 했다.

"저 사람들, 꼭 조폭 같아요."

"맞아. 머리 모양도 그렇고 까만 양복도 그렇고. 인상도 험악하게 생겼네."

"어쩐지 무시무시한 느낌이 들어요. 실장님, 자꾸 쳐다보지 마세요."

"그래도 가운데 사람은 선량해 보이잖아. 자기 입으로도 그러고."

"제 생각엔 저 사람이 보스인 것 같은데요. 까만 양복들이 찍소리도 못하잖아요."

"그런가."

나는 그런가, 하고 말았다. 그렇게 봐서 그런지 까만 양복들은 정말 조폭처럼 보이기도 했다. 떡 벌어진 어깨와 건장한 팔뚝과 그들이 뿜어내는 위압감 때문에 식당 안이 터무니없이 좁아 보이고 갑갑하게 느껴졌다.

"괜히 말했어. 들었으면 어떡하지?"

"모른 척해."

직원들이 머리를 모은 채 속삭였다. 조폭일지도 모르는 사람들을 입에 올린 것에 대해 후회하는 표정들이 역력했다. 그러면서 다들 숨죽여 점심을 먹었다.

어떡하지? 나는 어떻게 해야 할지 알 수가 없었다. 벌써 며칠째 점심시간마다 그를 뚫어지게 쳐다보았지만 아직 그가 누구를 닮았는지 생각해내지 못했다. 생각나지 않는다면 덮어버리면 된다. 해결방법은 의외로 간단하다. 그런데 덮을 수가 없었다. 덮어지지가 않았다. 전 생애를 통틀어 해결해야 할 단 하나의 숙제처럼, 의지와는 상관없이 내 머리는 생각하고 또 생각했다. 내가 원래 집착하는 경향이 아주 없지는 않았지만 이 정도는 아니었다. 떠오를 듯 떠오를 듯하면서 떠오르지 않는 누군가 때문에 신경이 갈가리 찢어질 지경이었다. 일상생활을 유지하는 것조차 점점 힘들어졌다.

"생각해내지 못한다면 나는 말라 죽을 거야."

나도 모르게 그런 말이 튀어나왔다. 여섯 개의 눈동자가 일제히 나를 향하며 의문부호를 날렸다.

"저 사람 말야."

나는 고갯짓으로 까만 양복들 사이에 앉은 남자를 가리켰다.

"그게 그렇게 중요해요?"

"잘은 모르겠는데 그런 것 같아. 그런 예감이 들어."

"주위 친구분들한테 한번 물어보세요. 혹시 알지도 모르잖아

그런데 누구지? 21

요."

그래, 그런 방법이 있었구나. 그런데 어떻게? 어떻게에 대한
답은 다른 직원이 내놓았다.

"사진을 찍어서 보내주세요. 이메일은 다들 쓰시죠?"

나는 잠시 생각하다 카메라가 없다고 했다. 오래된 수동카메
라가 하나 있기는 했지만 몇 년째 쓰지 않아서 필름 넣는 방법
조차 가물가물했다. 그러자 직원들이 일제히 핀잔을 보냈고 직
원 하나는 딱하다는 투로 말했다.

"요즘 누가 그런 카메라를 쓴다고요. 사진작가라면 모를까.
핸드폰으로 찍으세요. 얼굴 알아보는 덴 문제없을 거예요."

"그러니까 당신 핸드폰엔 카메라 기능이 있다는 거지?"

나는 슬쩍 떠보았다.

"그럼요. 얼마 전에 할부로 산 건데……"

말해놓고 직원은 아차, 하는 표정을 지었다. 그리고 까만 양복
들이 앉은 테이블을 흘끗 보았다.

"빌려줘."

"지금요?"

나는 고개를 끄덕였다.

"빌려는 드리는데, 다음에 찍으세요. 나중에. 찍다가 들키면
어떡해요? 아직 할부금이 11개월이나 남았는데 뺏기기라도 하
면. 그보다 해코지라도 당하면."

"새 걸로 사줄게. 이리 줘봐."

직원이 마지못해 핸드폰을 건네주었다. 건네주면서도 아쉬워했고 아쉬워하면서 한편 두려워했다.

"얘기들 좀 해."

핸드폰 주인은 거의 울상으로, 다른 직원들은 잔뜩 긴장한 표정으로 의미 없는 말들을 쏟아내기 시작했다. 그러나 그렇게 두려워할 필요가 없는 것이었다. 까만 양복들 사이에 앉은 남자의 얼굴을 담는 것은 전혀 어렵지 않았다. 핸드폰을 들여다보는 척하면서 버튼 하나만 누르면 되는 일이었다. 버튼을 누를 때마다 핸드폰 주인의 심장을 덜컥 들었다 놓는 찰칵 소리는, 고맙게도 주방에서 설거지하는 소리가 적절하게 막아주었다. 나는 핸드폰 주인의 안절부절못하는 모습을 무시하고 남자의 사진을 여러 장 찍었다. 이제 이걸 보내기만 하면 된다는 거지?

핸드폰을 주인에게 돌려주며 사진은 이메일로 보내달라고 말하는데 까만 양복들과 남자가 테이블에서 일어났다. 직원이 훗, 하고 비명을 지르더니 황급히 손으로 입을 틀어막았다. 나는 밥을 먹는 척했다. 남자의 시선이 느껴졌지만 그것은 아주 짧은 동안이었다. 어쩌면 직원의 새된 소리 때문에 무의식중에 돌아보았을지도 몰랐다. 그들은 카운터로 가 계산을 했고 곧 식당 밖으로 나갔다. 직원들은 제각기 자신만의 소리로 한숨을 내쉬었고, 자신만의 속도로 밥을 먹기 시작했다. 빈자리가 더 많은 식당에서 마침내 우리들만의 본격적인 점심식사가 시작된 것이었다.

식후 삼십 분. 제작부 막내가 올 시간이었다. 의자 등받이에 머리를 기대고 눈을 감았다. 그러면서 내가 이렇게 집요한 인간이었나, 생각했다. 그때 제작부 막내가 다가왔다. 잘 들으니 그 애의 운동화 신은 발소리가 미세하게 들렸고, 정신을 집중하니 그 애가 걸으면서 튕기는 공기의 흔들림도 느껴졌다. 자, 이제 입을 열어 말해봐. 나는 눈을 뜨지 않고 기다렸다.

"실장님."

귓속으로 퍼져가는 울림 같은 것은 없었다.

"실장님."

역시나 이번에도. 나는 마지못해 눈을 떴고 깜빡 졸았던 양 하품을 했다.

"사장님께서 약 드시래요."

작전을 바꾼 듯 제작부 막내는 책상 위에 물잔을 내려놓고 그대로 돌아섰다. 나는 으응, 하고 대답했으나 이미 제작부 막내가 멀어지고 난 뒤였다. 역시 그건 환청 같은 거였어. 나는 약을 녹여 벤자민에게 먹였다.

오후에는 직원이 가져온 결재서류에 시간을 들여 정성껏 사인을 했다. 여기하고 여기, 여기요. 직원이 가리키는 곳에 내 이름 석 자만 써넣으면 되는 일이었다. 직원은 설명하지 않았고 나는 읽지 않아서 서류에 무슨 내용이 기재돼 있는지는 몰랐다. 안다고 해서 달라질 것은 없었다. 몰라서 불편한 것도 없었다. 내 일은 서류의 내용을 아는 것이 아니라 사인하는 것이었으므로 나는 그렇게 했다. 나는 직무에 충실한 사람이었다. 할일만 정확하게 할 뿐 더 하지도 덜 하지도 않는 사람이었다.

사인이 끝나자 이번에는 다른 직원이 와서 세시에 회의가 있는데요, 했다. 으응, 하고 나는 대답했다. 사 초쯤 기다렸다가 직원이 말했다. 바쁘시면 저희끼리 하고요. 시계를 보았다. 두시 반이었다. 으응, 그렇게 하든지. 직원이 인사를 하고 물러갔다.

두시 사십오분이 되었을 때 커피 한 잔을 타서 옥상으로 올라갔다. 회의는 내가 없어도 잘 진행될 것이었다. 나의 참석 유무와 상관없이 결정될 것은 결정되고 보류될 것은 보류되었다. 나는 딱 한 번 회의에 참석한 적이 있는데, 한마디도 하지 못했다. 나는 늘 한 박자씩 느려서 내가 하고 싶은 말을 직원들이 다 했고, 몰라서 할 수 없는 말도 직원들이 다 했다. 나는 한마디도 하지 않았지만 동의받을 것은 동의받고 부결될 것은 부결되었다. 회의는 저절로 진행되었다. 스스로 굴러가는 바퀴에 발을 얹고 있는다는 것은 시간낭비였다. 게다가 나는 회의 내용이나 결과가 그다지 궁금하지 않았다. 나는 사인만 하면 되었고 회의의 참석여부는 사인에 아무런 영향을 끼치지 못했다.

계단을 통해 옥상으로 올라가자 역시 이번에도 숨이 찼다. 뿌듯했지만 그러나 백 호짜리 대작을 숙주로 삼은 비유는 들먹이지 않았다. 그건 이미 며칠 전 반성한 바 있으므로 오늘은 비유에 신중을 기했다. 적절한 비유를 찾다가 갑자기 모든 게 귀찮아져서 아무런 표현을 하지 않아도 되도록, 즉 아무리 계단을 올라도 숨이 차지 않도록, 그래서 화려한 미사여구로 나를 칭찬하지 않아도 되도록 체력을 길러야겠다고 생각했다. 그 방법에 대해서는 글쎄, 좀더 고민을 해봐야겠다.

흡연자들을 피해 옥상 구석으로 가서 서성거렸다. 핸드폰을 꺼내 혹 전원이 꺼진 것은 아닌가 확인했다. 사진을 보낸 지 한시간 이십 분이나 지났건만 친구에게서는 아직 연락이 없었다. 오 분을 더 기다렸다가 전화를 걸었다.

"봤니? 알 것 같아?"

친구는 바빠서 이메일을 열어보지 못했다고 했고, 미안하다고 했고, 십 분 뒤에 전화를 주겠다고 했다. 어쩔 수 없지. 나는 전화를 끊었다. 십 분은 생각보다 훨씬 길었다. 옥상을 한 바퀴 돌고, 알고도 모르고 모르고도 아는 흡연자들과 인사를 나누고, 눈 아래거나 위의 건물들을 두루 구경했는데도 채 삼 분이 지나지 않았다. 단지 시간을 보내기 위해 수신된 문자메시지를 확인했다. 대개는 아버지가 일찍 퇴근한다니까 너도 늦지 말라는 어머니의 메시지였고 그 사이사이 친구의 안부인사가 끼어 있었다. 이 심플한 인간관계라니.

내 머릿속에는 몇 년의 공백기가 있었다. 잘 기억나지 않는 몇 년의 세월이 있었다. 나의 기억이란 가운데를 허공으로 비워두고 쌓아올린 블록과 같았다. 자칫 잘못 건드리면 와르르 무너질 수 있었으므로 나는 늘 조심했고 안전마크가 찍힌 블록이 아니면 관계를 맺지 않았다. 그 결과 내 핸드폰에 저장된 전화번호는 가족을 포함해 모두 열다섯 개밖에 되지 않았다. 나는 열다섯 개의 전화번호를 위에서 아래로, 다시 아래에서 위로 훑어보았다. 단지 시간을 보내기 위해서였다.

친구에게서 전화가 걸려온 것은 무려 이십 분이 지나서였다. 첫마디가 미안해, 였다. 그럴 줄 알았던 나는 응, 하고 응수했다. 그러고도 친구는 섣불리 말을 하지 않았는데, 내가 물어봐주기를 기다리는 것인지 아니면 뭔가 말하기를 꺼리는 것인지 알 수 없었다. 어쩔 수 없이 내가 물었다.

"아는 사람이니?"

"너 정말 기억 안 나?"

4

너 정말 기억 안 나? 친구가 되물었다.

"기억이 나면 내가 이러겠니? 그러니까 넌 닮은 사람이 누군지 안다는 말이구나."

"알긴 아는데……"

친구는 또 거기서 얼버무리며 말을 삼켰다. 발설되지 못한 말의 행간에서 어떤 예감 같은 것을 느꼈지만 멈출 수가 없었다. 만약 여기서 멈춘다면 나는 영원히 개운하지 못한 기분으로 살아야 할 것 같았다. 나는 결정을 내렸고, 단호하게 물었다.

"말해봐. 누구야?"

"정말 괜찮겠어? 그 동안의 노력이 물거품이 될 수도 있어."

친구의 목소리는 가늘게 떨리고 있었다. 다시 한번 나는 친구가 변했다는 생각을 했다. 고등학교 시절부터 봐온 친구는 이렇게까지 조심스럽거나 소심하지 않았다. 친구가 그랬으므로 나는 대범한 척 큰소리쳤다.

"괜찮아. 어떤 노력을 들여서 뭔가를 이뤘다면, 그게 무너진다 해도 다시 일으키는 건 일도 아닐 거야."

"유광호 선배야."

"유 뭐?"

"유광호 선배라고. 닮은 사람이. 대학 삼학년 때 같이 작업했었잖아."

"아, 유…… 그 선배……, 혹시……"

"그래, 죽었어. 한참 됐잖아. 너 나 원망하면 안 된다. 네가 하도 물어서 얘기해주는 거야. 너, 부모님이 아시게 되어도 내가 얘기했다고 하지 마."

나는 간신히 알았다고 했다. 잠시 침묵이 이어진 뒤 친구가 괜찮냐고 물어서 나는 또 간신히 괜찮다고 했다. 다시 침묵이 이어졌다.

"이제 기억나니?"

친구가 조심스럽게 물었지만 나는 사무실에 들어가봐야 한다고 말하고 전화를 끊었다. 손이 떨려서 핸드폰을 더 들고 있을 수가 없었다.

괜찮다고 했지만 나는 전혀 괜찮지 않았다. 죽음이라는 단어는 봉인을 푸는 비밀열쇠와 같았다. 닮은 얼굴을 봐도 기억나지 않던 것들이, 이름을 들었을 때도 미완성으로 머물던 그림이, 죽었어, 라는 말을 듣는 순간 불쑥 완성품이 되어 눈앞에 펼쳐졌다. 그 동안의 나는 짙게 선팅된 안경을 쓰고 있어서 머리 위의 해를 느끼지 못한 것과 같았다. 느끼지 못한다고 해가 없는 것은 아니었다. 해는 언제나 그 자리에 있었다. 이제 나는 안경을 벗었고, 해를 바라보았고, 고통을 느꼈다.

나는 잊었고 친구는 잊지 않았다. 나는 잊어야 했고 친구는 잊지 않아도 되었기 때문이다. 왜 하필 나지?

대학 이학년 때 같은 학년으로 광호 선배가 복학했다. 같은 학년이었지만 특별히 기억나는 것은 없었다. 그러다 삼학년 때 선배와 친구 그리고 나 이렇게 셋이 한 팀이 되어 공동작업을 하게 되었다. 여름방학을 이용한 자원봉사였다. 내가 참여한 것은, 그것이 벽화였기 때문이었고 새로운 경험이 되리라는 기대 때문이었다.

매일 아침 초등학교로 가서 노란 개나리며 환하게 웃는 아이들을 그렸다. 아이디어는 친구가 냈는데, 선배와 내가 가볍게 항의했지만 콘셉트를 바꾸지는 못했다.

"단순하고 밝은 것. 그런 것이어야 해. 왜냐, 아이들을 위한 그림이니까!"

조카가 다섯이나 되는 친구의 말을 무시할 수는 없었다. 벽화 작업은 대체로 순조롭게 진행되었다. 자원한 것을 후회하지 않아도 될 만큼 캔버스와는 또다른 즐거움이 있었다. 힘든 것은 오히려 햇빛이었고 더위였고 바닥난 체력이었다. 나는 정오가 되기도 전에 벌써 헉헉대며 나무그늘을 찾았다. 그럴 때마다 선배가, 잠시 쉬고 할까, 하고 말해서 내가 덜 미안하게 만들었다.

나무그늘에 앉아 선배가 사온 차가운 음료수를 마시며 조금씩 제 모습을 갖춰가는 벽화를 뿌듯한 마음으로 바라보곤 했다. 그럴 때면 몸에서 풍기는 땀냄새마저 정겨웠다.

밋밋했던 담벼락에 봄이 환하게 피어났을 때 우리의 작업은 끝났다. 한 달간의 긴 여정이 마침내 종료된 것이었다. 그날 저녁 우리는 자축파티를 가졌다. 나는 술을 못 했지만 그날만큼은 텁텁한 막걸리도 곧잘 넘어갔다.

"한 달이나 걸리다니, 너무 길었어. 더 빨리 끝냈어야 해. 왜냐, 우리는 최고니까!"

막걸리를 한 주전자나 먹어치운 친구가 억지를 쓰듯 말했다.

"그건 욕심이지. 다들 벽화는 처음이었고 이 정도면 대단하다고 생각해. 어쨌든 완성했잖아."

이번에는 막걸리를 두 주전자나 비운 선배가 진지한 얼굴로 대꾸했다.

"한 달이나 걸린 건 너 때문이야. 걸핏하면 나무그늘이나 찾고 말야. 넋나간 여자처럼 몽롱한 눈으로 바라보기나 하고 말야."

"너무 타박하지 마라. 연주도 최선을 다했어. 땡볕에 서서 벽화를 그린다는 게 쉬운 일은 아니지."

"농담이었는데. 선배, 설마 진짜로 알아들은 건 아니죠?"

벙글거리며 웃는 친구 앞에서 선배는 대답을 못 하고 붉은 얼굴을 더욱 붉혔다. 그러자 친구가 얼른 오늘은 자만해도 되는 날이에요, 했고 나는 어색한 분위기를 무마하기 위해 자만을 위하여, 외치며 잔을 들었다. 애써 웃기는 했지만 선배의 얼굴은 그다지 편해 보이지 않았다.

새벽까지라도 갈 것 같던 그날의 자축파티는 열한시 조금 넘어 흐지부지 끝났다. 나는 한동안 친구도 선배도 만나지 않은 채 지냈다. 한 달 동안 지겹게 외출했기 때문에 남은 방학은 집 안에 틀어박혀서 꼼짝도 하지 않았다. 학교 작업실에도 가지 않았다. 손을 풀어줄 셈으로 집에서 주로 소품만 가볍게 그렸다.

여름방학이 끝나고 가을학기가 시작되었다. 어느 날 친구가 찾아와서 물었을 때에야 나는 나만 모르고 있었던 나에 관한 소문을 들었다. 내가 광호 선배와 사귄다는 것이었고, 우리가 결혼할지도 모른다는 것이었다. 나는 웃고 말았지만 소문은 잦아들지 않았다. 만나는 사람마다 놀랍다는 반응을 보이며 확인하려 들었다. 그쯤 되자 웃고 말 일이 아닌 듯했다. 사실도 아닌 내 얘기가 제멋대로 굴러다니고 있었다.

찾아서 물어보자. 친구가 옆에서 부추겼다. 수강한 과목이 달라서 선배와는 잘 만나지 못했다. 그러나 굳이 찾을 필요가 없었다. 점심시간에 학생식당으로 내려가니 그곳에 다른 선배들과 함께 점심을 먹고 있는 광호 선배가 보였다. 내가 멈칫하자 친구가 옆에서 찔렀다. 다른 사람들 있을 때 확실하게 말해두라는 것이었다. 대충하지 말고 확실하게. 그렇지 않으면 더욱 부풀려지고 뒤틀린 소문을 각오해야 할 거라고. 소문이란 원래 그런 거니까.

내가 다가가자 선배들이 아는 척하며 서로 자기 의자를 내주었다. 광호 선배는 고개도 제대로 들지 못했는데 어쩐지 내 눈치를 본다는 생각이 들었다.

"지금 학교에 어떤 소문이 돌고 있는지 알죠? 혹시 선배인가요?"

선배는 입안에서 우물거리기만 할 뿐 대답하지 못했다. 내가 다시 소문의 출처가 선배냐고 묻자 그제야 선배는 술김에, 의도는, 희망, 와전 따위의 단어를 띄엄띄엄, 힘들게 내놓았다. 중간의 연결고리나 여타의 문장은 생략되거나 입술에서 떨어지기도 전에 증발해버려서 들리지 않았다. 그래도 나는 다 알아들었다. 어리둥절해하는 것은 선배와 함께 점심을 먹던 사람들이었다. 그들은 뜨악한 표정으로 우리를 번갈아 쳐다보았다.

나는 마음을 가다듬고 어떻게 해결할 거냐고 물었는데, 선배가 불쑥, 내 마음을 알아줬으면 좋겠어, 하고 말했다. 그 말만큼은 얼마나 또렷하게 발음했는지 주위 테이블에서 야유와 휘파람 소리가 쏟아졌다. 나는 당황스러웠다. 그것은 결코 내가 원하던 것이 아니었다. 나는 의자에서 일어서며 역겹다고 했고, 파렴치하다고 했고……, 또 그림자조차 밟기 싫다고 했던가. 아무튼 입에서 나오는 대로 내뱉었다. 야유와 휘파람 소리가 쏟아지는 순간, 모래체는 제거되었다. 자갈을 걸러내고 고운 모래만 흘려보낼 여력이 없었다. 선배의 자존심까지 배려할 정신이 없었다. 자갈과 모래가 뒤섞인 말들이 바닥으로 떨어졌다.

　그 일이 있고 나서 이 주일도 안 돼 광호 선배는 자살했다. 작업중인 내 그림 앞에서 목을 매달았다. 나는 평소처럼 작업실로 갔다가 그 광경을 보았고, 정신을 잃었고, 사흘 동안 깨어나지 못했다.

5

　식당 순례코스를 새로 짰다. 이전의 식당은 한 곳도 포함되지 않았고 사무실 주변의 식당도 제외되었다. 덕분에 한 끼 식사를 위해 이십 분 혹은 삼십 분씩 걸어야 했다. 열심히 걸어가서, 재빨리 밥 먹고, 열심히 걸어와도 점심시간이 다 지나 있었다. 직원들이 이유를 물었을 때 나는 역겨워서, 라고 했다가 얼른 지겨워서, 라고 고쳐 말했다. 직원들은 이해할 수 없다는 반응을 보였다.

　"주변에 식당이 어디 한두 군덴가요?"

"개척정신도 몰라?"

나는 새로운 순례코스에 동참을 요구했는데 직원들은 그럴까요, 하다가도 막상 점심시간이 되면 제각기 핑계를 대고 가까운 식당으로 몰려갔다. 사실 동참하기에는 시간이 너무 많이 걸렸다.

나는 혼자가 되었다. 식당 주인들의 시선을 좀더 자주 받았고, 커다란 테이블을 혼자 차지하는 바람에 더러는 눈칫밥을 먹어야 할 때도 있었다. 낯선 사람들의 시선을 감당하는 것도 힘에 겨웠다. 그렇지만 사무실 주변의 식당으로는 가지 않았다. 언제 어디서 그 남자를 만날지 알 수 없었다. 그랬으므로 점심시간이 아니면 사무실 밖으로도 잘 나가지 않았다. 일주일에 두세 번 하던 산책도 포기했다.

책상 앞을 지키는 시간은 늘어났지만 그렇다고 평소보다 일을 더 많이 하거나 잘한 것은 아니었다. 불쑥불쑥 떠오르는, 입 밖으로 길게 늘어진 혀와 튀어나올 것 같던 눈동자와 허공에 매달린 채 건들거리던 육체……의 영상 때문에, 왜 하필 나지? 하는 억울함과, 또 죄책감 때문에 나는 그 무엇에도 집중할 수 없었다. 늘 하던 사인도 제대로 되지 않았다. 손에 힘이 너무 많이 들어가서 서류에 구멍이 나기도 했고, 사인을 하는 잠깐 사이 정신을 놓고 멍하니 있기도 했다. 그럴 때의 나는 갑자기 광포해져서 서류를 들고는 갈기갈기 찢어버리기 일쑤였다.

"다시 만들어와."

직원은, 서류를 다시 프린트하고 상급자들의 결재를 한번 더 받아야 했음에도 아무 소리도 못 하고 제자리로 돌아갔다. 직원의 눈동자가 두려움으로 떨리던 것을 보았지만 어쩔 수가 없었다.

가끔은 바로 밑의 과장을 불시에 불러 현재 진행하고 있는 일과 진행할 일과 진행한 일의 성과를 꼬치꼬치 캐물었다. 조금이라도 머뭇거리거나 말문이 막히면 걷잡을 수 없이 화를 내었다.

"그 머리로 일은 제대로 하는 거야?"

내 목소리가 사무실 안을 쩌렁 울렸고, 과장뿐만 아니라 모든 직원들이 숨을 죽였다. 잘못됐다는 것을 알았지만 나도 내 마음을 다스릴 수가 없었다. 그러나 매번 화만 냈던 것은 아니었다. 나도 모르게 차올랐던 화가 한바탕 분출되고 나면 그 다음에는 또 터무니없이 죄책감에 시달렸다. 특별한 잘못도 없이 주위 모든 사람들에게 미안해서 발을 동동 굴렀다. 미안한 마음을 표현하기 위해 나는 미안하다는 말을 달고 살았다. 제작부 막내가 물잔을 들고 왔을 때 나는 정말 간곡하게 사과했다.

"미안해. 앞으로는 부르자마자 바로 대답할게. 정말 미안해."

서류를 다시 만들어온 직원과 부당한 대우를 받은 과장에게도 미안해서 쩔쩔매었고, 내게 인사를 하는 직원에게도 내가 하필이 시간에 이 장소를 지나가 인사하게 해서 미안하다고 말했다. 그뿐만이 아니었다. 사흘 전 사무실에 비치된 펜이 마음에 안 든다며 새 펜을 사오게 한 직원에게 찾아가서 사과했고, 이틀 전 내가 바닥에 커피를 흘리는 바람에 걸레질을 하게 만들었던 직원에게도 사과했다.

이해할 수 없는 것은, 내가 사과하고 미안해하면 할수록 직원들은 더욱 나를 불편해하고 두려워한다는 것이었다. 그러나 나는 그만둘 수 없었다. 미안하다고 말하고 나면 그나마 마음이 조금 편해졌다. 그러는 사이 계절은 봄에서 여름으로 바뀌었다.

어느 날이었다. 아침부터 직원들이 한 사람씩 마치 이어달리기를 하듯 회의실로 들어갔다 나왔다. 배턴은 직원들끼리 주고받는 눈빛이었다. 들어갔던 직원이 나와 눈짓을 하면 다음 직원이 들어가는 식이었다. 물론 처음부터 그 패턴을 눈치챈 것은 아니었다. 조용한 것은 평소와 다름없었지만 오전의 사무실 분위기는 어딘지 모르게 팽팽한 긴장감이 감도는 듯했고 직원들의 얼굴도 하나같이 상기된 듯 보였다. 오후가 되자 약간의 술렁거림이 있었고 축제 직전의 들뜬 분위기 같은 게 감지되었다. 그리고 한 사람씩 차례로 회의실에 들어갔다 나오는 직원들이 눈에 띄었다. 뭔가 있구나. 그런데 뭐지?

나한테는 누가 눈빛을 보내려나 기다렸지만 퇴근시간이 될 때까지도 그런 사람은 없었다. 그날따라 결재를 받으러 오는 직원도 없었고 말을 거는 직원도 없었다. 우연히라도 눈이 마주치는 직원 역시 없었다.

회의실에 들어갔다 나오지 않은 사람은 나뿐인 듯했다. 퇴근시간이 조금 지나서 마침내 삼촌이 회의실에서 나왔다.

"약속 없지? 같이 퇴근할까?"

"네."

제작부 막내를 시키지 않고 삼촌이 직접 물어보는 걸 보니 이제 내 차례구나 싶었다. 그런데 뭐지? 연봉협상은 이미 2월에 했다. 나는 삼촌이 언제든지 말을 꺼낼 수 있도록 집으로 오는 내내 입을 다물고 있었다. 그러나 삼촌은 평소와 다름없이 내 기분을 물었고 사촌이 말썽피운 사건을 얘기했고 오빠네는 아직 소식 없는가, 하고 물었다. 그래서 나는 둘째사촌 소식은 없어요? 하고 되물었다.

나를 집까지 데려다준 삼촌은 자기 집으로 가지 않고 아버지가 퇴근해서 돌아올 때까지 기다렸다. 나는 내 방으로 올라갔다. 삼촌은 저녁도 우리집에서 같이 먹었다. 저녁식사 자리에서 삼촌이 말했다.

"너 내일부터 재택근무를 해야겠다. 결재서류는 집으로 보낼게."

나는 왜냐고 물었고 삼촌은 일이 많아서, 했다. 일이 많은데 왜 집에서 근무를 해야 하는지는 설명하지 않았다. 설명하지 않아도 알 수 있었다. 회의실에 가지 않은 사람은 나뿐이었다. 하지만 나는 모르는 척했다. 다시 내 머릿속을 점령한 광호 선배 얘기를 하지 않았듯 이어달리기 얘기도 하지 않았다. 부모님을 위해서, 그리고 삼촌을 위해서.

"오빠 방을 네 사무실로 꾸며주마."

아버지가 말했다. 나는 잠시 생각해보고 나서 벤자민은 데려올래요, 하고 말했다. 그러자 모두들 눈이 동그래졌다가 내가 내 책상 옆의 벤자민, 하자 곧 고개를 끄덕였다. 삼촌이 내일 벤자민을 데려오겠다고 했다.

삼촌은 나를 과소평가했거나 아니면 잘못 알고 있었다. 일이 많아졌다는 자신의 말에 정당성을 부여하기 위해 사무실로 출근할 때보다 배나 많은 서류를 집으로 가져오거나 택배로 보냈다. 그것 역시도 나는 모르는 척했다. 하루 종일 책상 앞에 앉아 사인을 했다. 사무실에서도 읽지 않던 서류를, 읽었다. 시간이 너무 많이 남았다. 서류는 작년 것과 재작년 것이 섞여 있었다. 사무실에서와는 달리, 이미 서명된 내 아래 직급자들의 사인은 원본이 아닌 복사된 것이었다. 어제 왔던 서류묶음이 다음날 그대로 배달되기도 했다. 나는 그것도 모르는 척했다.

밤마다 가위에 눌리거나 서둘러 꿈에서 깨어나기 위해 안간힘을 썼다. 한번 깨면 아침까지 잠들지 못했다. 그래도 약은 먹지 않았다. 꼬박꼬박 타온 약은 벤자민이 먹었다. 쓴 약을 싫은 내색 않고 받아먹는 벤자민이 고마울 따름이었다.

그럭저럭 어제 같은 오늘들이 지나갔다. 실망할 것도 기대할 것도 없는 날들이었다.

그 남자의 전화를 받은 것은 그런 날들 중의 하루였다.

파산자

1

나는 실없는 농담이라도 한마디 던지고 싶어 입이 근질거려 죽을 지경이었다. 그렇다고 원래 내가 말이 많은 사람은 아니었다. 술버릇에도 말과 관계되어 남을 피곤케 하는 버릇은 없고, 아내가 바람을 피워도 따져묻지 않으며, 누군가와 통화중일 때도 막간의 침묵이 더 길 정도였다. 그런 내가 실없게도 실없는 농담 한마디 때문에 입이 근질거려 죽을 지경이라면 그것은 내 탓이 아니라 전적으로 이 두 친구들 잘못이었다.

곰 같은 덩치로 아침부터 밤까지 나를 졸졸 따라다니는 것도 모자라 이제는 가게 안의 좁디좁은 의자에 엉덩이를 간신히 걸친 채 심각한 얼굴로 앉아 있는 모습은 기괴하다 못해 우습기까지 했다. 그것은 마치 택시 안에 버스가 구겨져 앉아 있는 듯한 착각을 불러일으켰다. 며칠 동안 설득한 끝에 가게 안에서 선글라스는 벗게 했지만 보기만 해도 숨이 막힐 것 같은 검은 양복은 결국 벗겨내지 못했다.

덩치만 곰 같은 게 아니라 성격도 곰 같아서 먼저 말하는 법은 절대 없고, 내가 뭔가를 물어도 대개는 대답이 없고, 나의 요구, 가령 실내가 좁으니 밖에서 감시하시오, 같은 것에도 대체로 반응들이 없었다. 어쩌면 그렇게 행동하도록 훈련을 받은 것인지도 몰랐다. 아니면 무반응을 채무자에 대한 압박용으로 사용하는지도.

어쨌거나 처음에는 두려웠던 그들이 점차, 조금 불편하기는 해도, 의자나 책상과 다를 바 없다는 생각이 들면서 두려움이 사라졌다. 두려움이 사라지자 그들의 완강한 침묵에 슬며시 반감이 생겼고 그래서 말을 걸기 시작했는데, 그들의 반응이나 대답이 전혀 없으므로 말은 독백 비슷한 것이 되었고, 독백인데 이런들 어떻고 저런들 어떠랴 싶은 생각이 들면서 슬그머니 말의 허리가 구부러지기 시작하더니 이내 댕강 잘려나가 완벽한 반말이 되었다. 내가 반말을 하거나 말거나 그들은 꼭 필요한 말을 해야 할 때, 마치 입력된 문장을 내뱉듯 깍듯이 '~습니다' 체를 사용했다. 그래서 모르는 사람이 잘 모르고 보면 그들이 나의 하수인, 또는 보디가드쯤으로 보이기도 했다.

"이봐, 친구들. 오늘은 내 기분이 별로야. 별로라구. 이유는 모르겠지만. 어쩌면 친구들 얼굴을 질리도록 봐서 그런지도 모르지. 오늘은 몸조심하는 게 좋을걸. 내 기분이 썩 나쁘지는 않지만, 그렇다고 썩 좋지도 않아. 이런 걸 별로라고 하지. 이런 날은 조심하는 게 좋아. 알아서 피하는 게 상책이지. 난 싸워본 적은 없지만 말야, 그래서 내 주먹이 센지 어떤지 모르지만, 어쩌면 내게 숨겨진 힘이 있을지도 모르잖아. 그럴 땐 일단 조심하고 보는 거야. 다치고 싶지 않으면. 이봐 친구들, 알아들었어?"

잠깐의 침묵이 이어졌다. 그사이 나는 바닥에 신문지를 깔고 자전거에서 떼어낸 바구니를 올려놓았다. 바구니는 옆집 여자가 맡긴 것인데, 보는 사람도 산뜻하고 타는 사람도 산뜻하도록 산뜻한 색으로 칠해달라는 것이었다. 그 대가로 나는 밥값 오천원을 받아 밥값은 아내가 준 용돈으로 내고 그 돈으로는 어제저녁 맥주를 사마셨다.

바구니는 크지도 않고 별다른 기술도 요하지 않아서, 이웃이니까 거의 거저로 해드리지요, 하고 말은 했지만 오천원이라면 가히 나쁠 것은 없는 거래였다. 덕분에 맥주를 마실 수 있었으니까. 나는 가게로 찾아오는 손님이나 공식적인 의뢰보다 이웃 간의 사사로운 거래를 더 좋아했는데, 그것은 감시자들의 눈을 속일 수 있어서였다. 그러나 이런 경우란 거의 없다고 할 수 있을 만큼 드물었고, 따라서 내가 맥주를 마실 수 있는 기회도 좀처럼 없었다.

"이봐 친구들. 내가 이런 말까지는 안 하려고 했는데, 자네들 좀 심했어. 이거 보라구. 자네들이 장비를 싹 가져가버리니까 내가 이 고생을 하잖아. 미친놈처럼 캔 스프레이를 흔들어대는 내 팔 보이지? 내 팔이 불쌍해 보이지 않아? 그나마 심심풀이 삼아 집에 있는 걸 들고 나왔으니 망정이지. 이봐 친구들, 생각 좀 해 봐. 생각 좀 해보라구. 장비가 있어야 일을 하지? 그렇지? 일을 해야 수입이 생기지? 안 그래? 수입이 생겨야 돈을 갚을 게 아니냐구. 친구들 돈 좋아하잖아. 친구들이 내 목숨 같은 공구며 도료들을 싹 걷어갔을 땐 정말 죽고 싶었다구. 내가 그것들을 얼마나 좋아하는지 모를 거야. 이거 봐. 이거 보라구. 캔 스프레이도 이제 몇 개 안 남았어."

그러면서 나는 거의 텅 비다시피 한 가게를 둘러보았다. 물론 이 친구들의 목적이 참새 눈물만큼 생기는 매일의 수입을 챙기는 것이 아니라 가게가 나가기를 기다리는 동안 내가 어딘가로 도망가지 못하도록 감시하는 일이라는 것을 모르지 않았다.

또 나는 가게가 나가기 위해서는 텅 비어 황폐해 보이는 것보다는 물건들이 빼곡히 차 있고 손님들이 들락거리고 내가 왕성하게 일하는 모습을 보여주는 게 더 유리하다는 것도 모르지 않았다. 나도 모르지 않고 다섯 살짜리 코흘리개도 모르지 않을 것을 감시자들만 몰랐다. 아니, 감시자들의 우두머리만 몰랐다.

인내심이라고는 손톱만큼도 없는 우두머리는 내게 지불능력이 없다는 것을, 어쩌면 영원히 없을지도 모른다는 것을 간파하자마자, 내 물건들을 실어가고 가게를 내놓았다. 그러나 가게는 몇 달째 나가지 않았고, 건물 주인은 가게가 나가기 전에는 한 푼도 내줄 돈이 없다고 버티고, 그사이 이자는 하루가 무섭게 쑥쑥 자라고 있었다. 처음에는 가게 하나로 막을 수 있었던 빚이 이제는 가게 두 개에 맞먹게 되었고, 가게가 나가고 나면 다음 매물은 나일 터였다. 어쩌면 우두머리가 노리는 것이 그게 아닐까. 나는 픽 소리내어 웃었다. 될 대로 되라지.

바구니를 이리저리 돌려가며 두세 차례 스프레이를 덧뿌리고 유광 코팅액까지 정성스럽게 칠한 뒤 가게 한쪽에다 내려놓았다. 작업을 끝내고 막 신문지를 걷는데 그제야 감시자들이 재채기를 시작했다. 목을 움츠렸다 뽑으며 재채기하는 꼴이 우스워서 나는 또 한마디 하지 않을 수 없었다.

"이봐 친구들. 재채기를 하려면 진작 했어야지. 이건 꼭 뭐 싼 뒤에 화장실 가는 격이잖아. 머리가 우둔하니 신호도 늦게 오는 모양이야, 안 그래? 젊은 사람들이 하루 종일 구석에 쭈그려앉아 재채기나 해대는 꼴을 보니 좀 안됐다는 생각이 드는군. 나가서 돌아다니기도 하고 그러라구. 아침에 출근도장 찍고 저녁에 퇴근도장 찍으면 되잖아. 누가 뭐래? 나가서 햇살도 쬐고 화사한 여자들도 구경하고 뜀박질도 하고. 난 여기서 꼼짝도 안 한다구. 갈 데도 없고 오라는 데도 없어. 나만 눈감아주면 되는 거잖아. 난 말야, 자네들이 불쌍해 보여서 하는 말이야. 내 맘 알지?"

예상했던 바지만, 감시자들의 대답은 들을 수 없었다. 이런 상황에 익숙해져서 이제는 그들이 대답을 한다면 그게 더 이상해

보일 것 같았다. 나는 그들을 의자나 책상처럼 대하는 게 편했고, 있으면서 없고 없으면서 있는, 있는 것도 아니고 없는 것도 아닌 이 상황이 마음에 들었다. 독촉이나 위협도 없고 간섭도 없이 잠자코 앉아 내 독백을 들어주는 그들의 존재가 때로는, 고마울 정도까지는 아니지만, 그들이 있어 다행이라는 생각이 들기도 했다. 경험해본 사람은 알겠지만 하루 종일 텅 빈 가게를 지킨다는 것은 생각보다 힘든 일이었다. 하루에 한두 건 있을까 말까 한 의뢰조차 커뮤니케이션은 대개 인터넷으로 하고 물건은 택배로 주고받는 나 같은 경우엔 더욱.

마침내 열두시가 되었다. 나는 셔츠와 바지를 털어내며 감시자들에게 그날 오전의 마지막 말을 했다.

"이봐 친구들. 뭐 어쨌거나 점심이나 먹으러 가자구. 먹어야 살지. 안 그래? 살아야 나는 또 감시당하고 자네들은 감시할 게 아닌가. 일단 가자구. 가. 가서 맘껏 먹어보자구. 체면 차릴 거 없이 맘대로 먹어. 단 자네들 돈으로 말야. 난 내 밥값 대기도 빠듯하다고. 마누라가 하루에 오천원 이상은 줄 수 없다고 했거든."

2

그 말은 사실이었다. 아내는 내게 하루 용돈으로 오천원 이상은 주지 않았다. 그렇다고 내가 용돈 인상을 요구하거나 불만을 내비친 것은 아니었다. 집에 들여놓는 수입이 한 푼도 없는 마당에, 더구나 아내에게 직업이 없다는 점을 감안한다면, 아내에게서 매일 나오는 오천원은 오히려 기적 같은 것이었다.

여기서 아내의 특징 하나를 들추자면, 아내는 다른 마누라들처럼 도망도 안 가고 내 눈앞에서 바람을 피웠다. 바람 안 피우는 아내들처럼 아침에 나가 저녁에 돌아오는 정상적인 생활을 유지하며, 내게 죄책감을 가지거나 드러내놓고 말하진 않았지만 그렇다고 굳이 숨기려고 들지도 않으면서, 어쩌면 내가 먼저 '바람' 얘기를 꺼내 '이혼'으로 결론날 것을 은근히 바라는지도 모르지만, 온 동네에 소문이 다 날 정도로 그 '또다른 사랑'이라는 것을 했다. 그러니까 나는 아내가 바람피운다는 것을 내 눈으로 본 것이 아니라 동네 사람들의 입과 귀 사이를 떠돌아다니는 소문을 듣고 알았다.

앞집 옆집의 목격담들이 대개 비슷한 것을 보면 아내의 바람은 사실인 듯했는데, 솔직히 그것 때문에 괴롭거나 하지는 않았다. 나는 경제관으로 보면 자유방임주의자였고, 연애관으로 보면 자유연애주의자였으며, 결혼관으로는 어떤 형태가 되어야 한다는 생각은 없지만 일단 일부일처제에는 반대하는 입장이었다. 나는 아내의 자유연애를 자유방임함으로써 일부일처제에 반대한다는 기존 입장을 지켜 한 입으로 한 말만 하는 지조 있는 사람이 되었다.

아내가 자신의 연애를 숨기지 않으면서 또 굳이 드러내놓지도 않은 것처럼, 나 역시 소문을 들어 알고는 있었지만 아는 척하지도 모르는 척하지도 않았다. 그런 상황이 처음엔 다소 당황스러운 상황을 만들거나 애매한 분위기를 유발하기도 했다. 그것이 거듭되자 당황스러운 상황과 애매한 분위기가 우리 사이에 자연스럽게 굳어졌고, 둘 다 거기에 익숙해져서 곧 아무렇지도 않게 되었다. 가령, 한 문장을 채 끝맺기도 전에 얼버무리듯 입을 다문다든가 아무런 전조도 없이 갑자기 행동과 대화를 뚝 끊어버리고는 흐물흐물 웃으며 그 자리를 피하는 식이었다.

단 하나 변화가 있었다면, 당황스러운 상황과 애매한 분위기로 내가 자신의 연애를 눈감아주고 있다는 것을 알게 된 아내가 그날부터 오천원씩 용돈을 주기 시작한 것이었다. 나는 그 용돈이 어디서 나오는지 역시 묻지 않았는데, 묻지 않아도 뻔한 것이었다. 아내는 내가 알면서도 모르는 척하는 누군가로부터 용돈을 받았다. 그러므로 내가 알면서도 모르는 척하는 누군가는 아내와 나, 두 사람에게 용돈을 주는 셈이었다.

나는 하루 용돈 오천원으로 점심 먹고 사백원짜리 커피를 뽑아 마시고 때로는 여러 날 모은 동전으로 맥주를 사마시기도 했다. 또 때로는 여러 날 모은 동전을 오천원에 보태 좀더 비싼 점심을 먹으러 가기도 했다.

식당에서 나온 나는 가게로 가지 않고 집으로 걸음을 옮겼다. 식당에서는 왕복 사십 분, 가게에서는 왕복 삼십 분 거리였다.

집으로 가는 동안 내 머릿속에서는 황금알을 낳는 거위가 자맥질을 계속했는데, 아내는 과연 하루에 하나씩 황금알을 낳는 거위인가, 아니면 한꺼번에 낳아놓고 하루에 하나씩 꺼내는 영리한 거위인가, 자못 궁금해서였다. 물론 전자일 가능성이 컸지만 내가 믿고 싶은 것은 후자 쪽이었다.

나는 짧고 굵게 살고 싶었고, 그 생각은 어제부터 부쩍 강해졌다. 맥주 때문이었다. 어제 간만에 맛본 맥주 맛이, 차가운 병 모가지를 움켜잡고 뚜껑을 딸 때부터 첫 모금을 넘길 때까지의 그 통쾌한 맛이 잊히지 않고 머릿속을 맴돌았다. 그러니까 내가, 아내가 없을 게 뻔한 대낮에 집으로 향하는 것은 혹 아내가 숨겨놓았을지도 모를 황금알을 찾기 위해서였다. 딱 하나면 된다, 둘도 말고 하나만 있어라, 하고 나는 마음속으로 빌었다.

대문을 들어서자 가장 먼저 눈에 띈 것은 말라 죽은 화초였다. 갈색으로 변한 가지만 하나씩 꽂혀 있는 화분들이 좁은 마당 가장자리를 장식하고 있었는데, 연애로 바빠지기 전까지 아내가 애지중지하던 것이었다. 이제 아내는 단순한 가정주부가 아닌 황금알을 낳는 인간이 되었으므로, 그것들을 돌볼 시간이 없는 것 같았다. 우리 부부는 경제관념이라고는 없어서, 나는 돈 안 되는 사업만 벌였고 아내는 먹을 수 없는 꽃만 키웠다. 그래도 내가 뒤늦게 정신을 차려 도료 판매와 간단한 도색에서 핸드폰 튜닝이라는 제법 전망 있는 사업으로까지 영역을 확장했지만 그것은 말 그대로 때가 너무 늦어 있었고, 아내는 먹을 수 없는 꽃에서 먹을 수 있는 황금알로 전향했으니 어떻게 보면 아내가 더 현명한 것 같기도 했다.

감시자들을 마당에 세워두고 안방으로 들어갔다. 화장대 주위부터 뒤지기 시작했다. 화장품들을 하나하나 열어 내용물을 확인하고 서랍을 살피고 옷장 속을 샅샅이 훑고 옷걸이에 걸린 아내의 외출복 주머니에까지 손을 넣어보고 침대 밑도 들여다보았지만 백원짜리 동전 하나 나오지 않았다. 안방에서 확인하지 않은 곳은 천장뿐이었는데, 원래대로 해놓을 자신이 없어서 천장은 포기했다.

다음은 작은방 차례였다. 작은방에는 책상과 컴퓨터만 빼면 온통 자질구레한 살림살이들이 정신없이 쌓여 있었다. 나는 책상을 먼저 조사하고 나서 쌀통과 쓰지 않는 밥통과, 버려야 했지만 처음엔 귀찮아서 나중엔 돈이 없어서 버리지 못한 작은 냉장고와 선풍기와 입지 않는 옷과 오래 햇빛을 보지 못한 가방들을, 그것들이 정신없이 쌓여 있었으므로 나 역시 정신없이 뒤졌다. 나오는 것은 오로지 먼지와 재채기뿐이었다.

그때쯤 나는 어느 정도 황금알을 포기하고 있었지만, 오기 때문에 부엌으로 갔고 찬장과 싱크대 아래와 엎어놓은 그릇들까지 들춰보는 정성을 보였다. 그 결과 적어도 집 안에는 황금알이 없다는 결론을 내릴 수밖에 없었다. 내가 상상하지 못할 기상천외한 곳에 황금알을 숨길 만큼 아내의 뇌 구조가 복잡하지 않다는 점을 감안한다면 나의 결론은 신뢰할 만한 것이었다.

나는 깨끗하게 포기했다. 잠시 맥주의 유혹에 빠져 이성을 잃었을 뿐 다행히 나는 알코올중독자가 아니었으므로 생각을 다른 데로 돌릴 수 있었다. 가령, 방 한 칸을 줄여 이사를 간다면 작은방의 짐들은 어떻게 처리할 것인가, 가 그런 생각들 중 하나였다. 작은방을 생각하자 그곳에 쌓여 있던 먼지가 떠올랐고 그러자 아내의 게으름을 질책하고자 하는 마음이 일었다.

아내 생각을 하자 문득 아내는 지금 어디서 뭘 하고 있을까 궁금해졌고, 또 그러자 어쩌면 벌써부터 맥주를 마시고 있을지도 모른다는 생각이 들었다. 매일 저녁 아내는 술냄새를 훈장처럼 달고 집으로 돌아왔다. 생각이 아내가 마시고 있을지도 모를 맥주에 이르자 나는 약간의 분노와 억울함과 부러움이 뒤섞인 복잡한 심정이 되었다. 아내는 잘 놀면서도 맥주를 마시는데 나는 하루 종일 일하고서도 맥주 한 잔을 못 마신다는 생각이 들어서였다. 그와 동시에 아내를 따라다니면 맥주 정도는 얼마든지 마실 수 있을 텐데, 생각하다가 화들짝 놀라 얼른 물 한 잔을 마셨다. 냉수 먹고 속 차린다는 심정으로.

배알도 없는 놈. 나는 그렇게 내게 말해주었다.

마당으로 나가자 감시자들이 바지 앞섶에 두 손을 얌전히 모으고 서 있었다. 봄 햇살이 그들의 정수리로 내리꽂히고 있어서 검은 양복을 더욱 두드러져 보이게 했다. 나는 또 입이 근질거려서 앞서 대문을 나서며 중얼중얼 말을 풀어놓았다.

"대문 앞에 등 하나만 내걸면 이건 완전 상갓집이라구. 친구들 때문에 말야. 생베 두건만 쓰면 상주고. 권총 차면 보디가드, 쇠파이프 들면 깡패. 채찍 잡으면 서커스단 조련사. 좋아 좋아. 좋다구. 그런데 뭐가 좋아? 나도 모르지. 내가 알게 뭐야."

말을 하는 동안 나는 점점 시니컬해져서 남의 집 대문 앞에 놓인 음식물쓰레기통을 걷어차버렸다. 그같은 행위는 만약의 경우 뒤의 친구들이 나를 보호해주리라는 믿음이 깔려 있어서 가능한 일이었다. 돈을 다 갚기 전에 내 몸이 상하면 안 되니까. 그런 믿음에도 불구하고 음식물쓰레기통이 넘어져 냄새나는 봉지가 쏟아져나왔을 때는 나도 모르게 걸음이 빨라졌다. 다행히 주위에 사람이 아무도 없어서 나는 곧 평소의 느린 걸음을 되찾았고 잠시나마 빨라졌던 걸음 때문에 뒤의 친구들 보기가 민망했다.

슬쩍 뒤를 돌아보았는데 나와 눈이 마주친 감시자들이 딴청을 피우는 척하며 내 시선을 피했다. 대놓고 묻거나 비난했으면 미처 못 봤다고 변명이라도 했을 텐데 그들이 묻지 않아서 변명할 기회를 잃어버렸다.

3

오후 세시, 마침내 하루에 한두 건 있을까 말까 한 의뢰가 들어왔다. 의뢰자는 홈페이지를 둘러봤다면서 왜 리뉴얼은 하지 않는가, 왜 게시판을 활발하게 운영하지 않는가, 혹시 영업을 중단한 것은 아닌가, 한꺼번에 묻고 나서, 내가 바빠서 홈페이지는 신경을 못 썼다, 신경을 안 써도 일이 들어오는데 왜 홈페이지까지 신경을 쓴단 말인가, 하고 다소 거만하게 말하자 처음의 까다로움을 싹 접고 그렇군요, 하고 수긍했다.

하지만 내 말은 사실과 거리가 멀다고 할 수 있었다. 나는 핸드폰 튜닝으로 사업을 확장하면서 거금을 들여 홈페이지를 만들었다. 처음엔 밤낮 들여다보고 답변 올리고 튜닝과정까지 설명해가면서 정성껏 관리했지만, 생기는 수입이 모두 딴놈의 주머니로 들어가면서부터는 될 대로 되라는 심정으로 방치하다시피 내버려두었다. 그러나 의뢰자가 그런 사실을 있는 그대로 알 필요는 없었다.

"그렇다면 결국,"

의뢰자가 물었다.

"영업을 한다는 거죠?"

나는 잠시 생각한 뒤 그렇다고 할 수 있죠, 했다.

"일이 많아서 홈페이지에도 신경을 쓸 수 없을 지경이라면,"

의뢰자가 거기서 말을 끊었다가 잠시 후 이어붙였다.

"시간이 많이 걸리겠군요."

나는 '지경이라면'과 '시간이' 사이에 숨겨진 단어를 찾기 위해 머리를 굴렸고 결국 '핸드폰 튜닝에'라는 두 단어를 집어넣어 완전한 문장으로 완성했다.

문장을 완성하자마자 나는 즉각, 그건 그렇지가 않다, 본업에 전력투구하기 위해 홈페이지에 신경을 못 쓰는 것이다, 그러므로 도색은 다른 어느 업체보다 빠른 시간 안에 할 수 있다, 하고 반격했는데 사실은 그럴 필요가 없는 것이었다. 이 일을 맡는다고 해서 빚이 사라지는 것도 아니었고 맡지 않는다고 추궁을 당하는 것도 아니었다.

어쨌거나 의뢰자는 내 대답이 썩 만족스러운지 지금 당장 핸드폰을 퀵서비스로 보내겠다고 했다. 그리고 가능한 한 빨리 일을 끝낸 후 역시 퀵서비스로 보내달라고 했는데, 그 동안이 열여덟 시간을 넘겨선 안 된다고 단서를 붙였다. 나는 왜냐고 묻지 않을 수 없었다.

"전 제 친구와 하루도 떨어져서 살 수가 없어요. 내일 아침 아홉시에 제가 받을 수 있다고 약속해주세요."

"네, 그러죠. 당신은 내일 아침 틀림없이 당신 친구를 만날 수 있습니다."

그 말을 할 때 나는 웃지 않기 위해 노력했다.

색깔과 무늬에 대한 의논까지 끝내고 사십 분쯤이 지나자 핸드폰이 도착했다. 나는 바닥에 신문지를 깐 뒤 마스크를 꺼내 썼다. 오전의 일을 떠올리고는 감시자들에게 스프레이 사용을 미리 알렸다. 그렇게 하기로 약속을 해둔 듯 하나가 일어나더니 의자를 가게 밖에다 내놓고 앉았다. 나는 속으로 멍청한 놈들, 하고 욕을 했다. 가게에 출입구가 하나뿐인 마당에 내가 연기여서 벽으로 스며들 것도 아니고 슈퍼맨이어서 천장을 뚫고 날아갈 것도 아닌 바에야, 도대체 재채기까지 참아가며 내 옆에 떡처럼 달라붙어 있는 이유를 알지 못하겠는 것이다.

핸드폰을 분해한 뒤 비닐로 마스킹을 하고 이미 칠해져 있던 페인트를 조심스럽게 긁어냈다. 그런 다음엔 에어건이 없어서 머리가 아프도록 입으로 힘껏 불어 먼지와 이물질을 제거했다. 의뢰자가 지정한 특정 제품의 스프레이까지 뿌리고 나자 여유가 생겼다.

각종 도료가 가게를 채우고 있었을 때는 인터넷을 통한 의뢰뿐 아니라 직접 물건을 갖고 오는 경우도 종종 있었다. 그럴 땐 좀더 큰 물건이었는데, 의자와 화분, 집 안의 장식품에서부터 디지털카메라, 자전거, 오토바이까지 있었다. 그중에서 내가 가장 열정적으로 매달렸던 것은 자전거와 오토바이였다. 이것들은 덩치도 클 뿐 아니라 작업이 보통 까다로운 게 아니어서 내 장인정신을 자극하기에 충분했다. 그럴 때의 나는 밤늦게까지 일을 했고 흐뭇한 마음으로 집으로 돌아갔다. 다음날 출근하면 어제까지만 해도 형편없이 낡은 고물이었던 것이 완벽한 새것으로 변신해 반짝반짝 빛을 내며 나를 반겼다. 그 감동을 어떻게 말로 표현할 수 있을까. 내 가슴은 터질 듯 부풀어올랐던 것인데……

그런데 왜 이 모양이 된 거지?

대단한 흑자를 내진 않았어도 먹고살 만큼은 벌었고, 돈에 관한 한 크게 낭비한 적도 없고, 도박을 한 적도 없고, 보증을 서거나 병이 들어 큰돈 들어갈 일도 없었는데 어쩌다가 이런 지경으로까지 빚지게 되었는지 참 알다가도 모를 일이었다. 이래서 돈을 요물이라고 하는구나, 비로소 돈의 정체를 깨닫게 된 것이 소득이라면 소득이었다.

물론 가게를 낼 때 얼마쯤 사채를 쓰기는 했다. 아내는 지금 와서 왜 사채를 썼냐고 따지지만 그건 당시 사채 쓰기를 먼저 제안한 사람이 자신이었다는 것을 잊었거나 잊은 척하는 것이고, 은행이 어떤 곳인데 담보 하나 없이 돈을 빌려줄 리가 있는가 말이다.

먹고살 만큼밖에 벌이가 되지 않아서 어쩔 수 없이 먹고살기만 했는데, 우리가 그 존재를 몰랐거나 모르는 척하는 사이 이자가 잭의 콩나무처럼 부쩍부쩍 자라 원금에 보태지고 원금은 다시 이자를 키우고 있었다. 사채업자가 그 존재를 넌지시 귀띔이라도 했다면 우리가 모르거나 모르는 척할 수 없었을 텐데, 그는 독촉 한 번 없다가 이 년 만에 불쑥 나타나 원금과 원금보다 두 배는 더 커진 이자를 내놓으라며 손을 내밀었다. 그러니까 내 인생의 호황기이자 절정이자 평화의 시대는 단 이 년에 불과한 셈이 되었다. 어쩌면 아내까지도.

나는 먼저 칠한 스프레이가 다 마른 것을 확인하고 다시 스프레이를 뿌려 구석에 두었다. 달갑지 않은 여유가 또 생겼다. 캔버스 한 장을 꺼냈다. 처음에는 스프레이가 잘 섞였나 확인하기 위해 신문지에다 뿌려보던 것이 시간이 남아돌면서 차츰 취미로 발전한 것이었다. 캔버스를 수건으로 잘 닦아내고 그 앞에 쪼그려앉았다.

그런데 뭘 표현한다지?

그때 문득 떠오르는 바가 있어서 가게 밖에 앉은 친구를 원래 자리로 불러들였다. 그는 느릿느릿 움직였지만 내 뜻대로 따라주었고, 그러자 검은 양복 두 벌이 나란히 웅크려앉게 되었다.

"이거 그림 나오는걸, 응? 그럼 나와. 정말 웃긴다구. 얼마나 웃긴지 몰라. 혹시 거울 없어? 혼자 보기 아깝군. 잠깐만 기다려. 곧 보여줄 테니까. 웃을 준비나 하고 있으라구."

그러나 솔직히 그들을 웃길 자신은 없었다. 취미라고는 했지만 나는 예술 방면에 재능이 없는 게 확실했다. 한 번도 사람을 사람답게, 오토바이를 오토바이답게 표현해본 적이 없었다. 이번에도 마찬가지였다. 감시자들을 사실적으로 그리겠다는 건 오로지 내 생각이고, 실제 캔버스에 드러난 건 형체를 알 수 없는 덩어리였다. 새 캔버스를 꺼냈다.

"이봐 친구들. 내가 그 얘기 해줬나? 마누라를 어떻게 만났는지. 뭐 알고 있더라도 한번 더 들어야겠어. 보다시피 난 주절거리고 싶고, 뭐 그게 딱히 마누라 얘기일 필요는 없지만, 내가 마누라가 아니면 또 누구를 알아서 주절거리겠어? 보다시피 난 외로운 영혼이거든. 친구들 말고는 친구가 없다고 할 수 있지. 전혀."

일단 목 비슷한 것을 길게 그렸다.

"커피숍이었어. 맞선을 보고 있는데 갑자기 큰 소리가 들리는 거야. 이봐, 둔한 친구들. 내 말 듣고 있어? 고개를 들었지. 앞 테이블 여자가 막 소리치네? 여자 맞은편에 앉은 남자는 얼굴이 안 보여서 어떤 표정인지 모르겠고. 일 분이 지나도 조용해지질 않는 거야. 그래서 나는 생각했지. 남자가 큰 잘못을 저지른 모양이구나."

다음에는 얼굴 비슷한 원을 커다랗게 그렸는데, 그만 실수해서 오른쪽 볼이 옆으로 툭 튀어나왔다.

"난 그때나 지금이나 나서길 좋아하지 않는 사람이야. 친구들도 알지? 그런데, 그런 내가 나서지 않을 수가 없었어. 왜냐구? 그냥! 불현듯 아, 내가 나서야겠구나 생각이 들더라니까. 그런 걸 운명이라고 하지 아마?"

눈 두 개와 코와 입은 점으로 대체했다.

"여자가 뭣 땜에 소리치고 있었는지는 잊어버렸어. 사소한 거였다는 생각만 드는군. 중요한 건 왜 소리치고 있었냐가 아니라구. 이봐 친구들. 잘 들어봐. 귀를 바짝 세우란 말야. 내가 다가가서 말했지. 무슨 일이십니까. 마치 종업원이라도 된 듯. 깍듯하게. 그랬더니 여자가 소리치던 걸 멈추고 나와 남자를 번갈아 쳐다보더니 이러는 거야. 쪼다들. 그러고는 비죽비죽 웃더라구. 도대체 웃을 이유라고는 없는데 말야. 게다가 내가 쪼다가 되어야 할 이유도 없고 말야. 이봐 친구들, 생각 좀 해봐. 그래서 난 화를 냈을까?"

얼굴 비슷한 원 위에다 보글보글 파마머리를 그렸다.

"그 순간 필이 꽂혀버렸지. 화를 내야 하지만 화가 안 나는 걸 어떡하겠어. 필이 꽂혀버린 걸 어떡하냐구. 내가 말했지. 잠깐 저랑 좀 나가실까요? 정중하게. 어떻게 보면 범죄자를 연행하는 형사처럼. 당연히 거절할 줄 알았는데 아니었어. 그러죠 뭐. 여자가 너무 쉽게 대답하면서 일어서는 거야. 물론 여자 앞에 앉아 있던 남자는 당황했겠지. 남자가 우린 지금 맞선보는 중인데, 중얼거리더라구. 흥, 그게 나랑 무슨 상관이지? 안 그래 친구들? 나도 맞선보는 중이었다구!"

캔버스를 눈높이로 들고 지그시 바라보았다.

"그런데 이게 누구지? 못생긴 게 꼭 김선숙 여사를 닮았잖아!"

놀라면서 나는 생각했다. 오버하는군. 너무 심심해서 놀라는 척이라도 해야 그래도 좀 덜 심심했다.

캔버스를 한쪽으로 치우고 다시 핸드폰을 잡았다. 스프레이는 잘 말라 있었다. 그 위에 반광 코팅액을 뿌려주고 잠시 기다렸다가 열처리작업을 했다. 분해된 핸드폰을 원래대로 조립하고 나자 마침내 모든 작업이 끝났다. 결과는 만족스러웠다. 비록 세로줄무늬가 왜 배터리 뒷면에 들어가야 했는지, 왜 하필 빨강 파랑 노랑이라는 서로 어울리지 않는 강렬한 색상이 얽히고설키며 사용되어야 했는지는 이해하지 못했지만. 그것 역시 의뢰자의 주문사항이었다.

퇴근시간이 조금 지나 있었다. 핸드폰을 캐비닛에 넣고 캔 스프레이들은 제자리에 갖다놓고 바닥의 신문지도 치웠다. 내가 퇴근 준비를 서두르는데도 감시자들은 꼼짝 않고 앉아 있었는데, 평소와는 다른 모습이었다.

"이봐 게으른 친구들. 안 갈 거야? 안 가? 여기서 살 거야? 엉덩이가 무거워서 못 일어나는 거야? 하루 종일 일한 사람한테 지금 일으켜라도 달라는 거야?"

"그래서 어떻게 되었습니까?"

나는 내 귀를 의심했다. 마침 버스가 클랙슨을 울리며 지나가기도 해서, 그보다는 정말 저 무겁디무거운 입이 벌어진 게 맞나 긴가민가해서 뭐라구? 하고 물었다.

"그래서 어떻게 되었습니까?"

감시자들 중 하나가 여전히 앉은 채 다시 물었다. 자식들, 되게 궁금하긴 한 모양이네, 먼저 뭘 묻기까지 하고, 생각했지만 내 대답은 지극히 짧고 심드렁했다.

"어떻게 되긴 어떻게 돼? 여기저기 끌고 돌아다니다가 술 먹이고 자빠뜨렸지."

4

"낮에 뭐 했어?"

싸움의 포문은 아내가 먼저 열었다. 물론 나는 낮에 뭐 했어,

가 싸움의 포문이라는 건 생각지도 못하고 잠시 어리둥절해 있다가 일했지, 하고 떨떠름하게 대답했다. 당연한 걸 왜 물어봐, 하고 덧붙이기까지 했다. 내 말을 들었는지 말았는지 아내는 눈도 깜짝 않고 다시 물었다.

"낮에 뭐 했냐고?"

아내의 목소리에 독기 비슷한 것이 서려 있어서 그제야 나는 질문이 뭔가 이상하다는 느낌을 받았다. 동시에 평소의 아내라면 내가 뭘 하든 궁금해하지도 상관하지도 않는다는 것을 함께 깨달았다. 내가 아내가 뭘 하는지 상관하지 않듯. 나는 찔리는 바가 없지 않았으나 짐짓 아무렇지 않은 목소리로 일했다니까, 하고 일관된 주장을 펼쳤다. 그게 뭐 큰 잘못도 아니잖아, 그렇게 생각하면서도 안방을 슬쩍 둘러보았는데, 나의 세심한 성격을 드러내주듯 제자리를 벗어난 물건도 없었고 뚜껑 열린 화장품도 없었다.

"낮에, 집에서, 뭘, 했냐고!"

이제 아내는 내 얼굴을 똑바로 쳐다보며 한 단어씩 똑똑 끊어 말했다. 세번째로 묻는 순간 아내의 얼굴에 퍼져 있던 독기 비슷한 것은 확실히 독기가 되었고, 나는 피해갈 수 없다는 것을 알았다. 뭐 크게 잘못한 것도 아니잖아, 생각하면서도 내 목소리는 더듬거렸고 약간 떨리기까지 했다.

"응, 그게 그러니까, 낮에, 잠깐 집에 들렀어. 집에 와서, 갑자기 집이 잘 있나 궁금해서, 이 방 저 방 둘러보았지. 아, 부엌에 가서 물도 마셨네. 근데 왜?"

"그게 다야?"

"아마, 그럴걸."

"정말 그게 다야?"

아내는 점점 분기탱천해졌고 나는 점점 기가 죽었다. 그러다가 갑자기 기가 죽어야 할 이유가 없는데도 기가 죽어가는 내가 한심해서 나도 모르게 도대체 왜 이러는 거야, 하고 버럭 소리를 질렀다. 내친김에 하루 종일 일하고 온 사람한테, 하고 한마디 더 소리쳤다. 그러나 아내는 내 고함에도 아랑곳없이 꿋꿋하게 물었다. 아내는 역시 강한 사람이었고 강한 사람만이 자기 페이스를 유지할 수 있었다.

"뭐가 궁금했어? 뭘 찾았어?"

순간 나는 말문이 막혀 대답을 못 했는데, 할 말이 없어서가 아니라, 또는 질문을 무시해서가 아니라, 아내의 사랑과 그로 인해 얻어지는 황금알과 옆집 여자와 그 여자가 맡긴 바구니와 어제 맛본 맥주와 돈 오천원에 대한 간절한 갈증이, 머릿속에서 뒤죽박죽으로 얽혀 어디서부터 매듭을 풀고 설명해야 할지 얼른 가닥이 잡히지 않아서였다. 내가 머뭇거리는 사이 드디어 아내가 폭발했다. 아내는, 평소엔 무심한 편에 속했지만 한번 화가 나면 대단히 무섭게 돌변하는 경향이 있었다.

"당신은, 한시 이십분에 집에 도착해서, 두시 오분에 나갔어. 사십오 분 동안 당신은, 멀쩡한 화분 하나를 발로 차서 깨뜨렸고, 변태처럼 내 화장품들을 모조리 꺼내 냄새를 맡았고, 옷장 속 내 옷과 침대 밑까지 조사했고, 미친놈처럼 눈을 시뻘겋게 해가지고 미친 듯이 작은방을 뒤졌고, 급기야는 냉장고 문까지 열어봤어. 아무것도, 혹은 아무도 나오지 않자 당신은 화가 나서 욕설을 퍼부었고, 역시 멀쩡한 컵을 하나 집어던져 깨뜨렸고, 분을 삭이느라 물을 마시고는 내가 큰맘먹고 산 냉장고 문을 부서져라 닫았어. 이래도 시치미 뗄래? 앞으로는 괜찮은 척, 이해하는 척하면서 뒤에서 호박씨를 까? 도대체 무슨 꿍꿍이지, 응?"

　나는 어리둥절해서 즉각 대응할 수 없었다. 다만 사람의 목소리가 저렇게 달라질 수도 있구나, 아내의 날카로운 목소리를 들으며 생각할 뿐이었다. 아내가 다시 한번 응? 하고 재촉했을 때야 나는 뭔가 말을 해야 한다고 생각했고, 더듬더듬, 아내의 심기를 불편하게 할 소지가 있으므로 아내의 사랑과 황금알은 쏙 빼고, 옆집 여자와 그 여자가 맡긴 바구니와 어제 맛본 맥주와 돈 오천원에 대한 갈증을 털어놓기 시작했다. 아내는 들었고 나는 말했다. 아니, 나는 쪽팔려하면서 간신히 말했고 아내는 당당하게 들었다.

　너무 쪽팔려서 아내가 어떻게 시는 물론이고 분까지 따져가며 내 행적을 샅샅이 알 수 있는지, 보지 않고도 마치 본 것처럼 집을 뒤진 순서까지 정확하게 맞힐 수 있는지 묻지 못하고 말았다. 그 생각은 아주 짧은 동안 머릿속에 의문부호로 떠올랐다가 가뭇없이 사라지고 말았다.

나는 말을 마쳤고, 침묵했고, 아내의 판결을 기다렸다. 여전히 내 얼굴에서 시선을 떼지 않고 아내가 물었다.

"그래서?"

"그래서라니?"

"오천원 찾았냐고?"

나는 대답 없이 고개만 저었다. 그때 아내가 지갑을 열더니 만원짜리 한 장을 꺼내 내 앞으로 쓱 내밀었다.

"나가서 마시고 와."

나는 떨리는 손으로 만원짜리를 받았고, 고개를 끄덕였고, 발길을 돌렸다. 맥주를 마실 수 있다는 기쁨보다도 그 자리를 벗어날 수 있어서 다행이라는 생각이 더 컸다. 막 방문을 닫으려는데 아내가 마지막으로 못을 박았다.

"한 번만 더 거짓말하면 죽어."

말의 의미와는 달리 아내의 목소리는 부모가 자식의 잘못을 깨닫게 한 뒤 용서해줄 때처럼 한없이 너그러웠다. 나는 고개를 한 번 끄덕이고 나서 재빨리 집을 벗어났다.

맥주 두 병을 가지고 나와 편의점 탁자에 앉았다. 병따개로 뚜껑을 따고 컵에 넘치도록 부어 한잔 쭉 들이켰다. 울적함은 울적함이고 맥주 맛은 여전히 시원하고 통쾌했다. 그러나 울적함을 날릴 정도는 아니었다.

나는 우울하고 분하고 서러웠다. 그 세 감정 중 가장 큰 것은 서러움이었다. 내가 어쩌다 이렇게 되었을까 생각하면서 두 잔째 맥주를 마셨다. 첫 잔만큼 통쾌하지는 않았다. 그래서 더 서러웠다. 이깟 맥주 때문에 아내한테 모욕을 받았다 생각하니 서러워서 견딜 수가 없었다. 눈물 한 방울이 눈가에 맺혔고, 이런 걸 자기 연민이라고 하는구나 생각하며 누가 볼세라 얼른 닦아냈다. 자기 연민을 닦아내고 나자 남는 것은 왜 좀더 강하게 반박하지 못했을까 하는 자책이었고, 아내에 대한 분노였다. 나는 세 잔째 맥주를 마시며 복수를 다짐했다.

우리는 아이를 원하지도 일부러 거부하지도 않아서, 아이를 갖기 위한 노력도 하지 않고 안 갖기 위한 노력도 하지 않았는데, 어쨌거나 아이는 생기지 않았다. 한마디로 각자 '나'한테 집중하느라 아이에 대해서는 신경쓸 겨를이 없었다고 할 수 있었다. 결과적으로 보면, 다행도 아니고 불행도 아니었던 일이 상황의 변화에 따라, 지금은, 다행한 일이 되어 내 입에서 안도의 한숨이 나오게 했다. 이런 아빠의 모습을 보았다면 아이가 어떻게 생각할 것인가 말이다.

봄밤이었고 거리에는 사람들이 많았다. 그들은 모두 무리나 쌍을 이루고 있었고, 나만 홀로 거리에 앉아 있었다. 돈이 없어 맥줏집에 가지 못하고 길거리 편의점 탁자에 앉아 있다는 걸 나를 힐끔거리는 사람들이 눈치채지 못하도록 애써 태연한 표정을 지었다. 천신만고 끝에 얻은 맥주지만 통쾌한 맛은 이미 사라져버린 뒤였고, 쓴맛 나는 액체는 점점 헛배만 불러오게 했다.

나는 맥주 두 병을 비우고 일어났다. 그리고 집으로 걸어가며 복수의 방법에 대해 생각하기 시작했다.

5

처음에 나는 '이베이'에다 아내를 올렸다. 이베이는 물건을 사거나 팔 때 내가 주로 이용하는 경매사이트였는데, 한 번도 사기를 당하지 않아서 그럭저럭 괜찮은 이미지를 가지고 있었다. 그러나 다시 생각해보니 진지한 사람이라면 운송상의 까다로움을 감수하면서까지 아내를 사려고 할 것 같지가 않았고, 호기심에 접근하는 사람이라도 비싼 국제전화요금을 물면서까지 장난전화를 할 것 같지가 않았다. 나는 아내의 사진과 함께 핸드폰번호도 올렸던 것이다. 이래서는 복수가 될 수 없었다.

결국 국내에서 가장 유명하다는 경매사이트에다 다시 아내를 올렸다. 내가 첨부한 사진은 지금의 아내와는 상당히 다른 모습이었는데, 십여 년 전 한창 젊을 때의, 게다가 가장 잘 나온 얼굴을 골랐기 때문이었다. 진짜로 팔려는 게 아니라 아내에게 복수하기 위해서였으므로 나이도 한 십 년쯤 깎았다. 미인이었으면 효과가 더 컸겠지만 아쉽게도 아내는 그다지 밉지 않은 평범한 얼굴이었고, 그래서 소극적인 복수로 끝나리라고 나는 예상했다. 어쩔 수 없는 일이지, 그래도 보기 좋게 한 방 먹일 수 있잖아, 생각하며 그쯤에서 만족하기로 한 것이다.

컴퓨터를 끄고 의자에서 일어설 때는 어느새 아내가 미인이 아니어서 다행이라는 생각까지 하고 있었는데, 그 생각의 바탕에는 또 간밤처럼 아내가 무섭게 돌변할까봐 두려워하는 마음이 깔려 있었다. 그러므로 몇 통의 장난전화쯤은 오히려 애교로 봐줄 거야, 하고 조금은 비굴하게 내 행동을 합리화한 데도 아내가 그렇게 생각해주기를 바라는 마음이 있었다고 할 수 있겠다.

복수의 단초를 마련하느라 오전시간이 다 갔다. 점심으로 뭘 먹지, 생각하며 바깥을 내다보고 있는데 문득 낯익은 얼굴이 바람같이 지나갔다. 얼마나 걸음이 빠른지, 어? 하는 사이에 벌써 가게를 지나 저만큼 멀어지고 있었다.

그런데 어디서 봤더라?

어쩌면 모르는 얼굴일 수도 있었다. 느낌이 낯익었다는 것이지 아는 사람이라고 꼬집어 말할 수는 없었다. 저 불안해 보이는 얼굴과 흔들리는 눈동자와 허술한 듯하면서 어딘지 경계하는 듯한 걸음걸이……, 나는 생각하다가 곧 그만두었다. 하루에도 얼마나 많은 사람들이 가게 앞을 지나가고 또 나는 바라보았는가 말이다. 그들을 다 안다고 말한다면 아마 대한민국 사람 오분의 일은 안다고 해야 할 것이다.

나는 자리에서 일어났고 감시자들도 따라 일어섰다. 점심 메뉴를 정하는 것은 늘 내 몫이어서 나는 감시자들에게 의논하지 않고 회전초밥집으로 갔다. 내가 들어서자 주인이 아는 체한답시고 오늘 동태가 좋다며 묻지도 않은 말을 했다. 초밥집에서

늘 동태찌개만 시키는 내가 이상해 보였던지 몇 번 가지 않아서 주인은 나를 기억했다. 묻고 싶어도 묻지 못하는 그에게 내가 먼저, 전 동태찌개를 좋아합니다, 하고 변명처럼 들리지 않도록 애쓰면서 말했었다. 그는 고개를 끄덕였다. 하지만 그것은 반은 맞고 반은 틀린 말이었다. 물론 동태찌개를 좋아하기는 했지만 초밥집에서 늘 동태찌개를 시킬 정도는 아니었다. 오히려 나는 동태보다 초밥을 더 좋아하는 편이었다.

문제는 돈이었다. 어제까지는 그랬다. 그러나 오늘은 달랐다. 평소 같았으면 그런가요, 하며 동태찌개를 시켰겠지만 오늘은 아니었다. 내게는 어제 아내가 준 만원에서 맥주를 마시고 남은 돈이 있었고, 한번 더 통쾌하게 맥주를 마실 것인가 아니면 점심값에 보탤 것인가 고민하다가 결국 점심값 쪽으로 기울어진 것이었다.

나는 정중하게 동태찌개를 사양하고 생선초밥을 골랐다. 이천원짜리 네 접시. 주인이 의외라는 듯 쳐다보았지만 그러거나 말거나 나는 혀끝으로 생선살과 간장과 고추냉이와 마지막의 다디단 밥맛까지 고루 음미하며 아끼듯 천천히 네 접시를 비웠다. 포만감이 스멀스멀 목구멍으로 기어올라왔다. 그 순간의 나는 황제도 부럽지 않은 사람이었다. 그러나 잔치는 끝났고, 황제에서 평민으로 돌아가야 할 시간이었고, 평민의 신분에 걸맞은 사백원짜리 자동판매기 커피를 마셔야 할 시간이었다. 감시자들은 무표정한 얼굴로 앉아 내가 일어나기만 기다리고 있었다.

커피를 마시며 가게에 앉아 바깥을 내다보는데 한 시간 전에 지나갔던 여자가 이번에는 반대편에서 나타나 또 바람같이 지나갔다. 마치 관성의 법칙처럼 다시, 저 여자를 어디서 봤더라, 생각했다. 제법 예쁜데? 어디서 봤지? 떠오를 듯하면서 떠오르지 않았다. 그럴 경우 나의 결론은, 가게에 왔던 손님이겠지, 였다. 복잡한 것을 싫어하는 나는 이번에도 예외가 아니어서, 에이 가게에 왔던 손님이겠지, 중얼거리고는 생각을 접었다.

그날 저녁이었다. 집에 도착하자 아내가 저녁을 차려놓고 나를 기다리고 있었다. 보통은 아내와 내가 비슷한 시간에 집에 도착하고 아내가 해주는 저녁밥을 얻어먹기 위해서는 한 시간을 기다려야 했는데 오늘은 별일이다 싶었다. 아니나 다를까 나를 살짝 흘겨보며 아내가, 당신 치사한 짓 했데, 하고 말문을 열었다. 나는 속으로 아차 싶어서 아내의 눈치를 살폈지만 그다지 화가 난 것 같지는 않았다.

"오후부터 전화통에 불났어. 장난으로 올린 거 아니냐고들 묻데."

"아…… 그거…… 그건……"

"그래서 그거 진짜라고 했어. 당신이 날 판다며? 아냐?"

나는 말문이 막혔다. 내가 아무 말도 못 하고 있는 사이 아내가 덧붙였다.

"재밌을 거 같아서. 인기를 실감하는 것도 뭐 나쁘지는 않고."

"그러다 정말 팔리면?"

아내의 속마음을 떠보기 위해 용기를 내서 물었다.

"팔리면 팔리는 거지. 당신이 바라는 바잖아."

아내가 눈웃음을 지었다. 나는 가슴을 쓸어내렸다. 자신이 매물로 나왔음에도 아내는 기분 나빠하기는커녕 오히려 즐거워하는 것처럼 보였다. 아내는 의외로 큰일에 대범함을 보이기도 했는데, 이번이 바로 그런 경우였다. 복수는 실패였지만 나는 다시 복수를 꿈꿀 엄두는 내지 못하고, 결과적으로 아내에게 자신감만 심어준 모양새가 된 이 상황을 그냥 받아들이기로 했다.

밥을 먹는 동안, 설거지를 하는 동안, 과일을 깎는 동안, 아내는 내내 콧노래를 불렀다. 콧노래를 부르며 텔레비전을 보았고, 콧노래를 부르며 화장을 지웠고, 콧노래를 부르며 세수를 했다. 맥줏값이나 하라며 점심값과는 별도로 용돈을 줄 때도 아내는 콧노래를 불렀다. 어제에 이어 또다시 아내에게서 맥줏값을 받은 나는 어리둥절해하다가, 잠시 감격하다가, 곧 같이 콧노래를 흥흥거렸다.

그날 밤 우리는 참으로 오랜만에 잠자리를 같이했고, 과격한 운동이 끝난 뒤에는 나란히 누워 곯아떨어졌다.

이튿날, 이날도 역시 나를 호위하기 위해 감시자들은 이른 아침부터 대문 앞에 서서 대기하고 있었다. 기분이 좋았던 나는 내가 기분이 좋은 만큼 감시자들에게 미안한 생각이 들어서 한마디 위로의 말을 하지 않을 수 없었다.

"이봐, 친구들. 잠도 좀 자면서 일하라구. 그러다 몸 상하면 친구들만 손해야. 아, 나? 나는 걱정 안 해도 돼. 걱정 안 해도 된다구. 갈 데도 없지만 오라는 데도 없지. 난 시계추라고. 시계추는 말야, 밥이 떨어지거나 고장나기 전에는 제자리를 이탈하는 법이 없지. 내게는 가게와 집이 우주의 전부라구."

물론 돌아오는 대답은 없었지만 나는 개의치 않았고, 기분이 상쾌했고, 날은 화창했다. 여름이 다가오고 있어서 낮에는 제법 더웠지만 이른 아침의 공기는 목욕 후 파우더를 바른 아기의 살결처럼 보송보송하기만 했다. 나는 참으로 오랜만에 행복 비슷한 감정을 느꼈는데, 그게 아내와의 잠자리 때문인지 화창한 날씨 때문인지는 알 수가 없었다. 어쨌거나 이런 생활의 연속도 뭐 나쁘지는 않겠다고 생각했다.

오전에는 디지털카메라 도색이 한 건 들어와서 한창 그 작업에 열중해 있는데 갑자기 감시자 둘이 한꺼번에 가게를 나가더니 돌아오지 않았다. 몇 달 만에 처음 있는 일이었다. 아침의 내 충고를 받아들여 사우나라도 간 모양이라고 생각은 했지만 가게에 혼자 있으려니 영 낯설었다. 자유를 갈구할 정도는 아니어도 감시자들의 존재가 거추장스러운 것은 사실이었는데, 이상하게도 그들이 사라지니 가게가 텅 빈 것 같았다.

점심시간이 되어도 감시자들은 돌아오지 않았다. 무슨 일이라도 생긴 것일까, 은연중 걱정하는 스스로를 깨닫고 나는 픽, 웃었다. 주머니도 두둑하겠다 오늘 역시 멋진 점심을 먹어야겠다 생각했지만 감시자들이 없어서 그런지 흥이 나지 않았다. 식당에 갈 마음도 생기자 않았다. 배달시킨 자장면으로 점심을 때운 뒤 커피 한 잔을 뽑아와서 마셨다.

그 와중에도 어제의 그 여자를 다시 보았다. 역시 여자는 바람같이 지나갔다가 또 바람같이 지나갔다. 여자가 지나간 뒤에야 나는 이 친숙한 감정은 뭐지, 하고 중얼거렸다. 인사라도 건네볼걸, 하고 때늦은 후회를 하기도 했다.

감시자들은 오후 늦게야 가게로 돌아왔다. 돌아와서는 같이 좀 갑시다, 했고 한 친구가 다정한 연인이라도 되는 듯 내 팔짱을 꼈다. 강압적인 분위기는 아니었지만 나는 강압을 느꼈고 말없이 걸음을 옮겨놓았다. 나는 강압을 느껴서 오전에 그들이 어디에 갔었는지, 왜 이제야 돌아왔는지, 그리고 지금은 어디로 가는지, 묻지 못했다. 다만 막연히, 드디어 올 것이 왔구나, 생각했다. 그러므로 나는 감시자들의 우두머리에게로 안내되는 거라고만 생각하고 있었다.

도착한 곳은 도시의 뒤편, 쓰레기더미와 돌멩이와 과자봉지가 나뒹구는 벌판의 창고 같은 곳이었다. 허허벌판이라고 할 것까지는 없었지만 창고 같은 건물이 오십여 미터씩 뚝뚝 떨어져 있어서 소리쳐도 들리지 않을 정도는 되었다. 돈도 많을 우두머리가 왜 이렇게 허름하다 못해 허접스럽기까지 한 곳으로 나를 불렀는지 이해되지 않았다.

혹시 나는 벌써 팔린 것일까?

70

"이봐 친구들, 하나만 물어볼게. 물어봐도 되지? 물론 친구들 성격을 잘 아니까 뭐, 대답하기 싫으면 안 해도 되고, 해주면 더 좋고. 나 팔린 거야, 응? 마누라한테 인사도 못 했는데 이렇게 갑자기 끌고 오면……"

그러나 나는 말을 끝까지 이을 수 없었다. 문이 열리고 나는 어두컴컴한 창고 안으로 우악스럽게 밀쳐졌다. 뜀박질하듯 몇 발을 앞으로 내딛다가 간신히 넘어지지 않고 멈춰 섰다. 창고 문이 닫히고 백열등이 켜졌는데, 창고 안에는 우리 세 사람뿐 나를 사갈 사람도 우두머리도 보이지 않았다. 그럼 왜? 하는 생각이 들었으나 감시자들의 분위기가 아침과는 판이하게 달라져 있어서 나는 감히 묻지 못했다.

첫 펀치는 얼굴. 두번째 펀치는 배. 세번째는 등. 네번째는 무릎. 거기까지는 세었으나 그 다음부터는 정신을 차릴 수가 없었다. 허약한 내 육체는 감시자들의 강력한 주먹이 이끄는 대로, 앞뒤좌우로, 아래위로, 큰 동작을 선보이며 춤을 추었다. 원하지 않는 춤을 추는 동안 머릿속에는 오로지 왜? 하는 생각뿐이었다.

춤은 체력소모가 커서 오래 출 수 없다는 단점이 있었다. 결국 나는 바닥에 길게 뻗어버렸다. 그러자 비로소 펀치가 멈췄다. 나는 한숨 돌린 뒤 왜? 를 물어보기 위해 힘겹게 몸을 일으켰는데, 그 순간 펀치가 다시 살아 움직이기 시작했다. 나는 또 원하지 않는 춤을 추었고, 이번에는 단 몇 초도 버티지 못하고 바닥으로 고꾸라졌다. 그러자 또 펀치가 멈췄다. 아하. 나는 곧 감시자들의 법칙 하나를 깨달았다. 쓰러진 자에게는 펀치를 가하지 않는다!

나는 일어나기 위해 애쓰는 척하다 철퍼덕 바닥으로 쓰러졌고, 실제보다 훨씬 힘겹게, 쉭쉭 쇳소리까지 내가며 숨을 몰아쉬었다. 그러면서 나는 이유를 물었다. 왜냐? 고등학교 시절 잠시 연극을 했던 적도 있어서 그 정도 명연기는 언제든지 펼칠 수 있었다. 아니나 다를까.

나의 연기에 만족한 감시자들은 영원히 열리지 않을 것 같던 입을 열어 두서없고 생략되고 절제되고 주체가 사라진 짤막한 이유를 내놓았다. 나는 순서를 제대로 정렬하고 생략된 문장을 찾아내고 절제된 표현을 수소문하고 사라진 주체를 여기저기 끼워넣느라 한동안 더 명연기를 펼치며 바닥에 드러누워 있었다. 깔끔하게 정리하자면 이랬다.

인류를 망각한, 회쳐 먹어도 시원찮을 개자식(아마 나)이 한몫 챙기기 위해 경매사이트에다 부인을 매물로 내놓았다. 밖으로는 흉악한 계략을 꾸미는 한편 안으로는 살가운 운우지정을 펼쳐 부인을 감쪽같이 속였다. 순진한 부인이 철저하게 속고 있는 동안 경매의 마감시간이 다가왔고 누군가가 부인을 낙찰받았다. 단돈 삼백만원에 팔려갈 위기에 처한 부인의 사정을 사장님(우두머리?)이 전해듣고서 의리의 사도들(즉 감시자들)을 보내 구해주었다. 팔지 말아야 할 것을 팔아먹으려 한 개자식과 낙찰받지 말아야 할 것을 낙찰받아 상도덕 운운하며 부인을 빼앗으려 한 낙찰자는 벌을 받아 마땅하다.

그렇게 정리하고 보니 수선해야 할 부분이 한두 군데가 아니었다. 나는 그 점을 지적하기 위해 감시자들의 법칙도 잊고서 몸을 일으켰으나, 그 순간 여지없이 펀치가 날아들었다. 그때 벌써 내 몸은 너덜너덜 걸레가 되어가고 있었는데, 머리부터 발끝까지 아프지 않은 곳이 없었고 얼굴은 찢어져 피가 흘렀다. 눈이 부어올라서 감시자들의 얼굴도 제대로 보이지 않았다.

나는 수선은 포기했다. 하지만 하나의 의문만은 포기할 수 없었다. 그것은 바로 '왜 당신들이?'였다. 그러나 그 의문에 대해서는 내가 아무리 명연기에 명연기를 더해 펼쳐도 감시자들의 입을 열게 할 수는 없었다. 감시자들은 굳게 입을 다물었고 그런 모습이 내게는 더 수상쩍어 보였다. 나는 그다지 둔한 편은 아니었다. 짚이는 바가 있었다. 자신들의 과묵한 입이 오히려 내게 정답을 시사하고 있다는 걸 감시자들은 알지 못했다. 그걸 깨닫고 나자 지난날 언뜻언뜻 스쳤던 의문부호들이 소리없이 사라졌다.

의문부호들이 사라지는 순간 연쇄작용처럼 어제와 오늘 낮 열두시 삼분과 열두시 오십칠분에 가게 앞을 지나간 여자를 어디서 봤는지가 떠올랐다. 아! 그 식당들, 중얼거리며 나는 정신을 놓았다.

눈

1

나는 도망쳤고 그는 다가왔다. 나는 우유부단했고 그는 끈기가 있었다. 처음에 그는 사실대로 말하지 않고 어설픈 거짓말을 했다. 회사 사람인 것처럼 행세하며 내가 잊고 간 물건이 있으니 찾으러 오라고 했다. 곧이어, 퇴사한 마당에 회사로 오기 뭣하면 자기가 전해줄 테니 밖에서 만나자고 했다. 나는 잠시 생각해보고 나서 두고 온 물건이 없을 거라고 말했다. 내가 비록 우유부단하긴 해도 뭘 빠뜨리고 다니는 사람은 아니었다. 지금은 시들시들하지만 어쨌거나 벤자민은 내 옆에 잘 있었다. 나는 또 잠시, 회사 사람이라면서 뭘 모르는군, 생각하며 퇴사가 아니라 재택근무라고 그의 말 중 틀린 부분을 정정해주었다. 그가, 아 그런가요, 하며 놀랐다.

"그래도 잊고 간 물건이……"

그는 포기하지 않았다. 나는 벌써 보름 가까이 재택근무를 하고 있었지만 삼촌은 물건 얘기를 한 적이 없었다. 그런 물건이 있었다면 삼촌이 먼저 가져다주었을 게 틀림없었다. 이건 또 무슨 수작이지, 하는 문장이 방점을 단 채 머릿속을 흘러갔다. 뭔가를 말하려는 듯 그가 입을 달싹이는 소리를 내서, 틈을 주지 않고 내가 먼저 말했다.

"버리세요."

그리고 전화를 끊었다. 그때까지만 해도 그가 회사 사람이 아닐지도 모른다는 생각은 하지 못했다. 다만 과민한 사람이 직원으로 들어왔구나 생각했을 뿐이었다. 그날 하루 동안 다시 전화가 오지 않아서 나는 그걸로 끝난 줄 알았다.

그의 정체는 다음날 밝혀졌다. 그는 오전 열한시에 전화를 해서는 자신은 회사 사람이 아니라고 실토했다. 덧붙여, 우리는 만난 적은 있지만 말을 나눈 적은 없고, 만난 적이 있다는 말도, 우연히 같은 공간에서 여러 번 부딪히는 바람에 얼굴이 익게 된 것인데 그걸 만났다고 표현하는 게 옳은지 아닌지 잘 모르겠지만, 하고 퍽 애매모호하게 말을 했다. 이어, 내 집 전화번호는, 우리가 다니던 식당의 주인을 통해 회사를 알아내고 다시 회사를 통해 집 전화번호를 알아낸 것이니 이상하게 생각하지 말라고 했다. 그는 조금 우쭐해하는 것 같았다.

그런데 듣고 보니 그 말이 더 이상했다. 만난 것인지 아닌 것인지 모르는 사람이 식당 주인을 통하고 회사를 거쳐 내 집 전화번호를 알아낸다는 것은 아무리 생각해도 상식에서 벗어난 일 같았다. 이쯤에서 이유를 물어야 한다는 생각이 들었지만 나는 가만히 있었다. 가만히 있어도 그가 다 털어놓았다.

그는 다소 심각한 목소리로, 죽을 만큼 두들겨맞고 있을 때 내가 떠올랐다고 했다. 내가 떠오르기 전에는 자신의 가게 앞으로 지나다니는 나를 보았다고 했다. 가게 앞으로 지나다니는 나를 보기 전에는 점심을 먹으러 간 식당에서 여러 번 나를 목격했다고 했다. 나는 그의 과거를 따라다니느라 머리가 복잡해져서 잠자코 있었다.

그가 계속했다. 죽을 만큼 두들겨맞고 있을 때 당신이 떠올랐다, 당신을 어디서 봤는지 기억해냈다, 당장 만나고 싶었지만 얘기했다시피 죽을 만큼 두들겨맞는 바람에 가게에 나가지 못했다, 한 달이나 앓아누워 있었다, 간신히 기력을 차려서 가게에 나가 당신이 지나가기를 기다렸으나 당신은 나타나지 않았다. 그의 말을 정리하자면 그랬다. 그는 아직도 기력이 덜 회복됐는지 가끔씩 말을 멈추고 숨을 몰아쉬었는데, 어쩐지 내게 감탄사 비슷한 말을 기대하며 시간을 주는 것 같기도 했다.

나는 감탄사를 내뱉는 대신 왜 나를 만나려 하느냐고 물었다. 그가 잠깐 생각하더니 모르겠다고 했다. 나는 질문을 좀 바꿔서 그럼 나를 만나 뭘 할 거냐고 물었다. 그는 또 잠깐 생각했다.

"모르겠어요."

나는 수화기를 내려놓았다. 그 대목에서 내가 왜 갑자기 수화기를 내려놓았는지는 나도 모르겠다. 그래서 나는 약간 당황했고, 다음에는 약간 안도했고, 전화코드를 뽑은 것은 아니니까 걸고 싶으면 또 걸겠지, 하고 생각했다. 그러나 전화는 오지 않았다. 그제야 나는 이틀 동안의 혼란이 다 끝난 모양이라고 생각했다.

　전화는 다음날 또 왔다. 열한시였고 집에 아무도 없어서 내가 받았다. 그였다. 이제는 목소리만 들어도 알 수 있었다. 그는 어제 나를 만나 뭘 할 건지 진지하게 생각했다면서 괜찮다면 같이 맥주나 마시자고 했다. 너무 뜬금없는 말이어서 나는 대답을 못했다. 그러나 그의 목소리에는, 이번에는 당신도 거절하지 못하겠지 하는 확신 같은 것이 어려 있어서 뜬금없어하는 내가 옳은지 아닌지 판단이 서지 않았다. 기다리다 지친 그가 말했다. 단순히 맥주만 마시자는 게 아니다, 맥주를 마시면서 내가 왜 당신을 만나고 싶어하는지 같이 그 이유를 찾아보자. 이유? 내가 반문했다.

　"궁금하다면서요."

　그렇긴 했다. 나는 그가 왜 나를 만나고 싶어하는지 궁금했고, 그는 모르겠다 했고, 그러므로 만나서 얘기를 하다보면 이유를 알 수 있을 것 같기도 했다. 게다가 생각해보니 내가 맥주를 마시지 않은 지도 꽤 되었다. 원래 술을 즐기지 않는 편이긴 해도 몇 년 동안 내게 맥주 한잔 하자고 한 사람이 하나도 없다는 건 아무래도 이상했다. 아버지도 술을 즐기고 삼촌도 즐기고 엄마도 가끔 즐기고 회사 직원들은 지겹도록 즐기는데 왜 나한테는 아무도 권하지 않았지?

혹시…… 그가 너듬거리며 말을 꺼냈다.

"소주파인가요?"

나는 대답을 못 했다. 그의 말뜻이 얼른 와 닿지 않았다.

"그럼 양주파?"

이번에는 그의 말뜻을 알아들었으나 소주고 양주고 마셔본 적이 없어서 다만, 나는 파를 싫어합니다, 하고 대답했다. 그러자 그의 목소리가 환하게 밝아지며 자신은 맥주파라고 했다.

"정말 다행입니다. 내가 맥주파니까 당신도 맥주파 하면 되겠네요. 파가 다르면 종종 곤란한 일이 생기죠. 고집 센 인간을 만났을 때는 더욱 그래요. 주종에 따라 원하는 분위기와 안주가 달라지고 그러니 술집도 달라지죠. 알코올이라고 다 같은 알코올이 아니에요. 알코올을 섭취해도 원하는 알코올이 아니면 만족하지 못하고 불만이 머리꼭지까지 쌓여서는 자칫 불상사로 이어질 수도 있고……"

그가 그렇게 떠들어대는 동안 나는 당파싸움에 대해 생각하고 있었다. 동인과 서인이 있었고, 동인에서 갈라진 북인과 남인이 있었고, 북인이 자멸한 뒤의 남인과 서인이 있었고, 서인에서 갈라진 노론과 소론이 있었고……

2

그가 부르지 않았다면 나는 그대로 돌아나왔을 것이다. 이상한 것은, 그는 그저 저기요, 했을 뿐 꼭 집어 나를 부른 것은 아닌데도 나는 그게 나를 부르는 것임을 귀신같이 알아차리고 걸음을 멈췄다. 내가 걸음을 멈추자 그가 다가왔고, 그가 다가와서 나는 한 걸음 뒤로 물러섰다. 하마터면 비명을 지를 뻔했다. 내가 물러서자 그가 그 자리에 멈췄고, 그가 멈춰서 나도 더 물러서지 않았다. 내가 물러서지 않자 다시 그가 다가왔다. 이번에는 물러서지 않고 가만히 있었다.

"당신 맞군요. 꼭 도망갈 것처럼 굴기에 잘못 본 줄 알았습니다."

눈앞까지 다가왔을 때 당황하고 놀라고 숨이 막히는 와중에도 깨달을 수 있었다. 멀리서 볼 때는 광호 선배를 닮은 얼굴이었는데 가까이서 보니 많이 달라져 있었다. 얼굴에 변화가 있었다. 왼쪽 이마에서 왼쪽 눈썹 옆까지 사선으로 흉터가 나 있었고, 눈도 좀 부은 것 같았고, 코와 입이 약간 비뚤어져 보였고, 볼과 턱에도 상처가 있었다.

"얼굴, 어떻게 된 건가요?"

그 변화들이 보이지 않을 때 그는 다만 선배의 얼굴로만 다가왔지만 일단 변화들을 발견하고 나자 이제는 그것만 눈에 들어왔다. 그렇다고 상처들이 말도 섞지 못할 정도로 인상을 험악하게 만들어놓았다는 것은 아니었다. 그의 얼굴에서 상처들은, 뭐랄까, 평범한 얼굴에 개성을 부여하는 역할을 하고 있었다.

"아, 이거요? 맞아서 그런 거예요."

그렇게 말하며 그는, 폭행을 당한 후 눈꺼풀이 완전하게 떠지지 않고 자꾸만 아래로 가라앉는다고 했고, 얼굴의 상처들도 성형수술을 하지 않는 한 영원히 사라지지 않을 것 같다고 했다. 그의 말에서 나는 일말의 동정심 유발의도를 읽었으나 모르는 척했다. 그 순간 나는 낙인에 대해 생각하고 있었고, 그의 얼굴의 낙인이 영원히 지워지지 말았으면 하고 빌었다. 낙인으로 인해 선배를 닮았던 얼굴은 이제 한 개체의 고유한 얼굴이 되었다. 그건 어쨌거나 나에게 여러모로 다행한 일이었다. 그의 얼굴을 보면서 선배를 떠올리지 않아도 되었으므로.

"왜 그냥 나가려고 했습니까?"

나는 잠시 생각했다. 선배 얘기는 하고 싶지 않았다. 하고 싶어도 조리있게 설명할 재간이 없었다. 나를 짝사랑하던 선배가 자살했다, 당신이 그 선배를 닮았다, 라고 단순하게 설명하기에는 뭔가가 부족했고, 그렇다고 당시의 온갖 상황까지 나열하기에는 왠지 구차한 느낌이 들었다.

"내가 흉악범처럼 보였습니까?"

"네."

그러나 그것은 사실이 아니었다. 그가 유쾌하게 웃었다. 웃으며 그는, 흉악범처럼 보이는 것은 자신의 오랜 꿈이라고 말했다.

내 표정이 떨떠름했는지 그가 다시 강조하기를, 자신의 오랜 꿈은 흉악범처럼 보이는 것이지 흉악범이 되는 것은 아니라고 했다. 그게 그거지 생각하면서도 나는 고개를 끄덕여주었다. 맥주를 한 모금 마시고 나서 그는, 세상이 자신에게 친절해졌다고 뜬금없는 소리를 했고, 그건 다 얼굴의 상처들 덕분이라고 사랑스러운 듯 상처를 쓰다듬으며 말했고, 상처 몇 개로 세상과 화해할 줄 진작 좀 알았다면 좋았을 거라는 후회도 했다. 좀 전의, 성형수술 운운하며 불쌍한 표정을 짓던 모습은 온데간데없었다. 나는 세상이 어떻게 친절해졌느냐고 물었다.

"예를 들자면 많아요. 우선 식당에 가면 내가 말하기 전에 주인이 알아서 자리를 마련해주죠, 종업원이든 주인이든 한 번만 불러도 조르르 달려오죠, 네 활개를 치며 거리를 걸어도 시비거는 놈 하나 없죠, 젊은 놈들은 슬금슬금 내 눈치를 보죠……"

"그래서 기분이 좋나요?"

그가 흐뭇하게 웃으며 좋죠, 했다. 그런 다음에는 내 앞에 잔이 없는 것을 발견하고 주인을 불러 손님맞이를 제대로 하지 않는다고 핀잔을 주었다.

"내가 당신을 보자고 한 이유를 알아냈나요?"

그가 갑자기 그렇게 물었는데, 하지만 그것은 내가 물어야 할 질문이었다.

"당신은요?"

그는 아직 모르겠다고 했다. 주인이 잔을 가져와서 그가 내

잔에 맥주를 따라주었다. 거품이 일었고, 나는 태어나서 처음으로 맥주거품이 맛있어 보인다고 생각했다. 그가 잔을 부딪쳐와서 한 모금 마셨는데 생각만큼 맛있지는 않았다. 아니, 오히려 쓴맛이 느껴져서 얼굴을 찌푸렸다. 그는 잔을 쭉 비우더니 아, 하고 감탄사를 내뱉었다.

"지금 생각난 건데, 당신한테 의논할 게 있어요."

"왜 나한테 의논을 하죠?"

"나는 지금 두번째 복수를 계획하고 있어요."

"나는 당신 이름도 몰라요."

그가 눈을 동그랗게 뜨더니 나를 쳐다보았다. 머쓱해진 나는 정말로, 하고 덧붙였다. 그는 곧 꼬리를 내렸다.

"그렇군요. 나는 조용희라고 하고 내 아내는 김선숙이라고 합니다. 나는 서른다섯 살 먹은 남자고, 내 아내는 서른네 살 먹은 여자입니다."

나도 내 소개를 해야 하는지 말아야 하는지 망설여졌는데, 나는 누군가에게, 특히 잘 알지도 못하는 사람에게 나를 소개하는 것을 극도로 꺼리는 성격이었다. 그러나 그가 이번엔 내 차례라는 듯 입을 다물고 있어서 어쩔 수 없이 나도 나를 밝혔다.

"서른둘, 이연주입니다."

"알고 있습니다. 처음엔 이중주로 잘못 알고서 당신 회사에 전화를 걸어 이중주씨 바꿔달라고 했죠. 전화 받은 사람이 한바탕 웃더군요."

그러면서 그는 그때 생각이 나는지 웃었다.

"알면서 왜 가만히 있었죠?"

"대화엔 호흡이 중요하거든요. 주고받는 리듬이랄까. 이제 이름을 알았으니까 말해도 되죠? 첫번째 복수 상대는 아내 김선숙이었고, 지금 두번째 복수 상대는 나를 폭행한 사채업자 김길준입니다. 나는 첫번째 복수의 결과로 사채업자에게 폭행을 당했고, 그 폭행의 결과는 다시 두번째 복수로 이어지고 있는 셈이죠. 연결고리가 아주 확실합니다."

연결고리가 확실해서 뭐 어쨌다는 거지, 하고 나는 생각했다. 그러나 내 생각을 밝히지도 질문을 하지도 않고 가만히 있었다. 그는 내 침묵을 부가설명의 독촉으로 받아들인 모양이었다. 그는 마치 이 일과 아무 상관 없는 제삼자처럼 꼬박꼬박 이름을 써가며, 조용희와 김선숙의 관계, 김선숙과 김길준의 관계, 김길준과 조용희의 관계를 밝히고, 조용희가 처한 과거와 현재의 상황을, 그리고 조용희가 처할지도 모를 미래의 상황까지 설명했다.

설명은 장황했고, 길었고, 지루했다. 그사이 주인이 두 번 불려와서 한 번에 한 병씩 맥주를 놓고 갔다. 길고 긴 그의 삼 년치 인생 설명이 끝났을 때 내가 물은 것은 딱 한마디였다.

"그래서요?"

아! 그가 감탄사를 내뱉었다. 그래서, 그래서요, 그래서라구요? 그가 혼잣말처럼 중얼거렸다. 그랬다가 내게 물었다. 내가 이 얘기를 왜 꺼냈죠? 나는 놀라지도 않고 나한테 의논할 게 있다고 하지 않았느냐고 말했다. 아! 그가 다시 감탄사를 내뱉었다. 그러나 두번째 감탄사는 다른 이유 때문이었음이 곧 드러났다.

"도대체 왜 그러죠?"

나는 그가 왜 그렇게 묻는지 이유를 알지 못했으므로 뭐가요, 하고 되물었다.

"지금 땅콩을, 삼열종대로 세우고 있잖아요."

나는 땅콩접시를 내려다보고 그의 얼굴을 올려다보며 이상한가요, 하고 다시 되물었다. 그가, 먹을 수가 없잖아요, 했다. 나는 뭐든지 정리하는 걸 좋아한다고 대답하고 나서 또 정리하면 되니까 아무거나 빼 먹으라고 했다. 그러자 그가 정중앙의 땅콩 하나를 조심스럽게 집었는데, 손가락 굵기에 비해 땅콩들 사이의 간격이 좁아서 줄이 흐트러졌다. 그가 미안하다고 말했고 나는 괜찮다고 했다. 끝에 있던 땅콩으로 그가 빼 먹은 자리를 채운 뒤 흐트러진 줄을 바로잡았다.

그 일은 우리가 맥줏집을 나설 때까지 반복되었다. 그는 말을 하며 꼭 정중앙의 땅콩을 집었고, 나는 그의 말을 들으며 빈자리를 채우고 줄을 바로 세웠다. 가령 이런 식이었다. 김길준에게 복수하고 싶은데 방법을 모르겠어요, 하며 그가 중앙의 땅콩을 집으면 나는, 김길준에게 아내를 팔아요, 대답하며 빈자리를 채웠다. 그러면 그가 다시, 사지 않아도 이미 아내를 가졌는데 지금 와서 사려고 할까요, 반신반의하며 중앙의 땅콩을 집고 나는,

매일 조금씩 사는 것보다 한 번에 몽땅 사면 당당하고 좋잖아요, 하며 변방의 땅콩을 중앙으로 배치시켰다. 우리는 지치지도 않았고 누가 먼저 포기하지도 않았다. 그것은 말하자면, 즉흥적인 게임 같은 것이었다.

그 사이사이 우리는 맥주를 마시고 주인을 부르고 새 맥주를 주문하느라 바빴다. 어느새 땅콩은 세 줄에서 두 줄로, 다시 한 줄로 줄어들어 있었다. 땅콩만 줄어든 것은 아니었다. 내 이성도 줄어 있었다. 한 모금씩 마셨어도 알코올은 알코올이었고 나는 취해가고 있었다. 취하니 쓴맛도 단맛도 느껴지지 않았고 오로지 목이 타서 맥주잔으로 손이 뻗어나갔다. 어느 순간 그가 나 갑시다, 하며 자리에서 일어났다. 다섯 알의 땅콩이 빙긋 웃으며 우리를 배웅했다.

한동안 말없이 거리를 걷는데 눈앞에 헛것이 보이는 것 같았다. 한여름에 까만 양복을 입은 남자의 형상이 얼핏 눈에 보였다가 안 보였다가 했다. 헛것이 오른쪽에서 불쑥, 왼쪽에서 불쑥 나타났다 사라지는 걸 보면 헛것은 헛것인 모양이었다. 자세히 보려고 눈을 부릅뜨면 그것은 잽싸게 사라졌다. 하긴 눈을 부릅뜬다고 해서 자세히 보이는 것은 아니었다. 알코올로 인해 눈앞이 가물거려서 마치 도수 맞지 않는 렌즈를 눈동자에 붙인 것 같았다. 나는 몇 번 눈을 깜빡거리다 결국 그에게 도움을 청하기로 했다.

"여기 좀 때려줘요. 쾅. 머릿속이 제자리를 찾게."

나는 내 머리를 손가락이 아닌 주먹으로 가리켰다. 그는 정말 이냐고 묻더니 내가 그렇다고 하자마자 마치 그러기를 바라고 있었다는 듯 내 머리를 쾅 내리쳤다. 화가 나는데 마침 화풀이 할 데가 생겨 다행이라는 듯. 그런 다음 그는 속 시원한 얼굴이 되었는데, 비록 내가 때려달라고는 했지만 정말 때릴 줄은 몰랐던 나는 그의 기분 좋은 얼굴을 보자 슬그머니 화가 나기도 했다. 그래도 하나 다행인 것은 그 덕에 눈앞의 헛것들이 사라졌다는 점이었다. 그게 가능한 일인지는 모르겠지만, 헛것이 사라지기 전 놀란 표정을 짓는 걸 본 것 같기도 했다. 어쨌거나 헛것이 사라졌으므로 나는 무례하게 내 머리를 주먹으로 내리친 그를 용서하기로 했다. 용서하지 않는다고 해서 그가 죄의식을 느끼거나 미안한 마음을 가질 것 같지도 않았다.

그가, 내 가게 볼래요, 해서 나는 그러자고 했고 또 우리는 한동안 말없이 걸었다. 마침내 그의 가게라는 닫힌 셔터문 앞에 도착했다. 셔터문을 올리자 가게라기보다는 작업실 같은 횅한 공간이 나타났다. 그의 말에 의하면, 그는 텅 빈 가게에 앉아 지나가는 나를 보았다고 했는데, 그렇다면 나는 이 앞을 무수히 지나다녔다는 것이고, 또 그렇다면 아무리 못 해도 한 번쯤은 보았을 법도 한데, 길은 낯익었지만 가게는 생소하기만 했다.

어때요, 하고 그가 물어서 나는 마음에 든다고 했다. 그것은 사실이었다. 나는 이미 그의 가게를 가게가 아니라 작업실이라 부르기로 작정하고 있었고, 그 횅한 공간이 마음에 들었다. 그는 예상하지 못한 대답이었던지 놀란 얼굴이 되었다. 그랬다가 의자에 주저앉는 폼이 약간 삐친 것도 같았는데, 아마 빼앗긴 자신의 물건에 대한 애착과 파산과 불안한 미래를, 저녁 내내 설명한 얘기를 내가 전혀 진지하게 받아들이지 않는다고 생각하는 듯했다. 그러거나 말거나 나는 상관하지 않았다.

작업실을 대충 훑어본 뒤 어질러진 물건들을 정리하기 시작했다. 종류별로, 다시 키 순서대로, 거기서 다시 자주 쓰일 것과 그렇지 않을 것을 분류해서, 자주 쓰일 것은 앞쪽으로, 그렇지 않을 것은 뒤쪽으로 가도록 삼열횡대로 세웠다. 선반도 없고 수납장도 없어서 바닥에 둘 수밖에 없는 게 안타까웠다. 그가 들으면 서운해하겠지만 그나마 물건이 몇 개 되지 않아서 다행이었다. 또 시작이군, 하는 그의 투덜거림이 등뒤로 들렸다.

정리가 끝나자 나는 뭔지 모를 기운에 휩싸여 가는 붓 하나를 집어들고 벽에다 그림을 그리기 시작했다. 물론 그의 허락 같은 건 받지 않았다. 그가 뭘 하는 거냐고 물었을 때도 대답하지 않았다. 낙서로 도배된 가게를 누가 좋아서 들어오겠냐고 했을 때도 못 들은 척했다.

내가 은색과 검정색 페인트로 그림을 그리는 동안 점차 벽에는 목 아래 몸뚱이는 없고 얼굴만 있는, 무수히 많은 머리들이 공중부양하듯 둥둥 떠다니기 시작했다. 화내는 것에서부터 익살스러운 것까지, 얼굴들의 표정은 모두 제각각이었다. 눈도 제각각이었고 코도, 입도 제각각이었다. 자세히 보면 어느 것 하나

닮은 얼굴은 없었다. 한쪽 벽이 다 채워지자 나는 다른 쪽 벽으로 옮겨갔고, 그렇게 해서 벽이란 벽은 모두, 한 치의 빈틈도 없이 제각각의 얼굴들로 채웠다.

"이건, 그렇다면, 말하자면, 땅콩의 변형인가요?"

그가 물었지만 나는 대답하지 않았다.

작업실 안의 벽이 다 채워지고 난 후에는 밖으로 나갔다. 유리문을 닫으니 또다른 벽이 되었다. 그 또다른 벽에는 이제 목위는 없고 아래 몸뚱이만 있는, 무수히 많은 몸들을 그렸다. 그몸들 역시, 젊거나 어리거나 늙은, 여자 혹은 남자가, 반듯하게서거나 비스듬하게 서거나 또는 쪼그려앉거나 걷거나 했는데, 역시 어느 것 하나 같은 몸은 없었다.

나는 그 일을 정말이지 걸신들린 듯, 미친 듯, 몰아치듯 했고, 마지막 몸을 완성했을 때는 거의 실신할 지경이었다. 신기한 것은 그렇게 오랫동안이나 붓을 놓았는데도 손이 움직여진다는 것이었다. 작업실로 들어가 페인트통과 붓을 놓고 소파에 반듯하게 누웠다. 피곤했고 편안했고 어지러웠고 그리고 잠이 왔다. 내가 잠들기 직전 마지막으로 들은 말은 이런 것이었다.

"여기서 자면 어떡해요! 일어나요, 일어나. 혼자 두고 가버릴거예요. 진짜 미친 거 아냐? 땅콩 정렬할 때 알아봤어야 하는 건데."

3

내가 아무런 해명도 하지 않은 게 결국 화근이 되었다. 아버지는 화가 났고 그걸 풀 수 있는 사람은 나밖에 없었는데 나한테는 그럴 의지가 없었다. 내 옆에 덩달아 꿇어앉은 어머니는 안절부절못하며 연신 내게 눈짓을 보냈다. 눈짓의 의미는 이런 것이었다. 말을 해. 말을 하라구. 집안의 평화를 찾아. 그러나 나는 입을 꾹 다물고 있었다. 아버지가 물었다.

"밤새 어디 있었니? 넌 어제 처음으로 외박을 했다. 이유가 뭐냐?"

말은 그렇게 했지만 아버지가 진정으로 궁금해하는 것은 그게 아니었다. 아버지가 화난 진짜 이유는 지금, 왜, 용서를 빌지 않느냐는 것이었다. 물론 처음에는 아버지도 순수하게 '밤새 어디 있었'는지를 궁금해했다. 그러나 내가 어디 있었는지도 밝히지 않고 용서도 빌지 않자 아버지는 기분이 상했고, 권위에 대한 도전으로 받아들였고, 오기가 생긴 것이다. 나는 꿇어앉혀졌고 오 분에 한 번씩 같은 질문을 받았다. 아버지는 상한 기분과 권위 회복과 오기 때문에 오 분에 한 번씩 같은 질문을 던지고는 있었지만, 이제는 내가 밤새 어디 있었는지 따위는 전혀 중요하지 않았고, 닫힌 내 입을 열고 내게서 참회의 눈물을 쏟아내게 하는 것만이 그 목적이었다.

"밤새 어디 있었니? 왜 연락하지 않았느냐?"

시계처럼 정확한 아버지는 시계를 보지 않고도 오 분씩 시간을 잘라내는 탁월한 감각을 가지고 있었는데, 그 능력을 좀더 유익한 일에 쓰면 좋지 않을까 하고 나는 생각했다. 아버지는 정확한 사람이자 의지가 강한 사람이기도 했다. 의지가 강하다는 것은 달리 말하자면, 융통성이 없거나 고집이 세다는 것과도 맥이 닿아 있었다. 내가 내 인생에서 내 의지대로 선택한 거라고는 꼭 하나 미대 진학뿐이었는데, 그것도 학창시절 미술선생을 짝사랑한 전력이 있는 아버지가 마지못해 허락한 것이었다. 현재 아버지가 가장 후회하는 거라면 바로 나의 미대 진학 허락이었다.

"밤새 어디 있었니? 네가 고집피우면 다 같이 피곤해진다."

그건 맞는 말이었다. 나도 피곤했지만 아버지도 피곤해 보였고 어머니도 피곤해 보였다. 그런데 왜 나는 말을 않는 거지? 아버지가 밤새 어디 있었냐고 물을 때마다 나는 내가 그린 얼굴과 몸들을 떠올렸고, 아버지가 그걸 알아서는 안 된다는 생각이 들었다. 어쩌면 나는 다시 병원으로 보내질지도 몰랐다. 그렇지 않다 하더라도 말하고 싶지 않았다. 비밀스런 기운으로 뭉쳐져 있다가 말이 되어 나올 때의 그 맥 풀리는 기분을 느끼고 싶지 않았다. 아버지가 강요할수록 슬며시 반발심이 생기기도 했다. 또 그럴수록 나는, 이 일을 계기로 통금시간을 늦출 수 있지 않을까 하고 기대했다.

"지난밤 어디 있었냐고 물었다. 너는 아마도 네가 성인이라는 걸 시위하고 있는 모양이다만, 넌 정상이 아니라는 걸 잊지 마라. 너는 보호가 필요하고 내겐 그럴 의무가 있다."

이때쯤이 좋겠다고 생각했다. 나는 옆으로 픽 쓰러졌고 정신을 잃은 척했다. 정신을 잃은 척하지 않더라도 사실 나는 정신을 잃을 지경이었다. 어제 몇 년 만에 알코올을 섭취했고, 너무 많은 에너지를 소모했고, 무엇보다 잠이 부족했다. 그래서 정신을 잃은 척하는 것은 전혀 어렵지 않았다. 소리내지 않고 잠자는 것과 비슷했다. 게다가 나의 부모에게는 정상이 아닌 나의 정상이 아닌 행동을 받아들일 만반의 준비가 되어 있었다. 그 증거로 내가 쓰러지자마자 두 사람은 한 치의 의심도 없이 내가 기절했다고 믿었다.

어머니는 울음을 터뜨렸고 아버지는 나를 안아 내 방으로 갔다. 어머니는 아버지를 원망했고 아버지는 어머니의 감독 소홀을 탓했다. 어머니는 그 동안 착실했던 나의 행동으로 그 원인을 돌렸고 아버지는 이제 막 누리기 시작한 어머니의 취미생활을 걸고넘어졌다. 내가 재택근무를 하게 되면서 어머니는 구청에서 주관하는 수영교실에 다니기 시작했고, 사흘에 한 번씩은 마음 맞는 분들과 등산을 가기도 했다.

"내일 당장 병원에 데려가."

비로소 혼자 있게 된 나는 벤자민에게 윙크를 보낸 후 깊고 편안한 잠에 들었다.

그에게서 전화가 온 것은 이튿날 오전이었다. 그는 별로 기분이 좋지 않은지 목소리가 퉁명스러웠다. 이게 뭐요, 하고 묻는데 어찌 들으면 시비를 걸고 있는 것 같기도 했다. 나는 침착하게 이게 뭐요가 뭔데요, 하고 되물었다. 그는 이제 조금쯤 흥분해서, 이 얼굴들이 뭐냐구요, 하고 목소리를 높였다. 나도 덩달아, 잘 알고 있네요, 얼굴이잖아요, 하고 재미삼아 목소리를 높였는데 빈 집에 내 목소리가 쩌렁 울려서 영 이상했다. 그가 억울한 듯 말했다.

"나도 그렇게 말했어요. 그런데 믿지를 않아요."

"누가요?"

"누군 누구겠습니까, 사람들이지. 사람들이 자꾸 들어와서 물어본단 말입니다."

어떤 사람들이냐고 물으려는데 볼멘소리로 그가 먼저 설명했다.

"물론 모르는 사람들이죠. 가게 앞을 지나다 얼핏 안을 보고 놀라서 들어왔대요. 그러고는 물어요. 이게 뭡니까? 내가 알 게 뭡니까. 나도 모르니 반문할 수밖에요. 이게 뭘로 보입니까? 그러면 다들 대답을 못 해요. 할 수 없이 내가 눈에 보이는 대로 말하죠. 얼굴이잖아요! 그런데 못 믿겠다는 표정들이에요. 눈에 빤히 얼굴이 보이는데도. 그럴듯한 뭔가가 더 있어야 한다는 거죠. 하다못해 그런 의도나 설명이라도. 내가 입 꾹 다물고 있으면 일부는 실망해서 나가고 또 일부는 다시 물어요. 이거 그린

분 아니시죠? 내가 그렇다고 하면 그럴 줄 알았다는 얼굴이 되면서 고개를 끄덕여요. 도대체 이게 뭡니까?"

"맞아요. 그거 얼굴이에요."

대답을 기대하고 물은 말은 아닌 듯 그는, 이런 괴기스러운 걸 왜 남의 가게에다 그려놓았는지 모르겠다고 투덜거렸다. 혼자 있을 땐 얼마나 무서운지 아느냐고도 했다. 그 말을 듣자 조금 미안해졌다. 그래서 다음에 맥주 살게요, 했다.

"내가 뭐 알코올중독잔 줄 압니까?"

말은 그랬지만 그의 목소리는 한결 밝아져 있었다. 밝아진 목소리로 나더러 뭐 하는 사람이냐고 물었다. 정체가 뭐냐고도 했는데 나는 잠시 생각하다 사인하는 사람, 이라고 했다. 그는 내 말을 알아듣지 못한 것 같았다. 그가 다시, 원래 그림 그리던 사람이냐고 물었다. 나는 미대를 다녔다고 했고 그는 아아, 했다. 그 한마디로 다 이해한 것 같았다.

이번에는 내가 물었다. 김길준은 만났나요? 그는, 만나긴 만났는데 복수는 실패라고 했다. 나는 왜냐고 물었고 그는, 김길준이 눈 하나 깜짝하지 않고 코웃음만 치더라고 했다. 보기보다 배짱이 두둑한 인간이더라고도 했다. 그가 한숨을 쉬고 나서 말했다.

"협박하러 갔다가 오히려 협박을 당하고 왔어요. 내 아내를 가졌으니 정당한 대가를 내놓아라, 그렇지 않으면 간통으로 고소하겠다 했죠. 이놈이 피식 웃으면서 말하기를, 지금까지 내가 네놈과 네 아내를 먹여 살렸다, 그게 다 얼만지 아느냐, 집 한 채를 사고도 남는다, 못 믿겠으면 장부를 보여주겠다, 원금과 이자가 다 기록돼 있다, 이걸 당장 갚는다면 간통으로 들어가주겠다, 이러는 겁니다. 숨막히고 기막히고 어이가 없어 숨만 씩씩거리면서 가만히 있었죠. 거저 주는 척하더니 그게 다 빚이었단 말입니다."

그의 목소리는 급격히 풀이 죽어갔다. 나는 그래서 어떻게 됐느냐고 물었다.

"앞으로는 당신 돈 받지 않겠다고 했죠."

"그게 다예요?"

"네."

나는 이럴 때 쓰는 고사성어가 뭐더라 생각했다. 혹 떼러 갔다 혹 붙여 온다는, 혹은 괜한 일을 해서 덧난다는…… 그러나 거듭 생각해도 고사성어는 떠오르지 않았다. 떠오르지 않으니 가슴이 답답해졌다. 그가 뭐라고 말했지만 아무런 말도 귀에 들어오지 않았다. 급기야 나는 전화를 뚝 끊어버리고 내가 알고 있는 고사성어들을 다 끄집어내기 시작했다. 전화위복, 사면초가, 주마간산, 호가호위, 각주구검, 타산지석, 점입가경, 상전벽해, 화사첨족…… 아, 화사첨족.

4

이것은 정말 예상하지 못한 만남이었다. 나는 그다지 만나고 싶지 않았지만 거절하지도 못했다. 나는 나약했고 그녀는 강했다. 나는 우물쭈물했고 그녀는 단호했다. 그녀가 일방적으로 장소와 시간을 말한 뒤 전화를 끊었을 때에야 나는 우리가 꼭 만나야 할 이유가 있을까, 하고 생각했다. 그러나 이미 늦었다. 전화번호도 몰랐지만 안다고 해도 그녀에게 전화를 해서 당신을 만나지 않겠다, 우리는 만날 이유가 없다, 하고 말할 자신이 없었다. 또 어떻게 생각하면 우리가 만나지 말아야 할 이유도 없을 것 같았다. 집을 나설 무렵에는, 사람과 사람이 만나는 데 꼭 이유가 있어야 하나, 하는 데까지 생각이 발전해 있었다. 그제야 마음이 좀 편해졌다.

조용희의 아내 김선숙이라는 여인이 말했다.

며칠 전 내 남편을 만난 걸 알고 있다. 두 사람이 수시로 통화한다는 것도 알고 있다. 그러나 내가 질투 때문에 불렀다고 생각한다면 그것은 큰 오산이다. 그러면 내가 왜 너를 만나고자 했는가. 충고를 하기 위해서다. 우리 일에 끼어들지 마라. 남편이 김길준을 찾아갔다. 조용한 벌집을 온통 들쑤셔놓았다. 나는 그 인간이 혼자 생각으로 그 일을 했으리라고는 생각하지 않는다. 그 인간은 너무 소심해서 죽도록 얻어맞고도 끽소리 못 했다. 그런 인간이 왜 갑자기 미친 들소처럼 날뛰느냐. 바로 네가 뒤에 있기 때문이다. 네가 조종했기 때문이다. 나는 확신을 갖고 있지만 혹 내 생각이 틀렸다면 얼른 아니라고 말해라.

나는 아니라고 말하지 못했다. 예상했던 대로 그녀는 강했고 단호했고 절도 있었고 자신의 생각에 한 치 의심이나 흔들림도 없었다. 이런 걸 신념이라고 하는 건가, 그 순간 나는 생각하고 있었다. 그래도 모처럼 생긴 말할 기회를 놓치고 싶지 않아서, 왜 나한테 반말하세요? 하고 공손하게 물었다. 그녀는 질문 따위는 받지 않겠다는 듯 내 물음은 간단하게 무시해버리고 자기 할 말만 했다.

그럴 줄 알았다. 비록 내가 공부는 짧지만 인간을 꿰뚫어보는 눈은 있다고 생각한다. 아무튼 너 때문에 내가 고생 좀 했다. 벌들을 진정시키는 데 사흘이 걸렸다. 새우잡이 배든 참치잡이 배든 당장 남편을 팔아넘긴다는 걸 겨우 말렸다. 이번이 벌써 몇번째인지 모른다. 남편은 김길준이가 이자 더 받으려고 기다리는 줄 알지만 천만에다. 이 현상유지는 다 내 덕이다. 내가 빌고 빌어서 시간을 벌어놨다. 로또 하나만 터지면 이런 개 같은 상황도 쫑나는 거다. 그때까지는 참고 기다려야 한다. 말 나온 김에 로또 사게 돈 좀 주라. 너 때문에 용돈이 끊겼다.

나는 지갑에서 십만원을 꺼내주었다. 로또가 얼마나 하는지 몰랐지만 묻고 싶지 않았고 물어도 대답해주지 않을 것 같았다. 나 때문에 그녀가 고생했다니 조금 안됐다는 생각이 들었다. 지갑에 십만원밖에 없는 게 안타까웠다.

양심은 있구나. 사실 김길준 그 인간도 불쌍한 놈이다. 마누라도 있고 자식도 있고 부모도 있다. 그들을 모두 부양해야 한다. 김길준이 안 벌면 그들은 모두 굶어 죽는다. 배운 거 없고 할 줄 아는 게 없으니 사채를 놓을 수밖에 없다. 돈 빌리고 안 갚는 놈이 있으니 덩치 큰 놈들을 고용할 수밖에 없다. 덩치 큰 놈들은 놀면서 월급 받을 수 없으니 협박도 좀 하고 주먹도 좀 쓰면서 덩칫값을 한다. 그들에게도 부양해야 할 가족이 있으니 어쩔 수 없다. 세상 이치가 다 그렇다. 뺏긴다고 해서 누구를 원망할 필요도 없고 뺏는다고 해서 죄책감을 가질 필요도 없다.

나는 마지막 말을 가슴 깊이 새겼다. 내게 꼭 필요한 충고 같았다. 그녀의 충고처럼만 생각할 수 있다면 세상에 두려울 게 없을 것 같았다. 내가 꼭 극복해야 할 것이 바로 원망과 죄책감이었다. 나는 약간의 존경을 담은 시선으로 그녀를 바라보며 고개를 끄덕였다. 끝난 줄 알았던 그녀의 말이 계속되었다. 내가 너무 빨리 항복을 해버려서 싱겁긴 하지만 그래도 준비한 말이니 마저 한다는 얼굴이었다. 그래서 그런지 처음의 단호함은 사라지고 대신 쐐기를 박기 위한 협박이 그 자리를 차지하고 있었다.

다시 한번 말한다. 다치고 싶지 않으면 괜히 잘난 척 나서지 마라. 나서는지 마는지 어떻게 아느냐고? 김길준의 덩치들이 너를 감시하고 있다. 물론 남편도 함께 감시한다. 드러내놓고 감시하던 전략을 바꿔서 이제는 안개처럼 숨어다니며 감시한다. 덩치들은 그게 더 효과적이라고 말한다. 드러내놓고 감시할 때는 눈앞에 안 보이면 자유구나 금방 알지만 안개처럼 감시하면 지켜보는 눈이 주위에 있는지 없는지 모르기 때문에 24시간 감시 당하는 듯 느껴서 더 조심한단다. 그런데 덩치들이 떨어져나갔다고 좋아하는 남편을 보면 그들 말이 꼭 맞다고는 할 수 없을 것 같다. 어쨌거나. 그들이 언제 어디서 너를 지켜볼지 모른다. 남편을 들쑤시지 마라.

그녀는 그때껏 손대지 않던 냉커피를 한 번에 다 마셔버리고 자리에서 일어났다. 원래 그럴 계획이었는지 아니면 말을 많이 해서 목이 탄 건지는 모르겠다. 나는 제법 많은 양의 냉커피가 그녀의 목구멍 속으로 꿀꺽꿀꺽 넘어가는 것을 멍하게 쳐다보기만 했다. 나도 그렇게 삼켜질지 모른다는 생각이 들었다.

그녀가 커피숍 밖으로 나가고 나서야 온몸이 떨리기 시작했는데, 냉커피처럼 삼켜질지 모른다는 것 때문이 아니라 지금 이 순간 누군가가 나를 지켜보고 있을지도 모른다는 생각 때문이었다. 이상한 일이지만, 다칠지도 모른다는 김선숙의 협박은 비교적 덤덤하게 받아들인 반면 익명의 눈에 대해서는 극도로 민감하게 반응하고 있었다. 왜지? 물론 나도 알 수 없었다.

뭔가를 해야 했다. 그것도 지금, 당장. 두려움을 잊기 위해서라도 뭔가에 열중해야 했다. 그때 다행히 좋은 생각 하나가 떠올라 나를 위기에서 구해주었다. 나는 자리에서 일어났다. 은행으로 가 현금을 찾은 뒤 흰색과 검정색 페인트 두 통씩을 사고 붓도 여러 개 샀다. 이제 하나만 더 갖추면 되었다.

그는 작업실에 있었다. 여전히 상처투성이 얼굴로 깡통에 든 동전을 세다가 내가 들어가자 화들짝 놀라더니 곧 비굴한 미소를 지었다. 그러면서 막 퇴근하려던 참이었다며 내 눈치를 살폈다. 뭔가 있구나 하는 생각이 들었지만 그걸 따져볼 여유가 없었다. 나는 제일 큰 사이즈의 붓을 꺼낸 뒤 벽에다 검정색 페인트를 칠하기 시작했다. 검정색 페인트를 칠하는 것은 그리기 위해서가 아니라 지우기 위해서였다. 그가 갑자기 소리를 지르며 내 앞을 가로막았다.

"미안해요. 잘못했어요. 말할게요."

그가 간절하게 부르짖었지만 그러거나 말거나 나는 목 위만 있고 목 아래는 없는 기괴한 얼굴들을 지우기 시작했다. 그가 또 내 앞을 가로막으며 퉁명스러웠다가 비굴했다가 다시 퉁명스러운 목소리로 말했다. 할 수 없이 나는 지우기를 멈추고 그의 말을 들었다.

"미안하다고 했잖아요. 그래, 말 안 한 건 미안한데 그렇다고 이렇게 다짜고짜 행패를 부리면 어떡합니까. 무슨 뜻인지 알겠네. 알았어요, 알았어. 반으로 나눠요. 나누자구요. 사실 얼마 되지도 않아요. 오백원짜리 동전 하나 받는 건데 뭐. 그러면 됐죠? 이제 불만 없죠?"

나는 그가 무슨 말을 하는지 도대체 알아들을 수가 없었다. 그의 안타까워하는 혹은 아쉬워하는 얼굴을 쳐다보다가 결국 뭘요, 하고 물었다. 그는 반사적으로, 입장료지 뭐긴 뭐겠어요, 대답했다가 눈을 커다랗게 뜨며 손으로 입을 틀어막았다. 그래도 나는 얼른 감이 잡히지 않았는데, 사실 감이 잡히든 잡히지 않든 상관없는 일이었다. 나는 그가 무슨 일을 하는지 관심이 없었고, 새삼 알고 싶지도 않았고, 그와 뭔가를 반으로 나눌 생각은 더더욱 없었다.

"알고 이러는 거 아니에요?"

나는 그렇다고 했다. 그러면서 이제 비켜주실래요, 했다. 그는 비키긴 했으나 멀리 가지 않고 내 옆에 붙어서서 아쉬운 듯 벽을 바라보았다.

"이 돈벌이를, 아니 이 멋진 작품을 왜 지우려는 겁니까? 도대체 알 수가 없네. 알 수가 없어. 남들은 이런 거 그리려면 몇 날 며칠, 아니 몇 달씩 걸리는데, 다들 그리고 싶어도 못 그려서 난린데. 당신 머릿속엔 뭐가 들었는지 한번 들어가봤으면 좋겠네."

한쪽 벽을 다 지운 뒤에는 다른 쪽 벽으로 옮겨갔다. 그 동안에도 그는 내 옆에 붙어서 쉴새없이 떠들어댔다. 한 시간 뒤에는 작업실 안의 모든 벽이 까맣게 칠해져 있었다. 그러나 여러 번에 걸쳐 완벽하게 지운 것은 아니어서, 더러 얼굴의 반이 또는 삼분의 일이 검정색 페인트 사이로 드러나기도 했다. 이제 그는 소파에 앉아, 뭘 알 수가 없다는 건지 연신 알 수 없다는 소리만 반복했다.

나는 의자에 앉아 까만 벽을 바라보며 잠시 쉬었다. 팔도 아프고 다리도 아팠다. 십 분 뒤 의자에서 일어난 나는 까만 벽에다 가는 붓으로 내 머릿속 풍경을 그리기 시작했다. 당신 머릿속에 뭐가 들었는지 한번 들어가봤으면 좋겠다는 그의 말에서 힌트를 얻은 것이었다. 사실은 나도 내 머릿속에 들어가보고 싶었고, 들어갈 수 없으니 밖으로 끄집어내야겠다는 생각이었다. 그러고 나면 조금이라도 정리가 될 것 같았다.

작업실 벽은 차츰, 흰색 페인트로 채워지기 시작했다. 불안한 얼굴로 서 있는 어머니와 호통치는 아버지, 내가 걸어다니는 무수한 골목길, 지하철 안의 사람들, 에스컬레이터, 차들로 뒤엉킨 도로, 인도, 은행, 목을 꺾은 채 허공에 매달려 눈을 부릅뜨고 나를 노려보는 광호 선배, 선배와 친구와 내가 작업한 벽화, 친구의 원룸, 병원, 병원 안의 사람들, 의사와 간호사들의 미소, 맥주를 마시는 조용희, 검지를 곧게 뻗어 나를 가리키는 김선숙 들이 까만 벽 가득 흰색의 옷을 입고 나타났다. 그리고 나, 덩치들.

나는 그림의 중앙에 어정쩡한 포즈로 서 있었고 덩치들은 사방에, 곳곳에, 구석구석에 있었다. 사방에, 곳곳에, 구석구석에 있어도 덩치들의 시선은 모두 나를 향해 있었다. 눈알을 번뜩이며 나를 감시하고 있었다. 중앙에 있었으므로 나는 어디서든 감시당할 수 있었다.

붓을 내려놓고 한숨을 쉬었다. 그게 신호라도 된다는 듯 그가 소파에서 일어나더니 벽 앞으로 와 섰다.

"어떻게 보이는지 안 물어봐요?"

팔짱을 끼며 그가 말했지만 나는 소파로 가서 무너지듯 앉았다.

피곤해서 아무 말도 할 수 없었고 아무것도 생각할 수 없었다.

"한마디로 이건, 골 때리는 그림이에요. 뭐가 뭔지 하나도 모르겠어요. 지난번 게 더 좋았단 말입니다. 상의도 없이 멋대로 지워버리다니, 이건 상도덕에 어긋난다구요."

"내 머릿속이에요."

"네?"

"내 머릿속이라구요. 들어가보고 싶다고 했잖아요, 뭐가 들었는지."

"이렇게 도배할 것 없이 말로 설명하면 되잖아요. 내 가게가 뭐 낙서장인 줄 압니까?"

"맥주 마실래요?"

"맥주로는 어림도 없어요. 나는 맥주 따위에 영혼을 파는 사람이 아닙니다. 그래도 정 그렇게 원한다면야 같이 마셔주기는 하죠."

나는 지갑에서 돈을 꺼내 그에게 건네주었다.

5

정리는 정리고 두려움은 두려움이었다. 머릿속이 정리되었다고 해서 두려움이 사라지는 것은 아니었다. 한동안 집 안에 틀어박혀 밖으로 나가지 않았다. 간간이 울리는 전화도 받지 않았다. 특히 열한시 무렵에 울릴지도 모를 전화벨 소리를 듣지 않기 위해 나는 열시 반부터 베개로 귀를 막고 있었다. 어떤 이유에서인지 조용희는 주로 그 시간에 전화를 했다. 내 방 전화코드를 뽑았으면서도 나는 방문을 잠그고 베개로 귀를 막고 그 위에 다시 이불을 뒤집어쓴 채 열한시 전후를 견뎠다.

꼭 해야 할 일만, 가령 서류에 사인을 한다든지 밥을 먹는다든지 아버지가 일찍 귀가한 날 짧은 담소를 나눈다든지 하는 일만 재빨리, 그리고 간신히 한 뒤에는 줄곧 내 방 책상 앞에 앉아 벽을 응시했다. 아주 잠깐 약을 다시 먹을까도 생각했지만 그것은 죽기보다 싫은 일이었다. 약을 먹으면 정신이 몽롱해지면서 몸이 금방 짜놓은 물감처럼 허물어지는 것 같았다. 안정은 찾을 수 있을지 몰라도 대신 바보처럼 느껴지는 자신 때문에 기분이 나빠졌다. 어쩌면 약을 계속 먹다보면 정말 죽을지도 몰랐다. 아무리 정성을 기울여도 벤자민이 시들시들 죽어가는 것처럼. 나는 아직 죽고 싶지 않았다. 그러므로 약을 먹을 수 없었다.

한번은 시험삼아 바깥에 나가본 적이 있었다. 조용희를 만날 용기까지는 나지 않아서 혼자 돌아다녔다. 서점에도 가고 갤러리에도 가고 문구점에도 갔다. 온통 유리로 된 커피숍에 앉아서 커피를 마시기도 했다. 유리에 덩치들의 모습이 비칠지도 모른다는 계산에서였다. 서점에서는 머리 위 볼록렌즈를 유심히 살폈고 갤러리에서는 액자 안이 아니라 액자 유리 위로 시선을 고정시킨 채 사방을 주시했다.

역시 덩치들은 아마추어가 아니었다. 그들은 다소 위험한 직업이랄 수 있는 사채업자에게 고용된 사람들답게 프로였다. 볼록렌즈, 액자, 유리, 그 어디에도 자신의 존재를 드러내지 않았다. 그러나 드러내지 않는다고 해서 존재하지 않는 것은 아니었고, 드러나지 않는다고 해서 그들이 내게서 떨어져나간 것은 아니었다. 나는 뚜렷하게 그들의 존재를 느낄 수 있었다. 그들은 사방에 있었고, 심지어 여자화장실에 앉아서도 나는 그들의 숨소리를 들을 수 있었다. 그걸 깨닫자마자 나는 서둘러 집으로 돌아와 내 방으로 숨어들었다.

그 시기 부모님은 늘 집에만 있는 나를 보며 기뻐했을지 모르겠다. 아닌 게 아니라 어머니는 다시 착한 딸로 돌아왔다며 노골적으로 안심하는 표정을 짓고는 했다. 아버지도 며칠 전의 불미한 사건을 싹 잊고 성실한 가장의 얼굴로 종종 나와의 대화를 시도했다. 그러나 나는 착한 딸로 돌아온 것이 아니었다. 나는 나를 지켜보는 눈들 때문에 두려움에 떨고 있었고, 두려움에 떠는 와중에도 뭔가 해결책을 찾고 있었다. 집 안에 갇혀 온몸을 수축시킨 채 감각기관만 예민하게 곤두세우고 살고 싶지 않았다. 나는 변했다. 변하고 싶었다. 변할 수 있었다. 나는 이제 맥주맛도 알게 된 것이다. 맥주맛을 안다는 것은 인생을 안다는 뜻이다, 하고 나는 생각했다.

며칠이 지났다. 그 며칠 동안 나는 오로지 한 가지 생각에만 집중했고, 몸을 거의 움직이지 않았는데도 몸무게가 이 킬로그

램이나 빠졌다. 그런 뒤에야 마침내 결론을 내릴 수 있었다. 해답은 의외로 가까운 곳에 있었다. 협박, 납치, 감금을 업으로 삼는 동기생 안수철. 나는 망설임을 끝내고 내 방 전화코드를 꽂은 뒤 천천히 번호를 누르기 시작했다.

사육자

1

 그녀의 전화를 받고 나서야 비로소 나에 관한 소문을 나만 모르고 있었다는 것을 깨달았다. 어떻게 이럴 수가 있지? 나는 친구든 후배든 누구한테도 발설한 적이 없는데? 그녀는 오래 전 친구한테서 들었다고 했고, 그 친구가 말하기를, 자기는 후배한테서, 후배는 또 선배한테서 들었다더라고 했다. 마지막으로 그녀는, 인간관계가 전무한 내 귀에까지 들어올 정도면 세상 사람들 대부분이 안다고 해야 하지 않을까, 하고 말해서 내 모골이 송연하게 만들었다. 어떻게 이럴 수가 있지?
 어디서부터 말이 새나가기 시작한 것인지 생각하느라 나는 한동안 말을 잇지 못했다. 그러자 그녀가, 내 부탁을 들어준다면, 하고 단서를 붙인 뒤 비밀을 지켜줄게, 하고 말했다. 나는 얼떨

결에 고맙다고 해놓고는 아 참 이게 아닌데, 뒤늦게 후회했다. 그녀가 부탁한다고 했으니 고맙다는 말 역시 내가 아니라 바로 그녀가 해야 할 말이었다. 그런데도 내가 고맙다고 말함으로써, 이미 비밀도 아닌 것을 비밀로 지켜준다는 그녀의 생색을 인정하는 꼴이 되었고, 더구나 그녀의 뭔지도 모르는 부탁을 들어준다는 승낙의 의미가 되어버렸다. 게다가 부탁을 들어주지 않으면 비밀을 발설하겠다는, 어떻게 들으면 경고이자 협박에 굴복한 꼴이 돼버리지 않았는가.

머릿속이 복잡해졌다. 나는 늘 내가 강한 인간이라고 생각했고, 협박당하는 위치가 아니라 협박하는 위치에 있다는 것에 자부심을 가지고 있었다. 그렇다면 나는 나를 잘못 알고 있었던가? 그런데 그녀가 어떻게 생겼었지? 나는 수화기를 든 채 서재로 가 졸업앨범을 펼쳤다. 그러나 단체사진이건 개인사진이건 어디에도 그녀는 보이지 않았다. 고개를 갸웃거리다가 곧 그 이유를 깨달았다. 입학연도만 같을 뿐 졸업연도는 다르지 않은가. 이런 바보.

그때 그녀가 다소 격앙된 목소리로 듣고 있니, 하고 물었다. 나는 펜을 찾고 있었다고 둘러댔고, 통화를 하며 기록하는 건 직업상의 버릇이라고 또 둘러댔고, 펜을 찾느라 잘 못 들었으니 미안하지만 다시 한번 말해달라고 비굴하게 부탁했다. 그러면서 또 나는 내가 왜 이러지, 하고 연신 생각했다. 그녀는 한숨을 한번 내쉬고 나서 또박또박 용건을 설명했고 나는 이번에야말로,

하는 심정으로 집중해서 잘 들었다. 듣고 나니 별로 어려운 일
은 아니었다. 늘 하던 일이었고 늘 하고 있는 일이었고 앞으로
도 늘 해나갈 일이었다.

　나는 전문가의 권위를 되찾기 위해, 전문가의 권위적인 목소
리로, 짤막하게, 걱정 마, 하고 말했다. 그녀는 대답하지 않았다.
나는 고마워, 라거나 은혜는 잊지 않을게, 같은 말을 기대했다가
그녀에게서 아무런 대답도 듣지 못하자 실망이 이만저만이 아니
었다. 그래서 더욱 권위적인 목소리로, 짤막하게, 나만 믿어, 하
고 말했다. 이번에도 그녀는 대답하지 않았다. 대신 얼마니, 하
고 심드렁한 목소리로 물었다. 순간 머릿속으로 스쳐가는 생각
이 있어서 나는 잠깐만 기다려달라고 시간을 벌어놓고는 정보통
으로 통하는 동기녀석에게 재빨리 문자를 넣어 그녀의 결혼여부
를 물었다. 답은, 아마 안 했을걸, 이었다. 그랬군, 그랬어.

　나는 다시 수화기를 들고 기다리게 해서 정말 미안하다고 말
한 뒤, 그랬다가 우체부가 와서 잠깐 나갔다 왔다고 다시 둘러
댄 뒤, 돈은 걱정 말라고 큰소리쳤다. 우리 사이에 무슨 거래냐,
그렇게도 말했는데 또 예상과 달리 그녀에게서는 아무런 공치사
도 들을 수 없었다. 그녀가 침묵했으므로 나는 다음 질문을 던
졌다.

　"장기투숙이냐 장례냐?"

　그녀가 얼른 알아듣지 못해서 차근차근 친절하게 설명했다.
그러자 잠시 생각하던 그녀가 말했다.

"장례는 좀 심하지 않을까?"

나는 알았다고 했다. 장기투숙은 말 그대로 '장기'투숙이어서 비용이 많이 들었다. 비전문가인 그녀가 그런 것을 알 턱이 없을 것이므로 나는 그 사실을 넌지시 내비쳤다. 그랬다가 너무 속 보이는 짓인 것 같아 다시 직업인의 자세로 돌아가, 기간은 얼마로 잡고 있지? 하고 사무적으로 물었다.

"그건 아직."

그녀가 대답했다. 나는 또 알았다고 했다. 알았다고 했지만 사실은 그렇게 말해서는 안 되는 것이었다. 다른 의뢰자 같았으면 당신과 나 그리고 투숙객 세 사람의 인생이 달린 문제이므로 이렇게 얼렁뚱땅 결정해서는 안 된다, 한번 투숙하면 절대 살아서는 바깥 빛을 보지 못한다, 그러므로 철저한 계획 수립 후 실행해야 한다, 따위로 충고를 해줬을 테지만 어쩐지 그녀 앞에서는 입이 떨어지지 않았다. 그런데 그녀가 정말 어떻게 생겼더라?

"저…… 혹시, 이유를 물어도 될까?"

나는 퍽 조심스럽게 묻고 있었다. 사실은 궁금해 죽겠는데, 그 마음을 들키지 않기 위해 무심함을 가장하다보니 나도 모르게 목소리가 떨리고 있었다. 대개 의뢰자들은 이 질문을 받으면 완강한 침묵으로 일관하거나 또는 반대로 장황하게 설명해서 자신을 변호하고자 했다. 평소의 나는 침묵을 선호하는 편이었지만 이번만은 그렇다고 할 수 없었다. 내가 조마조마한 마음으로 기다리는데 그녀의 입에서 튀어나온 말은 이런 것이었다.

"꼭 알아야 하니?"

순간 당황했지만 나는 재빨리 그녀의 과묵함에 점수를 주는 쪽으로 마음을 돌렸다. 과묵함은 나의 직업과도 연관되는, 무엇보다 소중한 미덕이었다. 마치 그녀를 괴롭힌 질문을 얼버무리기 위해서인 듯 나는 호탕하게 웃으며 말했다.

"꼭 알아야 하긴. 안다고 뭐 달라질 게 있겠어? 그냥 직업상 물어본 거야. 너 쫄았구나? 하하하."

그런 다음 그녀가 전화를 끊을까봐 서둘러 덧붙였다.

"우리 사이에 무슨 돈이냐. 너는 아무 걱정 마. 앞으로 네가 할 일은 발 뻗고 편히 자는 것밖에 없는 거야. 나만 믿어. 내가 다 해결해줄게."

2

그녀는 정말 드문 경우였다. 내 좋은 머리로도 도대체 이해가 되지 않았다. 남자 이름은 김길준, 나이 사십사 세, 직업 사채업, 부모 동생들 포함 딸린 가족이 여섯, 거느리고 있는 직원이 열. 이해가 되지 않는 점은 언급한 그 누구도 그녀와 아무런 관계가 없다는 것이었다. 당사자 김길준이 그랬고, 김길준의 가족들이 그랬으며, 김길준에게 소속된 직원들이 그랬다. 어떤 식으로든 그녀와 얽힌 사람은 아무도 없었다. 그런데 왜?

일주일 동안 조사한 자료를 앞에 놓고 생각하고 또 생각했다. 그런데 왜? 놓친 부분은 없었다. 늘 해왔고 늘 하고 있고 앞으로도 늘 해나갈 이 분야에서 나는 최고라고 인정받는 전문가였다. 전문가인 나의 그물망에서 벗어나는 정보란 있을 수 없었다. 그런데 그녀는 왜? 아무리 생각해도 풀리지 않는 의문이었다. 지금까지 이런 경우는 단 한 번도 없었다. 원한이거나 질투. 의뢰자는 어떤 식으로든 투숙객과 관계가 있기 마련이었다. 이걸 어떻게 받아들여야 하지?

나는 고민했고 망설였고 그리고 솔직히 조금 괴로웠다. 나는 내 일을 부도덕하다고는 생각하지 않았다. 늘 그만한 이유가 있어서 그만한 이유에 따라 누군가를 대신해 내가 대가를 치르게 하는 거라고 생각했다. 그런데 그만한 이유가 없다면? 김길준에게는 직업이 사채업이라는 것을 빼고는 그만한 이유가 없어 보였다. 그렇다고 그녀가 김길준의 돈을 썼느냐 하면 그것도 아니었다.

나는 그녀를 생각했다. 내가 그녀의 부탁을 거절할 수 있을까? 이 부분에서 다시 막혔다. 그녀의 깨끗한 생활도 내 망설임에 한몫했다는 것을 숨길 수 없겠다. 그녀에 대해 조사하며 나는 내심 그녀를 아냇감으로 점찍어두고 있었다. 그녀는 거의 대부분의 시간을 집에서 보내는 은둔형으로, 내가 찾고 있는 이상적인 여자였다.

내가 그녀의 부탁을 들어준다면? 그녀는 내게 감사의 마음을 가질 것이다. 아무것도 묻지 않고, 게다가 비용도 받지 않고 위험한 일을 떠맡을 남자가 흔한 건 아니니까. 만약 원하는 걸 말해봐, 라고 그녀가 묻는다면 나는 없다고 대답할 것이다. 아무것도 없어 너 외엔, 하고 대답한다면 분명 멋지게 보일 것이다. 그후엔 오로지 탄탄대로. 가장 큰 걸림돌인 내 직업을 문제삼지 못할 약점이 그녀에게도 있으니 어느 누구보다 그녀가 아내로 적임자라고 할 수 있었다.

거기까지 생각하자 내가 취해야 할 행동이 자연스럽게 결정되었다. 만약 부탁을 거절한다면 자신의 비밀만 털어놓은 꼴이 돼버린 그녀는 내게 원망의 마음을 품을지도 몰랐다. 다행히 원망까지는 아니라 해도 어쨌거나 결혼은 물 건너가는 거였다. 원래부터 그다지 착한 놈은 아니었던 나는 결정을 내렸고 자료를 덮었고 앞으로는 이 문제로 고민하지 말자고 생각했다. 나쁜 놈인 게 틀림없는 거야. 자료를 서랍에 넣고 잠근 뒤 별장으로 전화를 걸었다.

"장기투숙객 하나 간다. 준비해둬."

납치는 전혀 어렵지 않았다. 기막힌 묘안을 짜내기 위해 밤을 새우는 것은 초보 때나 하는 일이었고, 어느덧 전문가가 된 나는 가장 평범한 방법이 또한 가장 쉽고 안전하다는 걸 알고 있었다. 그러므로 '기막힌'은 머릿속에서 싹 지워버려야 했다. 어렵게 생각하다보면 오히려 일을 그르칠 수가 있었다.

내가 김길준을 납치하기 위해 한 일이라고는 밤의 수고 약간과 오전의 수고 약간뿐이었다. 말하자면 이런 것이었다. 나는 밤사이 김길준의 아파트로 가서 그의 자동차 바퀴에 구멍을 내놓았고, 오전 여덟시 이십분, 집을 나선 김길준이 바람 빠진 바퀴를 발견하고는 화난 얼굴로 택시를 잡기 위해 두리번거리는 순간, 그의 집 근처에서 대기하고 있다가 재빨리 다가가 태웠다. 내가 한 약간의 수고가 더 있다면, 화난 김길준의 말을 친절하게 들어주고 같이 화내주고 더위를 많이 타는 그를 위해 서비스로 음료수 하나를 건넨 것이었다. 그런 다음 고이 잠든 승객을 뒷좌석에 편안히 눕힌 후 쉬지 않고 지방으로 달렸다.

두 시간가량 달려 도착한 곳은 산속의 별장이었다. 도착시간까지 미리 알렸건만 관리인 녀석은 나와 있지도 내다보지도 않았다. 잠든 승객은 그대로 둔 채 별장 안으로 들어갔다. 식당과 거실, 일층과 이층 어디에도 녀석이 보이지 않았다. 다시 별장 밖으로 나가 이놈이 어디로 갔지, 하고 중얼거리는데 별장 뒤 야산 쪽에서 인기척이 났다. 밀짚모자를 쓰고 손에 괭이를 든 녀석이 나를 보자 말은 생략한 채 고개만 조금 숙이다 말았다.

그런 녀석을 보며 어디 갔었어? 하고 내가 물었는데 사실 묻지 않아도 뻔한 것이었다. 장례를 치른 자리 위에다 나무를 심거나 꽃을 심거나 낙엽으로 덮거나 해서 눈가림을 했겠지. 뻔한 것을 왜 물었느냐 하면, 말을 하긴 해야겠는데 할 말이 없어서였다. 녀석이 극단적으로 무뚝뚝하다보니 원래 과묵했던 내가 오히려 수다스러워지는 꼴이었다. 역시나. 녀석은 또 어깨만 으쓱하고 말았다. 그런 다음 느릿느릿, 괭이를 벽에 기대 세우고 바지를 털고 밀짚모자를 벗어 걸었다.

　가만히 지켜보던 나는 마침내 물어야 할 것이 생각났고, 그래서 방은? 하고 물었다. 이번에는 녀석도 어쩔 수 없이 그 무거운 입을 열어 치워뒀습니다, 했다. 그제야 비로소 나는 주인의 권위를 되찾아, 주인의 권위적인 목소리로, 가보지, 했다. 내가 앞장서고 녀석이 뒤따랐다. 별장으로 들어가 이층으로 올라갈 때 다시 주인의 권위적인 목소리로 물었다.

　"보고할 사항이라도?"

　"없습니다."

　녀석이 나직하게 대답했다.

　"아픈 분은?"

　"없습니다."

　"식사는?"

　"먹을 만큼은 먹고들 있습니다. 거부하던 놈도 지금은……"

　"자네 말이야."

　"아, 네, 뭐, 저도요."

　의도대로 녀석이 당황해주어서 나는 만족했다. 한 방 먹인 것이다. 계단을 다 올라 슬쩍 돌아보니 녀석은 얼굴을 잔뜩 찌푸리고 있었다. 그러나 원래 그런 얼굴이어서 화가 났는지 어쩐지는 알 수 없었다. 그런 얼굴들이 있지 않은가. 마음상태와는 상관없이 웃지 않으면 화난 듯한 표정이 되는 얼굴들 말이다.

이층 입구에 놓인 대형 화분을 들어내고 그 아래의 버튼을 누르자 오른쪽 벽이 움직이며 어두컴컴한 구멍이 나타났다. 구멍 속에는 나선형의 계단이 똬리를 틀고 있었고 계단 위에는 백열전구가 매달려 빛을 내쏘고 있었다. 그리고 아무리 애써도 사라지지 않는 냄새가 있었다. 나는 뭐 그다지 냄새에 신경쓰지 않는 편이었다. 여기서 아무리 애써도, 라는 건 내가 아니라 녀석이 그랬다는 말이다.

어느 날 녀석이, 별짓을 다 해도 냄새는 어쩔 수 없었습니다, 하고 보고해서 나는 녀석이 냄새를 없애기 위해 별짓을 다 했다는 걸 알았고, 그뒤 새로 투숙하는 손님에게 갖가지 방법을 다 동원했으나 냄새만은 어쩔 수 없었다, 고 친절하게 설명해주었다. 그럴 때마다 손님들은 나를 이상한 눈으로 보았는데, 그 눈빛의 의미는, 창 하나 없는 지하이니 냄새가 나는 게 당연하지 않은가, 였다. 지당한 눈빛이었다. 그러거나 말거나 나는 설명을 포기하지 않았다. 손님들이 피식, 웃는 순간 그들의 긴장이 풀어지며 신경이 안정되는 효과가 있었기 때문이었다. 어쩌면, 여기도 살 만한 데군, 하고 생각할지도 몰랐다. 인간들은 의외로, 인간적인 것에 약했다. 인간적으로 대하면 탈출의지가 급격하게 꺾였다. 비록 탈출 가능성이 제로에 가깝다 해도, 그것은 여러모로 다행한 일이었다.

"세상에서 제일 중요한 게 뭔지 알아?"

앞서 계단을 내려가며 녀석에게 물었다. 잠시 기다렸으나 대답이 없었다. 예상했던 바였다. 조금 더 기다려보았다. 역시 대답이 없었다. 이것 또한 뭐 아예 예상 못 했던 바는 아니었다. 슬쩍 뒤돌아보니 찌푸린 얼굴로 묵묵히 계단만 내려딛는데, '생각중'이 아니라 대답할 의사 자체가 없어 보였다. 이놈 봐라, 싶었으나 내색하지는 않았다. 결국 질문도 대답도 내 몫이었다.

"세상에서 제일 중요한 건 말야, 뭐 통속적으로 들릴지도 모르겠지만, 바로 사랑이라구. 세상이 온통 돈돈 하는 것 같지만 사실은 돈보다도 사랑을 더 중요시한다 이거거든. 다음이 인간적인 것이고."

계단이 끝나고 방들이 시작되었다. 나는 비어 있을 7호 쪽으로 걸음을 옮기며, 녀석이 대꾸하지 않아서 독백이 되어버린, 이미 시작했으므로 중간에 끊기도 난감해진 사설을 이어갔다.

"어떻게 아냐구? 주위를 한 번만 쓱 둘러보면 알 수 있지. 여기 1호 남자분이랑 6호 여자분은 각각 불륜을 즐기시다가, 여전히 이분들을 불같이 사랑하는 배우자에게 발각되어 이곳으로 오시게 됐지. 불같이 사랑하다보니 아마 질투도 불같이 일었던 모양이야. 2호 남자분은 사귀던 여자에게 일방적으로 이별통고를 했다가 오시게 됐고, 3호 남자분은 친구의 자존심을 상하게 하는, 5호 여자분은 부하직원을 무시하는 치명적인 우를 범하셨지. 또 4호 남자분은 말야, 십 년이나 한 회사에만 입사 지원하는 충직한 예비직원을 미처 알아보지 못하는 실수를 하셨지. 처음 지원할 때는 청년이었는데 나중에는 뭐 중년이 됐다던가? 그 대단한 열정을 높이 사지 않고 번번이 면접에서 떨어뜨렸으니 그 청년, 아니 중년의 기분이 어땠겠는가 말야. 어쨌거나, 여기 계신 여섯 분 중에서 돈 때문에 오신 분은 없다는 게 뭘 뜻하는 거 같아? 말하자면 돈에 의한 것보다, 사랑 또는 인간적인 것에 의한 상처가 더 크다는 것이고, 역시 인간들은 돈보다는 인간적인 것을 우위에 두고 있다는 뜻이지."

　나는 좀 잘난 척하고 싶었나보다. 말을 마치고 나니 저 아래 발바닥에서부터 민망함이 벼룩처럼 콩닥콩닥 뛰어올라왔다. 민망함을 조금이라도 감추려고 농담 삼아, 그럼 동물들은 동물적인 것을 좋아하려나, 하고 눙치는데 불쑥 녀석이, 알고 있습니다, 했다. 여전히 찌푸린 얼굴에 무표정이어서 알고서 안다고 하는지 모르고도 안다고 하는지 알 수가 없었다. 언뜻 들으면 나도 알고 있으니 이제 그만 떠들어라, 는 뜻으로 들리기도 했다. 그리하여 나는, 대답 안 하면 곤란한데 생각하면서도 확인차 묻지 않을 수 없었다.

　"알아?"

　"네."

　의외로 순순히 녀석이 대답했다. 그러나 대답은 네, 뿐이었고 부연설명은 없었다. 의문이 가신 것은 아니었지만, 안다는데 뭘 아느냐, 어떻게 아느냐, 재차 물을 수가 없어서 나는 그렇군, 하고 말았다.

7호는 깨끗하게 치워져 있었다. 한 평 반의 공간에 침대와 침구, 세면도구와 세면대, 그리고 개방식 화장실이 있었다. 보기에 따라서는 있을 건 다 있었고, 또 보기에 따라서는 그것밖에 없었다. 기본적으로는 그랬고, 각 방마다 살림살이의 모양새가 조금씩 달랐는데, 그것은 그들을 여기로 모신 의뢰자가 차입한 물건에 의한 변화였다. 의뢰자들은 차입할 물건이 있으면 목록과 함께 내 통장으로 적정금액을 입금했고, 그러면 나는 한 달에 한 번 물건을 구입해 각 방으로 넣어주었다. 예를 들자면 이런 식이었다.

1호 의뢰자는 포르노잡지와 포르노급 달력을 차입해 남편이 나름대로 즐길 수 있도록 배려했고, 6호 의뢰자는 뜨개질을 좋아하는 부인을 고려해 실과 대바늘을 차입함으로써 부인이 심심하지 않게 시간을 보내도록 했다. 그 외에도 각종 게임기가 가득한 방이 있었고 퍼즐이나 낱말맞추기 또는 간식거리가 가득한 방도 있었다. 3호 의뢰자는 독서를 싫어하는 친구를 고문하는 새로운 방법으로 매달 재미없는 것들로만 특별히 선별한 책을 넣었다.

그런가 하면 5호 의뢰자는 이곳 숙박비를 대느라 정작 자신은 점심을 굶는다고 투덜대더니 과연 그 다음달부터는 뾰족하거나 날카롭거나 밧줄 같은 것을 차입하기 시작했다. 자신의 양심은 더럽히기 싫으니 알아서 마무리를 지으라는 뜻이었지만, 5호 투숙객은 그런 뜻을 아는지 모르는지 뾰족하거나 날카롭거나 밧줄

118

같은 것으로 벽을 다듬고 깎고 장식해 방을 아름답게 꾸미며 잘도 세월을 보내고 있었다.

그녀는 어떤 성품이었지? 7호를 돌아나와 계단 쪽으로 걷기 시작했다. 너무 악하면 안 되는데……, 내가 통제할 수 있을 만큼만 악해라. 얼굴이 기억나지 않는 걸 보면 눈에 띄지 않는 존재였던 듯한데 십 년 동안 많이 변했을까? 승객이 깨어나면 그녀와 어떤 관계인지 물어봐야지.

사실 나는 아직도 그녀의 얼굴을 기억해내지 못했다. 일주일의 조사기간 동안 그녀는 한 번도 집 밖으로 나오지 않았고, 여자 동기나 남자 동기들의 졸업앨범 어디에서도 그녀를 찾을 수 없었다.

"이봐, 여자의 환심을 사려면 어떻게 해야 하지?"

문득 생각나 뒤따라오는 녀석에게 물었다. 내가 그런 질문까지 한 것은 좀 전의, 세상에서 제일 중요한 게 사랑이라는 걸 안다고 했던 녀석의 대답과 무관하다고 할 수 없었다. 평소와 달리 녀석은 좀 전, 알고 있다, 네, 하고 선선히 대답했고, 그것은 즉 사랑을 해봤다는 뜻이며, 그러므로 어쩌면 여자의 환심을 살 수 있는 방법을 알지도 모른다는 생각에서였다. 스물일곱이면 적어도 서너 번은 사랑을 해봤겠지?

계단을 다 올라와 별장 밖으로 나갈 때까지 녀석은 입을 열지 않았다. 바깥의 햇빛은 따가웠고 택시 안은 숨을 못 쉴 지경이었다. 승객은 자면서도 땀을 흘리고 있었는데, 그래서 옷을 벗기

기가 더 힘들었다. 일단 거실로 옮기지, 내가 말했다. 녀석이 승객의 겨드랑이 아래로 팔을 끼워넣어 택시에서 꺼냈다. 나는 다리를 들었다. 끙끙거리며 마당을 가로지르는데 녀석이 불쑥 엉뚱한 소리를 했다.

"한 번 하셨잖아요."

"뭘?"

"결혼이요."

"했지. 그래서?"

"그럼 잘 아시겠네요. 여자 마음 얻는 거."

"아, 그거야 뭐, 마음을 얻었다기보다는, 어쩌다 덜컥 애가 생겨서 말야. 스치듯 두 번인가 만났을 땐데, 어린 나이라 겁이 나서 지우지도 못하고 그냥 결혼했지. 거참."

승객을 거실에 내려놓았다. 녀석이 옷을 벗겨내고 투숙객용 잠옷으로 갈아입히는 동안 나는 멍청하게 서 있었다. 처음에는 아무 생각도 할 수 없었다가 곰곰이 되짚어볼수록 녀석이 괘씸했다. 이건 의도된 발언이 분명한 거야. 술을 마시던 어느 날 내가 애들 엄마 얘기를 했을 것이다. 녀석이 입을 꾹 다물고 있으므로, 젊은 녀석이 넓은 세상 놔두고 왜 산속에 처박혀 궂은일을 하는지 그 사연을 듣고 싶어 내가 먼저 내 얘기를 꺼냈었다. 그 얘기들 속에 애들 엄마 얘기가 없었으리란 보장은 없었다. 결국 녀석의 사연은 듣지도 못하고 내 신상만 알려준 꼴이 돼버렸지만.

그때 승객이 깨어날 듯 꿈틀거려서 화풀이한다는 심정으로 급소 중 한 곳을 안마해주었다. 그러자 끄응, 소리를 내더니 다시 축 늘어졌다. 잠옷으로 갈아입힌 승객을 녀석이 등에 업었다. 내가 앞서 올라가 지하로 통하는 문을 열고 옆으로 비켜섰다. 녀석이 나를 지나치며 뜬금없이 잘해주세요, 했다.

"뭐? 뭘?"

"이유 같은 거 없이 그냥 잘해주세요. 아침에도 잘해주고 저녁에도 잘해주고 꿈속에서도 잘해주고. 이유 같은 거 없어도."

어떻게 하는 게 잘하는 것이냐, 물으려는데 녀석은 벌써 지하 깊숙이 내려가 있었다. 내 눈앞에는 빈 똬리만 펼쳐져 있었고 나는 들이쉬었던 숨을 한숨으로 내뱉었다. 소리치면 들릴 테지만 왠지 그러고 싶지가 않았다.

일층으로 내려왔다. 택시 트렁크에서 먹을거리며 생필품 따위를 꺼내 거실로 옮겨놓고 차를 출발시켰다. 오늘은 녀석과 점심이라도 같이 할 생각이었는데, 또 왠지 그러고 싶지가 않았다. 차는 덩실덩실 온몸을 흔들어대며 느리게 산속을 빠져나갔다.

3

거침 생각할수록…… 그럼 내가 잘해주지 않아서 애들 엄마가 도망갔다는 거야? 나는 자문해보았으나 그렇다고도, 그렇지 않다고도 말할 수 없었다. 특별히 잘해준 것도 없지만 또 특별히 못해준 것도 없었다. 하나 걸리는 게 있다면 어느 날부턴가 애들 엄마는 나를 두려워하고 무서워했다는 것이다. 그녀는 자주 내가 무섭다, 고 했는데 그건 나로 인해서라기보다는 내 직업 때문이라고 할 수 있었다. 덜컥 아이가 생기고, 결혼을 하고, 아이를 낳을 때까지 그녀는 내 직업이 무역업이라고 알고 있었다. 그 무렵은 자주 별장에 가 있던 때이기도 해서 그때마다 출장을 핑계댔었다.

그랬는데, 들켰다. 한집에 살면서 계속 직업을 속이기란 생각보다 쉽지 않았다. 그녀가 서재 책상서랍 속 서류를 발견하고, 나를 닦달하고, 나는 애까지 낳았는데 지가 어쩌겠어, 싶은 마음에 사실을 털어놓고, 그날부터 그녀는 무섭다는 말을 달고 살았다. 그런데 왜 진작 도망가지 않고 몇 년 뒤에야 사라졌냐고? 또 덜컥 애가 생겼다. 그녀는 도망가고 싶어도 도망가지 못했다. 둘째를 낳고, 자기가 없으면 어린 아들들을 내가 어떻게 하기라도 할까봐 그랬는지, 말은 안 해도 여전히 무섭다는 얼굴로 살다가 둘째가 세 살 되던 해 마침내 모든 것을 훌훌 떨치고 집을 나갔다.

맹세코 나는 그녀에게 폭력 한 번, 큰소리 한 번 낸 적이 없었다. 물론 그녀가 알아서 기었으므로 그럴 필요가 없기도 했다. 그렇다고 뭐 딱히 살갑게 대한 것도 아니었다. 그녀가 사라지는 그날까지 나는 그녀가 모든 것을 버리고 집을 나갈 수 있으리라고는 생각하지 못했다. 애가 하나였을 때도 눌러앉았는데 이제 와서 지가 어쩌겠어, 중얼거리며 마음 푹 놓고 있었다.

그녀를 찾아내는 것은 애송이 하나를 상대로 승리를 거두는 것보다 쉬운 일이었다. 하지만 찾았으되 나는 찾지 않았다. 왠지 그래서는 안 될 것 같았다. 세상이 좀 만만해지면 돌아오겠지, 하는 마음도 있었다. 세상이 좀 만만해지면 내 직업 따위 두려워하지 않을 테고, 그렇다면 아들들이 보고 싶어서라도 돌아오겠지 생각했다. 지금까지 돌아오지 않는 걸 보면 아직 세상이 덜 만만한 모양이었다. 하긴 고생 조금 한다고 이 년 만에 세상이 확 달리 보일 리는 없을 것이다. 그런데 내가 그렇게 무서웠나? 거참 전문가를 뭘로 보고.

이제 그만 사무실에서 나가려는데 탁자 위의 핸드폰이 부르르 진저리치며 제자리에서 맴을 돌았다. 별장이었다. 뭐가 잘못되었나? 내가 여보세요, 하니 녀석도 느릿한 목소리로 여보세요, 했다.

"뭐 문제 있어?"

"아뇨. 7호도 깨어났고, 예상대로 발광하고 있고, 뭐 저러다 제풀에 지칠 테니까 문제라고 할 수는 없겠죠."

"그런데?"

녀석이 먼저 전화를 걸어오는 경우는 거의 없었다. 나와 꼭 상의해야 할 큰일이 아니면 대개는 저 혼자 알아서 처리했는데, 녀석에게 그런 권한을 준 적이 없음에도 그냥 눈감아주다보니 이제는 관행처럼 굳어져버렸다. 혹시 녀석이 별장에서 투숙객들을 고문하거나 노예로 부리면서 제왕처럼 군림하는 건 아닐까,

그 재미에 바깥세상으로 나오지 않는 건 아닐까, 가끔 생각도 해보지만 확인할 길도 없고 해서 작은 의문으로만 남겨두고 있었다.

"식료품 잘 받았습니다. 그런데 우유의 유통기한이 내일 오전까지더군요."

"그래서?"

"천 밀리리터짜리 우유 두 개를 상하기 전에 다 먹으려면 오늘 저녁과 내일 아침을, 아마도, 우유로 때워야 하지 않을까, 뭐 그렇다는 거죠."

녀석이 전화한 이유가 이것이었다. 우유의 유통기한이 하루밖에 남지 않았다는 것. 쪼잔한 녀석.

"내가 알려주지. 일단 우유를 컵에 부어. 랩으로 봉해서 냉동실에 넣고 얼려. 그런 다음 하루에 하나씩 꺼내서 숟가락으로 파먹어. 됐지?"

"그렇긴 하네요."

"그런데 뭐가 문제야?"

"저는 우유를 마시고 싶거든요. 파먹는 게 아니라."

"알았어. 그래, 미안해. 미안하고, 다음번엔 유통기한 일 년짜리로 사다줄 테니 이번엔 그냥 마셔. 상한 우유도 쓸모가 있을 거야. 장을 비운다든지. 아니면 사람이 여덟인데 한 잔씩 나눠 마시든가. 이제 됐지?"

녀석이 또 딴지를 걸기 전에 얼른 전화를 끊었다. 저녁엔 클

래스메이트, 그녀를 만나 일의 결과도 알려주고 환심도 사려 했으나 녀석의 전화로 김이 새버렸다. 그깟 우유가 뭐라고.

집으로 들어가자 거실에서 아들 둘이 엉겨붙은 채 엎치락뒤치락하고 있었다. 얼굴이 벌게져서 뒹구는데, 유도인지 레슬링인지 알 수 없었다. 텔레비전은 저 혼자 떠들고 있었다. 나는 우선 텔레비전을 끈 뒤 동작 그만, 하고 말했다. 그러나 녀석들은 여전히 거실을 종으로 횡으로 굴러다녔다.

나는 큼, 하고 목소리를 가다듬은 뒤 이번에는 녀석들이 충분히 들을 수 있도록, 어쩌면 옆집까지 들리도록 동작 그만을 외쳤다. 그리하여 녀석들은 가까스로 굴러다니기를 멈췄고, 다음 지시를 기다리는 듯 내 얼굴을 빤히 올려다보았다. 나는 잠시 생각하다가 바로 앉아, 하고 녀석들이 해야 할 일을 알려주었다. 녀석들은 시뻘건 얼굴로 숨을 몰아쉬며 양반다리를 하고 앉았고, 나도 눈높이를 맞추기 위해 앉았다.

"아줌마는?"

"갔어요."

큰놈이 대답했다.

"저녁은?"

"먹었어요."

이번에는 작은놈이 대답했다.

"밥?"

"네."

다시 큰놈이 망설임 없이 대답했는데, 불안한 눈으로 주위를 훑는 작은놈이 아니더라도 그게 거짓말이라는 것을 알 수 있었다. 그릇은 어디로 치웠는지 보이지 않았지만 대신 자장면 냄새가 집 안 가득 고여 있었다. 지적할까 말까 잠시 고민하다 그만두기로 했다. 오늘은 특별한 날이니까.

"기쁜 소식이 있다."

여섯 살, 다섯 살, 어느 녀석도 뭐냐고 묻지 않아서 김이 빠졌다. 참새 새끼들처럼 어서 알려달라고 졸랐으면 뜸을 들이며 즐겼을 텐데.

"너희들한테 곧 새엄마를 얻어줄 수 있을 것 같다. 자장면에서 탈출할 날도 머지않았다는 말이다."

그러나 녀석들은 어떤 반응을 보여야 할지 모르겠다는 표정들이었다. 내가 힌트를 준다는 심정으로 좋아해야지, 하고 말하자그제야 두 녀석이 입을 모아 고맙습니다, 했다. 내가 다시 안 좋으냐, 물으니 또 두 녀석이 입을 모아 좋습니다, 했다. 하지만아무리 봐도 좋아하는 표정들이 아니었다.

"솔직하게 말해라. 솔직해도 된다. 좋으냐 안 좋으냐?"

녀석들은 서로 눈치를 보며 먼저 말하기를 꺼리고 있었다. 나는 단언컨대 녀석들에게 손찌검을 하거나 윽박지른 적이 없었다. 아버지의 권위를 내세우며 강압적으로 대하지도 않았다. 그런데도 녀석들이 나를 두려워하는 것은 아마도 나의 강인한 얼굴과 우람한 근육 때문인 것 같았다. 또 어쩌면 녀석들 엄마가 그렇게 교육시킨 건지도 몰랐다. 감정을 드러내지 마, 그러지 않으면 맞아죽을지도 몰라. 그렇게 교육시키지 않았다고 누가 장담할 수 있겠는가. 마침내 큰놈이 입을 열었다.

"잘 모르겠어요."

이에 용기를 얻은 작은놈도 새엄마랑 같이 안 살아봐서 좋은 건지 안 좋은 건지 모르겠다고 했다. 내가 원하는 답은 아니었지만 어쨌거나 정답인 것 같기는 했다. 안 살아봤다는 것도 맞고 그래서 모르겠다는 것도 맞았다. 할 말이 없었다. 그래도 결론 비슷한 말을 하긴 해야 했다.

"그래, 둘 다 맞다. 그렇지만 너희들에게는 엄마가 필요하고, 나는 지난 이 년 동안 엄마를 구해주기 위해 열심히 노력했다. 이제 그 결실이 맺힐 것 같으니 일단은 기뻐하자. 살아봐서 안 좋으면 그때 가서 안 좋다고 말해도 늦지 않다."

결론 비슷한 말을 했으므로 이제는 자리를 떠야 할 차례였다. 대개들 그러니까. 녀석들이 생각을 할 것 같지는 않았으나 생각해봐라, 하고는 집을 나섰다. 갈 곳은 없었지만 집에 있기도 답답했다. 그리고 조금 섭섭했다. 아니, 사실은 많이. 키워준 은공도 모르는 놈들. 안 살아봐서 모르겠다고? 흥이다. 너희들은 평생 자장면이나 먹어라. 그렇게 투덜거려도 기분은 나아지지 않았다.

어둠 내린 아파트 안을 어슬렁거리며 돌아다니다 배도 고프고 해서 가까운 포장마차로 갔다. 포장마차는 아파트 후문 쪽에 있었는데 주인이 이만저만 친절한 게 아니었다. 처음에는 친절을 다만 친절로만 받아들였으나 곧 친절이 친절만을 의미하는 게 아니라는 것을 알게 되었다. 각자 테이블을 차지했으되 가끔 말을 섞기도 하는 포장마차의 단골 취객들이 언제 국수 먹여줄 거냐고 노골적으로 물어왔던 것이다. 전혀 짐작조차 못 하고 있던 내가 국수? 지금 먹고 있는 게 국수 아닙니까, 했다가 비웃음만 샀다.

주인은 나보다 열 살 이상 많아 보였다. 내가 그 점을 지적하자 주인은 코웃음을 쳤다. 내가 좀 들어 보이긴 하지만 이건 심했다. 심하다고 생각했지만 굳이 내색하지는 않았다. 살뜰하게 챙겨주고, 미리 약속하지 않더라도 내킬 때마다 불쑥 찾아가서 술잔을 나눌 사람이 있다는 것도 나쁘지 않았다. 대신, 농담 삼아 이쁜이, 자기라고 부르던 호칭을 그날부터는 꼬박꼬박 누님이라고 했다. 그것이 내가 취할 수 있는 최적의 방어였다.

포장마차로 들어가자 먼저 와 있던 단골 취객이 벌게진 눈으로 나를 보더니 서방님 오셨네, 했다. 그렇게 아니라고 설명했건만. 또다른 단골 취객이 수원댁, 하고 불렀다. 주인이 부리나케 달려나오더니 부른 취객에게 가지 않고 내게로 왔다.

"저녁 안 먹었지?"

테이블을 훔치며 주인이 물었다. 나는 먹었다고 할까 안 먹었다고 할까 망설이다가, 밥은 메뉴에 있지도 않으면서, 했다. 그러나 주인에게 내 대답은 그다지 중요하지 않았다. 대답을 듣고

자 물은 것도 아니었다. 저녁 안 먹었지, 는 말하자면 밥상을 준비할 테니 먹어라, 는 뜻이었다.

"딱 보니 안 먹은 얼굴이네. 밥장사 십 년에 도사 다 됐다니까."

밥장사가 아니라 술장사면서도 꼭 밥장사라고 강조하는 것은, 물론, 나 들으라고 하는 소리였다. 그래, 뭐, 들어준다, 듣는 데 돈 드는 것도 아니고. 잠깐 사이에 주인이 쟁반 가득 밥과 반찬을 담아 내왔다. 찌개에 소주도 한 병. 주인이 은근히 생색내며 말했다.

"아줌마하고 내 저녁으로 차려놓은 건데 먼저 드셔. 반찬이야 또 담으면 되고 찌개야 또 끓이면 되지. 많이 드셔. 우선 한잔 받으실래?"

4

나는 끌어당겼고 그녀는 뒤로 물러섰다. 나는 끌어당겼으나 한 발짝도 나아가지 못했고 그녀는 뒤로 물러서며 점점 멀어졌다. 사채업자를 투숙시킨 다음날 전화통화에서 눈치챘어야 했다. 나는 미련했고, 여느 때와 달리 사람을 너무 믿었고, 그녀의 '고마워' 한마디에 마음이 흐물흐물 녹아내렸다. 지금 생각해보면 그녀의 고마워, 에는 그다지 고마운 마음이 담겨 있지 않았다. 정말 고맙다면 그렇게 말해서는 안 되는 것이었다. 마지못해 끌어올린 듯한, 우물에서 건져올린 텅 빈 두레박 같은 공허한 목소리로 발음해서는 안 되는 말이었다. 내가 사채업자를 안전한 곳으로 격리시켰다고 하자 내내 시큰둥하던 그녀가 말했다.

"응, 그렇구나. 고마워."

자기가 사주해놓고 그렇구나는 또 뭐람, 하고 생각했지만 뒤에 이어진 고마워 때문에 그 생각은 단 일 초도 머릿속에 머물지 않고 깨끗하게 사라졌다. 기분이 좋아진 나는 만나서 오늘을 기념하자고 했고, 그녀는 다음에, 했다. 바쁘냐고 물으니 또 조금, 했다.

"무슨 일인지 물어도 돼?"

"뭐 이런저런."

"이런저런 뭐?"

"그런 게 있어."

그녀가 짜증스러워하는 것 같아 나는 더 조르지 않고 포기했다. 그래, 다음에. 기회는 얼마든지 있으니까. 그렇게 나를 위로했다.

그녀가 다음에, 라고 말했으므로 나는 실망하지 않고 일하는 중간중간, 틈나는 대로 전화를 걸었다. 하지만 대답은 늘 다음에, 였고 이유는 늘 뭐 이런저런, 이었다. 예상하지 못한 결과여서 당황스러웠다. 뭐가 잘못되었지? 한번 만나는 게 그렇게 어렵나? 오늘과 다음에의 줄다리기가 시작되고 한 달이 지날 무렵 그녀의 대답에 변화가 생겼다. 다음에, 가 쏙 빠지고 대신 좀더 그럴듯한 이유가 들어선 것이었다. 이유란 가령 이런 것이었다.

만나자, 하니 처음에는 가족 중 하나가 아파서 돌봐야 한다고 했고, 다음에는 몹시 바쁘다고 했고, 그 다음에는 집이 비어서 나갈 수가 없다고 했고, 그 다음에는 감기기운이 있다고 했고, 그 다음에는 기다리는 전화가 있다고 했다. 마지막 핑계에는 조금 화가 나기도 해서, 그러나 목소리를 가다듬고, 핸드폰이 없느냐 물으니 그렇다고 했다. 핸드폰 사줄 테니 나오라고 하자 이번에는 핸드폰 없어도 전혀 불편하지 않다는 대답이 돌아왔다.

"내가 불편하잖아."

"네가 왜?"

나는 말문이 막혔다.

그뒤로는 모든 것이 반복이었다. 순서도 정확하게 그녀는 아픈 가족을 돌봐야 했고 몹시 바빴고 집이 비었고 감기기운이 있었고 기다리는 전화가 있었다. 마침내 내가 참지 못하고 소리쳤다.

"핑계를 대려면 순서라도 좀 바꿔라."

그러자 그녀가 미안한 기색도 없이, 내가 그랬나, 했다. 변명은 없었다. 변명이 없으니 핑계라고 생각했던 것들이 정말 핑계인지 아닌지 알 수 없어졌다. 또 다르게 생각하면, 나를 변명할 만큼의 가치도 없는 인간으로 여기는 것도 같았다. 답답해진 나는 말없이 가슴만 쳤다.

이미 돈은 됐다고 했으니 다시 돈 얘기를 꺼내서 만나자고 할 수도 없고, 이미 김길준을 투숙시켰으니 다시 내보내서 그녀를 두려움에 떨게 하고 그리하여 나를 필요로 하게 만들 수도 없고, 나도 공범이니 너의 죄를 알고 있다, 만나주지 않으면 신고하겠다, 위협할 수도 없고, 난감했다. 그 난감함 속에서 딱 하나 확실한 게 있다면 너무 빨리, 너무 쉽게 그녀의 부탁을 들어주었다는 거였다. 이럴 줄 알았으면 좀더 시간을 끌었을 텐데. 만나서 상의하고 만나서 비용 얘기를 하고 만나서 납치방법을 찾고…… 뒤늦게 후회가 밀려와 나는 또 말없이 가슴을 쳤다.

내가 사채업자를 만나러 간 것은 그러므로 뭔가 실마리를 찾기 위해서였다. 그녀가 집 안에만 숨어 있는 것은 사채업자 때문이고, 사채업자가 사라진 마당에도 여전히 밖으로 나오지 않는 건 아직 상처가 다 아물지 않았다는 말이 된다. 상처가 뭔지를 알아야 치료법도 나오는 법이다. 그래, 처음부터 다시, 하고 나는 달리는 차 안에서 중얼거렸다. 첫 단추를 잘못 꿰었던 거야, 바보같이. 그렇게 생각하자 마음이 가벼워졌고 희망이 생겼다.

웬일이냐는 관리인 녀석의 미심쩍은 눈초리는 무시하고 곧장 지하로 내려갔다. 문을 열자 훅 끼치는 냄새, 그리고 전등 불빛, 똬리를 튼 계단. 급하게 내려가다 발목을 삐끗하는 바람에 상체가 난간 밖으로 거의 쏟아질 정도로 온몸이 휘청, 했다. 순간적으로 난간을 부여잡아서 다행히 몇 계단 엉덩방아를 찧는 것으로 끝났지만 하마터면 수십 미터 아래로 곤두박질칠 뻔했다. 간담이 서늘한 가운데서도 민망함에 얼른 위를 올려다보았다. 녀석이 입구에 서 있었다. 말은 하지 않았지만 저 인간이 왜 저러나, 하는 빛이 역력했다. 녀석이 보고 있었으므로 화가 나는 걸 간신히 참고, 삔 발목과 엉덩이의 아픔도 간신히 참고, 짐짓 아무 일 없었다는 듯 계단을 내려갔다.

사채업자는 모른다는 말만 반복했다.

"모른다고? 몰라? 이런, 씨."

채찍을 들고 안으로 들어갔다. 이거 말로 해선 안 되겠군, 하고 위협하기도 했다. 그러나 사실 방구석에 쪼그려앉은 그의 조그마한 몸뚱이를 보자 안됐다는 생각이 들었다. 한 달 사이 그의 몸집은 반으로 줄어 있었고, 제멋대로 수염이 자라난 얼굴은 더러우면서 까칠했고, 눈동자는 충혈됐고, 떡진 머리는 새집을 이고 있었다. 악취도 심하게 났는데, 오물 냄새 몸냄새 지하 냄새가 뒤섞인 것 같았다. 방에는 아무것도 없었다. 의자 하나, 종이 하나, 책 한 권, 하다못해 퍼즐 한 조각도. 그것은 차입이 전혀 없었다는 뜻이었다.

관리인 녀석은 아무런 문제도 없다고 했지만 문제가 없는 게 아닌 것 같았다. 짧은 시일에 몸이 반으로 줄고 지독한 악취를 풍긴다는 것 자체가 이미 문제였다. 다른 방의 투숙객들은 이렇게까지 비참하지는 않았다. 그들은 잘 먹지는 못해도 먹을 만큼은 먹었고, 잘 씻지는 못해도 씻을 만큼은 씻었으며, 다양한 취미를 누리지는 못해도 자기가 좋아하는 몇 가지는 하고 있었다. 일곱 명의 투숙객 중 사채업자가 가장 참혹한 생활을 하고 있었다. 그는 인간의 시간이 아니라 동물의 시간을 살고 있었다.

그녀의 무심함이라니. 나는 속으로 혀를 찼다. 그녀는 한 달 동안 단 한 번도 사채업자의 안부를 묻지 않았고 차입을 하지 않았다. 물론 내 잘못도 있었다. 나 역시 그녀를 만날 생각에만 빠져 사채업자를 깜빡 잊고 차입과 관련된 사항들을 알려주지 않았던 것이다.

안에서 문을 걸어잠그고 채찍으로 바닥을 내리치며 슬쩍 안쪽으로 이동했다. 세면대의 수도꼭지를 틀자 시원한 물이 쏟아졌다. 세면도구도 그럭저럭 갖춰져 있었다. 변기의 물도 잘 내려갔다. 방에는 문제가 없었다. 그래도 그렇지, 이 관리인 녀석.

그때 사채업자가 몸을 날려 공격해왔다. 어럽쇼? 나는 피하지 않고 달려드는 사채업자의 명치를 발뒤꿈치로 찍어주었다. 사채업자는 그 자리에서 쓰러졌고 명치 부근을 손바닥으로 누르며 뒹굴었고 숨을 헐떡였다. 나는 싸움에 일가견이 있었다. 자신이 없었으면 이 방으로 들어오지도 않았다. 미술을 전공한 내가 이쪽으로 빠진 것도 싸움실력 때문이었다. 실력은 언젠가는 드러나게 마련이었고 내게도 그날이 왔다. 다만 너무 늦게 왔다는 것이 문제라면 문제였다.

"이제 순순히 말해볼까? 아니면 한 방 더 찍어줄까? 지금도 이렇게 괴로운데 두번째는 얼마나 더 괴로울까. 안 그래?"

순간 사채업자의 몸이 꿈틀, 했다. 그가 간신히 상체를 일으켜 내 쪽으로 엉금엉금 기어왔다. 이건 또 무슨 꿍꿍이수작이지, 생각하는데 그가 내 발밑에 엎드려 울부짖기 시작했다.

"정말 모릅니다. 그 여자가 누군지 정말 몰라요. 들어본 적도 없는 이름이라고요. 전 잘못한 것도 없고, 왜 이곳에 갇혀야 하는지 이유도 모르겠고, 차라리 이유라도 알면 속이 시원하겠습니다. 제발 좀 가르쳐주세요. 그 여자가 누군지도 모르는데 어떻게 괴롭힐 수 있겠습니까. 전 죄가 없어요. 억울합니다. 그 여자한테 물어보세요. 제발 내보내주세요."

"말을 하면 내보내주지. 말을 한다는 건 뉘우친다는 뜻이니까."

또 사채업자의 몸이 꿈틀, 했다. 그러나 잠시 생각하는가 싶던 사채업자가 곧 머리를 바닥에 찧으며 절규했다.

"정말 몰라요. 정말 모른다구요. 내가 왜 이린 돼지우리에 감금돼야 하는지도 모른다구요. 평생 누구한테 해코지 한번 한 적이 없는데……, 내가 왜…… 하필 왜 내가……"

그러고는 아이처럼 울음을 터뜨렸다. 벌써 한 시간째 같은 소리였다. 회유하고 협박하고 다시 회유해봐도 내가 기다리는 말은 나오지 않았다. 모른다는 게 말이 돼? 하고 윽박질렀지만 모를 수도 있지 않을까, 하는 생각이 가슴 한구석에 없는 건 아니었다. 자료조사를 한 나도 알아내지 못했고, 사채업자도 모른다고 하고, 침묵으로 일관하는 그녀도 혹시 모르는 건 아닐까, 하는 생각이 언뜻 들지 않은 것도 아니었다. 하지만 내색하지 않았다. 내색할 수 없었다. 그를 이곳에 집어넣은 장본인이 바로 나이므로. 죄의 유무와 상관없이 그는 살아서는 햇빛을 보지 못할 것이므로.

내가 추궁을 멈추자 그는 본격적으로 애원하기 시작했다. 토끼 같은 자식과 여우 같은 마누라와 연로하신 부모님과 돌봐야 할 동생들이라는, 상투적인 단어가 그의 입에서 나왔고, 자신이 얼마나 선량한 시민인지 친구들과 아파트 주민들과 자신이 자주 이용하는 골프장과 사우나실과 수영장과 헬스클럽 직원들에게 물어보라고 큰소리쳤다. 그랬다가는 자신을 이 지경으로 만든 사람이 그 여자냐, 당장 데려와라, 요절을 내겠다, 차라리 삼자대면을 하자, 요구하며 온몸을 부르르 떨기도 했다.

그는 애원했다가 화를 냈다가 울음을 터뜨렸다가 증오심에 불타기도 했는데, 아무래도 정상이 아닌 것 같았다. 그에게서 그녀와의 관계를 개선시킬 수 있는 실마리를 찾는 것은 힘들어 보였다. 포기할 수밖에 없었다. 나는 여러 감정을 한꺼번에 폭발시키고 있는 그를 내버려두고 지상으로 올라왔다. 희망은, 사라졌다.

마음이 착잡했다. 별장에 더 머물고 싶지 않았다. 관리인 녀석을 불러 7호에다 간식과 오락거리를 넣어주라고 지시하고는 차에 올랐다. 이 일을 시작하고 처음으로 양심이라는 단어를 떠올렸다.

5

나는 점점 야비하게 변해가고 있었다. 그 변화에는 사채업자
와의 만남이 결정적이기는 했지만 꼭 그것 때문이라고 할 수는
없었다. 자신의 감정이 받아들여지지 않을 때 사람은 집요해지
고 비굴해지고 야비해진다. 여태껏 살아오면서 나는 단 한 번도
타인에게 내 감정을 강요한 적이 없었으나 지금은 강요하게 되
었고, 남들 앞에서 떳떳하게 밝힐 수 있는 직업은 아니었지만
늘 정당하고 당당했던 내 인생은 지금 그 어느 때보다도 비굴하
고 야비해졌다. 그녀가 한 번만 만나주었더라도 내가 이렇게까
지 되지는 않았을 텐데, 자위도 해보지만 그렇다고 크게 위로가
되는 것은 아니었다.

순수했던 내 감정은 급속도로 변질되어, 전화를 하는 행위는
이제, 그녀를 만나기 위해서가 아니라 오기 때문이었고 집착 때
문이었고 뭔가를 파괴하고자 하는 욕구 때문이었다. 때때로 그
런 내가 끔찍했지만 그걸 깨달았을 때는 이미 너무 늦어 있어서
나도 나를 통제할 수가 없었다.

야비함과 집요함의 첫번째 합작품은, 사채업자를 만나고 돌아
온 지 보름째 되는 날부터 그녀의 집을 감시하기 시작한 것이었
다. 은밀한 곳에 숨어 그녀의 일거수일투족을 쫓는 것은 생각보
다 쾌감이 컸다. 그렇게 숨어서 그녀에게 전화를 했는데, 어떤
날은, 오늘은 하루 종일 뭘 하느냐, 일상적인 것들을 묻기도 하

고, 또 어떤 날은 사채업자와의 관계를 캐기도 하고, 또 어떤 날은 질문을 바꿔 사채업자를 납치하게 한 이유를 심문 비슷하게 추궁하기도 했다. 그리고 마지막에는 반드시 오늘 만날 수 있느냐, 물었다. 만나주지 않을 거라는 걸 알고 있었지만 나로서도 어쩔 수 없는 일이었다. 생각보다 먼저 말이 튀어나왔다. 어쩌면 오기의 법칙인지도 몰랐다.

내가 지적했는데도 그녀의 핑계는 바뀌지 않았다. 그녀의 변하지 않는 핑계에, 그러나 나는 변하지 않는 대꾸를 할 수가 없었다. 핑계를 바꾸는 성의조차 보이지 않는 그녀에게 화가 났다. 아픈 가족을 걱정하던 말이 '그놈의 가족은 만날 아프냐'로 바뀌었고, '그렇게 바빠서 어떡하냐'가 '집 안에 들앉아서 무슨 바쁜 일이 그렇게 많냐'는 빈정거림으로 변했으며, '집 지킬 개 한 마리 사다줄까'에서 '집에 금은보화 숨겨났냐, 누가 집 떼메고 갈까봐 그러냐'로, '세상에 약이 없는 게 감기라더라, 조심해'에서 '한여름에 개도 안 걸리는 감기를 허구한 날 걸리냐'로, '외출도 못 하고 기다릴 정도면 중요한 전환가보구나'에서 '어떤 놈팽이냐, 전화만 기다리는 거 아닌 거 아냐'로, 차츰 그 도를 더해갔다. 한번은, 왜 안 만나주는 거냐, 얼굴에 금테 둘렀냐, 네가 그렇게 고귀하냐, 는 차마 입에 담지 못할 치사한 소리까지 내뱉었다.

내가 그러거나 말거나 그녀는 꿋꿋했고, 나의 악담에는 침묵으로 일관했고, 여전히 순서를 지켜 같은 핑계를 대었다. 나도 구제불능이지만 그녀도 이해할 수 없는 인간이기는 마찬가지였다.

그러던 그녀가, 움직이기 시작했다. 잠복 보름째, 사채업자가 감금된 지 정확하게 두 달 되는 날이었다. 감시하는 보름 동안 한 번도 집 밖으로 나온 적 없고 모습을 드러낸 적 없던 그녀가 마침내 외출을 시도한 것이었다. 나는 그때까지도 얼굴을 기억해내지 못했지만 대문이 열리고 젊은 여자가 나오는 순간 그녀라는 것을 알았다.

그녀가 움직였으므로 나도 움직였다. 아는 척을 해서 다시 관계를 개선시켜볼까 하는 생각도 있었지만 곧 포기했다. 대신 미행하는 쪽을 택했다. 그렇게 만나자고 애원해도 나오지 않던 그녀가 어디로 가는지 궁금해 죽을 지경이었다. 그녀가 걸으면 나도 걷고 그녀가 택시를 타면 나도 택시를 타고 그녀가 마트에 들르면 나도 마트에 들렀다. 그녀는 전혀 눈치채지 못했는데, 미행은 또한 납치와 함께 나의 전문 분야라고 할 수 있었다.

마트에서 나온 그녀의 손에는 과일바구니가 들려 있었다. 그리고 십 분쯤 걸었을까, 그녀를 따라 무심코 아파트로 들어서던 나는 깜짝 놀랐고 한동안 벌어진 입을 다물지 못했다. 설마. 벌어진 입술 사이로 그런 소리가 새나오고 있었다.

"설마, 설마겠지. 설마?"

그녀는 망설임 없이 아파트 현관으로 들어가 엘리베이터를 타고 올라갔다. 설마 하면서도 나는 계단을 통해 짐작되는 층으로 뛰어올라갔고, 짐작되는 집으로 그녀의 옷자락이 빨려들어간 뒤

문이 닫히는 것을 보았다.

나는 자리에 주저앉았다. 아무 생각도 나지 않았다. 그곳은 그녀의 사주를 받아 내가 현실에서 배제시켜버린, 지금 이 시간에도 지하에 갇혀 울부짖고 있을 사채업자의 집이었다.

차츰 정신이 돌아왔다. 계단을 걸어내려오는데, 너무 허탈해서 다리가 후들거렸다. 배신이란 말이 합당한지 어떤지 따져볼 겨를도 없이 나는 사채업자와 나, 둘 다 배신당했다는 생각을 했고 버림받았다는 생각을 했다. 계단을 걸어내려오는데, 너무 외로워서 죽을 것 같았다.

키스하는 얼굴들

1

많은 말을 하지는 않았으나 꼭 필요한 말은 했다. 꼭 필요한 말이란 그들이 듣고자 하는 말이었고, 내가 말하기 전에 그들이 먼저 질문을 던졌으므로 무슨 말을 할까 고민은 하지 않아도 되었다. 나는 되도록 간결하게 답했지만 내 대답은 그들의 궁금증을 만족시키기에 부족함이 없었다. 아니, 그들의 풍부한 상상력이 내 짧은 말에 살을 붙여 완전한 모양으로 만들어주었다. 내가 한마디 하면 그들이 열 마디의 상상을 보태는 식이었다. 덕분에 위로하러 갔던 나는 오히려 위로를 받았고 근사한 저녁까지 대접받았다.

집으로 들어서자 제일 먼저 모친으로 짐작되는 노인이 물었다.

"어디서 오셨소?"

나는 집에서 왔다고 했다. 질문에 합당한 대답이 아니라고 생각했지만 생각 이전에 말이 먼저 튀어나왔다. 모친으로 짐작되는 노인이 잠시 어리둥절한 표정을 짓는 사이 이번에는 부친으로 짐작되는 노인이 물었다.

"무슨 일로 오셨소?"

나는 부친으로 짐작되는 노인 쪽으로 몸을 돌리고 경찰서에서 왔다고 했다. 역시 질문에 합당한 대답이 아니라고 생각했지만 또 불쑥 그렇게 말이 튀어나왔다. 앞의 질문에서 헤어나지 못한 결과였다.

"경찰서?"

두 노인이 동시에 외쳤다. 나는 가만히 고개를 끄덕였다. 그건 질문이 아니므로 굳이 다른 말을 덧붙일 필요는 없을 것 같았다. 그때 방문이 열리고 부스스한 머리칼의, 부인으로 짐작되는 여인이 뛰어나왔다. 그러고는 두 노인을 제치고, 제치기 전에 답답하다는 눈짓을 보내고, 올라오세요, 했다. 그제야 나는 현관에서 거실로, 거실에서 소파로 안내되었다. 누구도 거들떠보지 않아 찬밥신세가 된 과일바구니는 소파 옆에 놓았다.

"무슨 소식 있어요? 아니 아니, 찾았어요? 어디 있어요?"

부인으로 짐작되는 여인이 숨도 쉬지 않고 물었다. 나는 우선, 상대의 정체는 알아야겠으므로, 부인이시냐고 물었다. 여인이 그렇다고 했다. 나는 또, 두 노인을 향해 부모님이시냐고 물었다. 두 노인이 부모가 아니면 뭐겠느냐고 불퉁스럽게 대답했다.

그러자 여인이 노인들을 향해 눈을 흘겼다. 노인들은 못마땅함과 억울함이 뒤섞인 표정을 지었지만 불만을 드러내지는 않았다. 여인이 다시, 찾았느냐, 어디 있느냐, 제 발로 나간 거냐, 아니면 사고라도 난 거냐, 물었다. 나는 모른다고 했다. 여인이 거의 비명을 지르듯 반문했다.

"몰라요?"

"네."

"그럼 여긴 왜……?"

여인이 너무 절박해 보여서 모르는 걸 모른다고 대답한 나는 좀 미안한 마음이 되었다. 그래서 얼른 자초지종을 설명했다. 두 달 동안 생각하고 또 생각한 것이었다.

몇 달 전에 큰오빠가 사라졌다. 실종신고를 하고 기다렸지만 연락이 없었다. 참다못해 경찰서로 찾아가 따졌다. 그들은 바쁘다고만 했다. 가출인지 실종인지 알 수 없는 실종신고가 하루에도 수십 건에 이른다고 했다. 실종자들을 다 찾으려면 인력이 지금보다 수십 명은 더 있어야 한다고 했다. 그 따지고 해명하는 과정에서 여기 사건을 들었다. 우선은 조금이라도 먼저 아픔을 겪은 사람으로서 위로를 하고, 다음에는 동병상련의 슬픔을 나누고, 그래도 시간이 남는다면 실종자 수색비법이라도 좀 알아갈까 해서 왔다.

내가 거기까지 말을 마치는 데는 한참 시간이 걸렸다. 그들이, 두 노인과 한 여인이, 특히 두 노인이 끊임없이 탄식을 내뱉고 질문을 던지고 추임새를 넣고 위로의 말을 쏟아낸 까닭이었다. 모르느냐고 비명에 가까운 반문을 던졌던 여인마저도 자신의 실망은 까맣게 잊고 내 일을 안타까워하느라 정신이 없어 보였다.

마침내 과일바구니도 조명을 받았다. 그들은 뭘 이런 것까지 사왔느냐고 고마워했다. 이번에는 두 노인이 여인을 향해 눈짓을 보냈다. 여인이 마지못한 듯 일어나더니 차를 내왔다. 차를 내오기 전에, 무슨 차를 마시겠느냐고 물어서 나는 홍차를 달라고 했다. 마침 홍차가 있다며 여인은 다행이라는 표정을 지었다.

차를 마시는 내내, 노인들은 내게 질문을 던지고 그리고 서로 티격태격했다. 이런 식이었다. 모친이 묻는다.

"그래, 큰오빠한테 자식이 있소?"

"없어요."

"아이고 천만다행이네."

"천만다행은 무슨 얼어 죽을. 실종될 거였으면 진즉 씨라도 남겼어야지."

"남기면 뭘 해. 그 씨를 누가 거두라고."

"가족들이 거둬야지 누가 거둬."

"그래서 영감은 번번이 씨만 남기고 훌훌 떠버렸소? 남은 가족 고생은 나 몰라라 하고."

"그땐 그럴 사정이 있었다니까."

"그럴 사정이 한두 번도 아니고 세 번씩이나 있었다면 누가 믿어. 자식들 터울 많이 지는 게 다 누구 때문인데. 영감은 입이

144

열 개라도 할 말 없어."

대개는 모친의 승리로 끝났지만 큰오빠가 결혼을 일주일 앞두고 사라졌다는 대목에서는, 남은 신부야 어찌됐든 신혼 재미는 보고 실종됐어야 한다는 부친의 주장이 승리를 거두기도 했다. 모친이 슬그머니 자신의 의견을 접고 동조하는데, 옆에서 듣고 있던 여인이 한숨을 폭 내쉬어서 두 노인은 입을 다물었다. 나는 큰오빠 문제에 종지부를 찍을 생각으로, 다 지난 일인걸요, 하고 말했다. 내 빈약한 상상력은 벌써부터 바닥을 보이고 있었다.

가방에서 봉투를 꺼내 모친과 부친 중간쯤 되는 자리에 놓았다. 부친이 뭐냐고 물었다. 나는 돈이라고 했다. 돈이라고 말하기 전에 이미 그것은 돈의 형태를 갖추고 있었다. 적당히 숨죽은 봉투가 만원권 지폐의 각을 이루고 있었다. 다시 부친이, 무슨 돈이냐고 물었다. 나는 적절한 단어를 고르기 위해 고심했다. 누구나 돈을 좋아하지만, 그러나 돈에도 제각기 나름의 운명이 있어서 때로는 돈을 받고도 유쾌하지 못할 수도 있고, 또 때로는 돈을 주고도 욕을 먹는 경우가 있었다.

"실례가 안 된다면, 받아주세요. 제 성의라고 생각하시고. 이쪽은…… 가장이라고 들었어요. 불시에 가장을 잃으셨으니 감정과는 별개로 또다른 어려움이 있을 것 같고…… 그래서 준비했어요."

나는 좀 더듬거리고 머뭇거리며 말했다. 효과가 있었다. 말의 힘이었다. 말을 좋아하는 사람도 때로는 말에 반감을 가질 수 있고, 말을 싫어하는 사람도 또 때로는 말을 반길 수 있는 것이다. 부친이 말했다.

"아가씨네도 힘들 텐데 뭘 이런 걸."

"그렇지만 가장은 아니었죠."

나는 '가장'을 약간 강하게 발음했다. 여기서 가장이란 돈 버는 사람을 의미했지만 굳이 그 말까지 하지는 않았다. 말하지 않아도 그들도 알고 나도 아는 사실이었다.

"뭐 그럭저럭 먹고살 걱정은 없지만 성의라니 고맙게 받겠소."

부친이 말하고 봉투를 집어 모친에게 건넸다. 모친이 봉투를 든 채 내 손을 잡고 어루만졌다. 젊은 아가씨가 어쩌면 이렇게 생각이 깊을까, 중얼거리며. 나는 봉투가 내 손등에 닿을 때마다 흠칫 놀랐고, 모친의 시선도 정면으로 받지 못했다. 내 눈은 텔레비전의 검은 동공과 마시다 둔 소주병들이 단연 돋보이는 장식장 사이를 느리게 왕복했다. 소주병의 사연은 나중에 저녁식사 자리에서 모친의 설명으로 알게 되었다.

"저 양반은 주량이 소주 반병인데 마실 때마다 꼭 새 병을 딴다오. 입맛은 또 까다로워서 먹다 둔 건 김이 빠져서 싫다나."

그래도 의문은 가시지 않았다. 모친이 재차 설명을 했다.

"아, 저것들? 나중에 다 먹어요, 새거 떨어지면. 노랭이 영감쟁이 아니랄까봐 아까운 음식을 어떻게 버리느냐고 펄쩍 뛴다오."

저녁 무렵, 여인이 아파트 정문까지 따라 나왔다. 내키지 않았

146

지만 말리지도 않았다. 여인은 할 말이 있는 얼굴이었고 들어야 할 사람은, 아마도 나인 것 같았다. 현관에서 나와 엘리베이터를 기다렸다. 여인은 여전히 할 말이 있는 얼굴이었지만 입을 열지 않았다. 엘리베이터를 타고 내려오면서도 그랬다. 좀 오래다 싶을 정도로 어느 한 곳에다 시선을 두고 있었는데 초점이 분명한 것 같지는 않았다. 맛있는 저녁까지 얻어먹고 해서 나는, 별 도움은 되지 않겠지만 어쨌거나, 힘내시라고 말했다. 그러자 여인이 나는, 하고 말을 뱉어놓고는 잠시 쉬었다가 또 나는, 했다. 나는, 으로 시작되는 문장은 아파트 놀이터를 지나 정문으로 향할 때 비로소 완성되었다.

"나는, 이런 생각이 들어요. 짐작일 뿐이지만, 그러나 모든 해결된 사건들도 처음에는 짐작만으로 시작된다는 걸 고려한다면, 짐작은 단지 짐작뿐인 게 아닌 거죠. 짐작은 전체일 수도 있고 부분일 수도 있고. 맞을 수도 있고 틀릴 수도 있고. 짐작을 신뢰할 수 없다면 불완전한 확신 혹은 심리적 증거 정도로 해둘게요."

때 아닌 짐작 논쟁에 나는 그저 고개를 끄덕였다. 인문학적 소양이 부족한 나로서는 감히 여인의 정의에 이의를 제기할 수 없었다. 이의를 제기할 수 없었지만 귀는 활짝 열려 여인의 다음 말을 기다렸다. 조금은 초조한 심정으로.

"나는, 이런 생각을 했어요. 그이가 제 발로 집을 나간 게 아닐까 하는. 아마도 여자하고. 그러고도 남을 인간이거든요. 한집에서 곱게 살아주는 것만도 감지덕지하라는 말을 입에 달고 다녔어요. 누군지는 몰라도 여자가 있다는 것도 알고 있었고요. 혹시 당신이 아닐까 잠시 의심했어요. 미안해요. 만약 제 발로 나갔다면, 자기 정부를 집에 보내 정탐시킬 만큼 가족들한테 애정이 있지는 않을 게 뻔한데."

거기까지 말했을 때 아파트 정문에 닿았고 여인이 걸음을 멈췄다. 여전히 할 말이 많은 얼굴이었지만 그 얼굴은 또한 다음 기회에, 라는 뜻으로 읽을 수도 있을 만큼 처음보다는 안정돼 보이기도 했다. 나는 다시 하나마나 한 말, 힘내시라고 한마디 하고는 돌아섰다. 두근거리는 심장을 손바닥으로 지그시 누르고 버스정류장을 향해 걸었다.

2

쳇.

그가 내보인 첫번째 반응이었다. 토라짐. 나는 지금까지 한 번도 '쳇'이라는 말을 써본 적이 없고 들어본 적도 없었다. 그런데도 기분 상하기는커녕 오히려 상쾌하게 들렸다. 쳇, 그 한마디로 그 동안 그가 어떻게 지냈는지 짐작할 수 있었다.

"잘 지냈어요?"

"잘 지냈을 것 같아요? 전화도 그렇게 씹어버리고선."

토라진 그는 벽을 향해 앉아 있었다. 벽에는 내 머릿속 정경이 펼쳐져 있었고 군데군데 페인트칠이 벗겨져서 기괴함을 더해주고 있었다. 그리고 깡통에 든 동전은 몇 개 되지 않았다. 작업실은 황량함 그대로였는데, 뜯지 않은 새 페인트통이 여러 개 쌓인 점이 유일한 변화였다.

"이거 나 쓰라는 뜻이죠?"

그렇게 말하며 새 페인트통을 툭 찼다. 그는 누구 맘대로, 했지만 쓰라고도, 쓰지 말라고도 하지 않았다. 그것은 즉, 의도는 맞으나 자기 입으로 허락하지는 않겠다는 뜻이었다. 그거면 충분했다.

소매를 걷고 사포를 찾아 페인트가 일어난 부분을 긁어내기 시작했다. 남의 가게에서 뭐 하는 짓입니까. 그가 볼멘소리를 했지만 상관하지 않았다. 이전 그림의 페인트까지 함께 바닥으로 후드득 떨어져내렸고, 먼지가 일었다. 내가 기침을 하자 그가 마지못한 듯 몸을 일으키더니 '새' 마스크를 꺼내 건넸다. 아마도 그는, 자신이 손수 준비한, 그의 입장에서 보자면 과감한 투자라고도 할 수 있는, 이 새 물건들이 무용지물이 될지도 모른다는 것 때문에 토라진 듯했다.

"도와줄래요?"

쳇, 종 부리듯 하네, 하면서도 그는 사포를 찾아들었다. 그가 합세하자 작업속도는 훨씬 빨라졌다. 한 시간 만에 얼룩덜룩하기는 했으나 어쨌든 보풀은 없는 벽이 되었다. 가만히 바라보고 있자니 무너지지 않고 그대로 있어준 벽이 퍽 대견하고 고마웠다.

"뭘 그릴 거요?"

그가 물었지만 대답할 말이 없었다. 정해진 것은 없었다. 나는 계획적으로가 아닌 충동에 의해 이곳 작업실로 왔고, 충동은 뭔가에 열중하지 않으면 안 되는 불안으로 유발되었으며, 불안은 엊그제 만난 사채업자의 부인 때문에 증폭되었다고 할 수 있었다. 이틀 동안 방 안을 서성거리며 뭘 할까 궁리하다 문득 작업실을 떠올렸다. 그가 없으면 어쩌나 하던 걱정은 작업실을 보는 순간 싹 가셨고, 그러므로 그가 '쳇'이 아니라 '홍'이나 뭐 더 심한 소리를 했어도 반가웠을 것이다.

"또 훌쩍 잠적해버리는 건 아니죠?"

"아마도."

결정된 건 아무것도 없었지만 나는 그렇게 대답했다. 그가 그 말을 원하고 있었으므로. 나는 여전히 두려움에 떨고 있었고 두려움에 떨다 지치면 어떤 방향으로 튀어나갈지 알 수 없었다. 이번에는 다른 종류의 두려움이었다. 나는 동기생을 이용해 감시자들의 우두머리 김길준을 세상에서 지워버렸다. 당시에는 그가 내 두려움의 정점에 있었으므로 그게 최선의 방법이라고 생각했다. 그런데 두려움의 정점을 없애고 나자 이번에는 그의 가족들이 두려웠고 동기생이 두려웠고 세상 전체가 두려웠다. 하나의 두려움을 물리치고 여러 두려움을 껴안은 꼴이었다. 그러므로 내가 스스로 그의 가족들을 찾아 그 속으로 들어간 것은 너무 두려워서라고 할 수 있었다. 차라리 두려움의 핵으로 들어가 나 역시 핵의 일원이 되어버리면 덜 두렵지 않을까 하는 생각.

바닥의 페인트 찌꺼기를 치우고 점심으로 자장면을 시켰다. 오랜만의 노동이었고 오랜만에 느끼는 허기였다. 자장면은 윤기가 흘렀고 면도 적당히 삶아져서 먹을 만했다. 그가 맛있냐고 물어서 그런 것 같다고 했다. 그러자 그가 자랑스러운 얼굴로 이 집 자장면이 근방에서 가장 낫다고 했다. 썩 맛있다고는 할 수 없어도 뭐 그럭저럭 봐줄 정도는 되죠. 자기가 만든 것도 아니면서 그 말을 할 때 그의 얼굴은 약간 거만해 보이기까지 했다.

점심을 먹은 뒤 흰색과 회색의 중간쯤 되는 색을 만들어 벽에다 칠하기 시작했다. 기존의 색은 강하고 덧칠하는 색은 약해 얼룩덜룩함이 드러나기도 했는데, 그건 어느 정도 내 그림의 방향과 맞아떨어지는 것이었다. 나는 매끄러운 것을 좋아하지 않았다. 단일한 색으로만 된 바탕도 그다지 흥미롭지 않았다. 덧칠을 끝내고 검정색 페인트를 물에 개는데 그가 다시 뭘 그릴 거냐고 물었다.

"키스하는 얼굴들."

"키스하는 얼굴들이라구요?"

그가 놀라서 되물었다.

"네."

"그거 재밌겠는데요. 이제 좀 뭐가 통하네."

그가 흐뭇한 미소를 지었다. 키스하는 얼굴들은 자장면을 먹을 때 즉흥적으로 떠오른 것이었다. 자장면을 먹다 말고 나는 자장소스와 기름으로 번들거리는 그의 입술을, 씹기와 말하기를 번갈아 하느라 쉴새없이 움직이는 그 입술을 홀린 듯 바라보았다. 내 시선을 느낀 그가, 나한테 반했어요? 정신 나간 여자 같은 표정 짓지 말고 자장면이나 먹어요, 하고 말했을 때는 이미 구상이 끝나 있었다.

여자와 남자, 여자와 여자, 남자와 남자가 키스하는 장면들을 그려나가기 시작했다. 같은 얼굴 같은 표정은 없었다. 둥글거나 길쭉하거나 뭉개지거나 토막나거나 일그러진 얼굴들이, 찡그리거나 웃거나 화내거나 슬프거나 담담한 표정을 지었다. 반짝 뜬 눈과 반쯤 뜬 눈과 반쯤 감은 눈과 완전히 감은 눈들. 물론 목 아래는 없었고, 초등학생의 솜씨처럼 서툴게 그린 얼굴 위로 바탕의 얼룩덜룩한 색이 도드라지는 경우에는 마치 화상을 입은 것처럼 보이기도 했다.

두세 시간 만에 입술을 맞댄 무수한 얼굴들이 벽 가득 채워졌다. 그것은 그의 기대처럼 유쾌하거나 아름다운 장면은 아니었다. 슬프기도 하고 기묘하기도 하고 어떻게 보면 괴기스럽기도 했다.

"이럴 줄 알았어. 이럴 줄 알았다고. 무슨 바람이 불었나 했어."

그가 중얼거렸다. 나는 못 들은 척했다. 내가 대꾸를 않자 그가 좀더 노골적으로 투덜거렸다.

"머릿속이 어떻게 생겨먹었는지 정말 궁금하네. 같은 장면을 이렇게 비틀어놓는 것도 능력일 거야. 그렇고말고. 아무나 이렇게 흉측한 얼굴을 그릴 수는 없지. 아, 또 오늘부터 김선숙한테 빌붙어야겠군."

벽을 다 채우고 유리문으로 옮겨갔다. 이번에는 바깥이 아니라 안쪽의 유리문에다 그리기 시작했다. 밖에서 볼 때 뒤집힌 상이 되도록.

"이왕 얼굴을 그릴 거면 말야, 머리카락이라도 있으면 좀 낫잖아. 저 대머리들은 다 뭐냔 말야. 말이 키스지 이건 꼭 박치기 하는 것 같잖아. 꿈에 볼까 무섭네."

"꿈을 안 꾸면 되잖아요."

"그걸 지금 말이라고 하는 거예요? 꿈을 꾸고 말고가 어디 내 맘대로 됩니까?"

"낮에 열심히 일하면 꿈 없는 잠을 잘 수 있어요."

"쳇, 내가 뭐 놀고 싶어 놉니까? 일을 할래도 도구가 없잖아요. 게다가 벌어봐야 사채업자 자식이 다 긁어갈 텐데 누구 좋으라고."

그가 단무지 하나를 손가락으로 집어 씹었다. 나는 아무렇지도 않은 듯, 요즘도 사채업자가 오나요, 하고 물었다.

"오긴 뭘 와요? 그 자식이 언제 왔다고. 내가 불려갔지. 그러고 보니 요즘은 잠잠하네. 그 감시자 녀석들도 안 보이고. 에잇, 나쁜 놈들. 이러다 또 몇 달 뒤에 불쑥 나타나서 돈 내놓으라고 협박할 게 뻔해. 어쩌면 그땐 정말 팔아넘길지도 모르지. 흥, 될 대로 되라지. 더 꼬일 인생이 어딨다고."

"잊어버렸을지도 모르죠. 다른 일이 바빠서."

"잊어버릴 일이 따로 있지. 그러고 보니 요즘 그 자식을 안 만나는 것 같던데……"

그가 다시 단무지 하나를 손가락으로 집어 소리내 씹었다. 나는 파란색 페인트와 붉은색 페인트 약간을 섞어 색을 만들었다.

"누가요?"

"누구는 누굽니까, 김선숙이지. 아, 이제 감이 잡히네. 자식이 김선숙을 찼다 이거지. 단물만 쪽쪽 빨아먹고 더 젊은 년한테 갔겠지. 웬일로 김선숙한테 오래 붙어 있는다 했어. 그래서 잠잠했던 모양이군. 제놈도 양심이 있다 이거지. 흥, 김선숙만 불쌍하게 됐군."

그는 마치 남의 일처럼 말하고 있었다. 그리고 나는 남의 일처럼 묻고 있었다. 내가 물었다.

"부인이 그래요?"

"부인이 그럴 리가 없죠. 바람피우는 것도 자랑이 아니지만 버림받은 것도 자랑은 아니니까. 눈치로 긁은 거죠. 요즘 김선숙 씨가 일을 한답니다. 그 성질에 오래 있지는 못하고 여기 잠깐 저기 잠깐 하는 식으로 옮겨다니는 모양이던데. 그런 내막이 있었군."

나는 파란색과 붉은색 약간씩을 섞어 만든 색을 한창 키스중인 입술들에 마치 립스틱처럼 발라주었다. 그러자 입술은 추위에 언 것 같기도 하고 멍이 든 것 같기도 한 효과를 냈다. 검정색 페인트로 대충 스케치한 위에 입술만 컬러로 칠했더니 얼굴들은 더욱 그로테스크해 보였다. 다가오는 그에게 투덜거릴 시간을 주지 않고 내가 물었다.

"무슨 일을 하는데요?"

"며칠은 청소, 며칠은 식당, 이런 식이니 딱히 무슨 일을 한다고 말하기가 어렵네요. 정말 바쁜 건지 바쁜 척하는 건지 요즘은 열시 전에 들어온 적이 없다니까요. 쫙 빼입고서 어디를 돌아다니는 건지, 쳇."

입술 채색까지 모두 끝났다. 꼬박 다섯 시간이 걸렸다. 나는 기진맥진해서 소파 위로 털썩 무너졌다. 그런 내가 조금 안돼 보였는지 그가 자리를 내주며, 썩 마음에 들지는 않지만 그럭저럭 봐줄 만은 하다, 고 평을 했다. 나는 고맙다고 말했다. 당신한테서 이 정도 칭찬이 나오다니 놀랍다고 했다. 그리고 웬일이냐고 물었다. 그는 잠시 뜸을 들였다. 사실대로 말할까 말까 망설이는 얼굴이었다. 마침내 그가 입을 열었다.

"사람들이 좋아하니 별수 있습니까. 나보다도 그 사람들 마음에 들어야 점심값이라도 벌죠. 이런 걸 좋아하는 거 보면 세상이 어떻게 돌아가는 건지 알다가도 모르겠다니까."

그랬다가 곧 표정을 바꾸며, 고생도 했는데 맥주 한잔 할까요, 하고 물었다. 나는 잔 들 힘도 없다고 했다. 그것은 사실이었다.

양팔에 간헐적으로 경련이 일어나고 있었다. 다리도 천근만근이었다.

"참새 새끼처럼 입만 벌리고 있으면 내가 먹여줄게요."

"나한테 반했어요?"

"네? 미쳤어요? 내가 당신한테 반하게. 김선숙 하나도 감당이 안 되는데."

소파에서 일어났다. 작업실을 나서는데 그가 벌써 가는 거냐고 물었다. 나는 고개를 끄덕였다. 뒷정리는 하고 가야죠, 그가 소리쳤지만 나는 부탁한다고 말하고 그대로 걸음을 떼놓았다. 머리는 깨질 듯이 아팠고 어깨는 빠질 듯이 아팠다. 그러나 마음은 한없이 허전하고 황량하기만 했다. 어디로 가지, 중얼거리며 퇴근길의 인파 속으로 걸어들어갔다.

3

"기다리고 있었어요. 시계처럼 정확하시군요."

김길준의 동생 김세준이 문을 열어주며 말했다. 나는 틀린 시계도 있어요, 하고 말하려다 그만두었다. 일부러 기다렸다는데, 벨이 울리자마자 누구냐고 묻지도 않고 문을 열어주었는데, 예의가 아닌 것 같아서였다. 오늘이 여덟번째 방문이었고, 매번 닫힌 문 앞에서 나를 밝히는 일이 힘에 겨웠었다. 일주일에 두 번,

월요일과 수요일 오후 세시 정각, 시계처럼 정확하다는 걸 알았으니 이제 닫힌 문 앞에서 나를 밝히기 위해 진땀을 흘릴 일은 없겠지 하는 생각에 마음이 놓였다.

"그렇게 서 있지 말고 들어오세요."

나는 안으로 들어갔다. 두 노인이 일어나 몇 걸음 현관 쪽으로 걸어오며 나를 반겼다. 모친은 내 손을 잡고 어루만졌다. 가식이 아닌 정이 담긴 손길이었다. 나는 우리집에서는 다만 비정상인일 뿐이었지만 이 집에서는 정상인이었고 은인이었고 따뜻한 환대를 받을 자격이 있는 사람이었다. 우리집에서의 나는 부모의 보살핌과 가르침을 받아야 하는 의무의 대상에 불과했지만 이곳에서의 나는 완벽한 사회원이었고 그들을 보살피는 마음 착한 온정이었다.

방문 때마다 나는 생활비에 보태라며 얼마간의 돈을 내놓았는데, 그럭저럭 먹고살 걱정은 없다던 부친의 말이, 사실은 먹고살 정도가 아니라 풍족하게 먹고 쓰고 살 수 있을 정도라는 것을 알았을 때도 멈추지 않았다. 그들이 나누는 대화에서 알게 된 거지만, 김길준 명의의 빌딩이 하나 있어서 생활비는 매달 빌딩에서 나오는 월세로 충당했다. 그러므로 내가 내놓는 돈봉투는 돈봉투가 아니라 나의 정성이었고, 그들도 그렇게 받아들이는 듯 거절하지 않았다.

어쩌면 받는 데에 익숙해져 있어서인지도 몰랐다. 그들 가족 중에서 돈을 번 사람은 오직 김길준뿐이었고 그들은 김길준에게 생활비와 용돈을 받아 썼다. 그들 입장에서 보자면, 비록 액수에 엄청난 차이가 있다고는 해도, 김길준의 역할이 나로 바뀐 것뿐일지도 몰랐다. 그들의 의심 없는 과도한 환대에 대해, 돈을 내놓는 김길준이 그들 위에서 군림했듯, 그들이 돈을 내놓는 김길준 앞에서 기를 못 폈듯, 그런 이유로 나를 반기는 것은 아닐까, 가끔 생각했다. 무의식의 작용. 오랜 세월 주는 자와 받는 자의 관계에 길들여진.

이유야 어쨌든 상관없었다. 내게는 오로지 환대만이 중요했다. 나는 두려움에 떨다 지쳤고 편안히 쉴 수 있는 둥지가 무엇보다 절실했다. 그리하여 방문 한 달여 만에 나는 그들의 가족으로 당당히 인정받기에 이르렀는데, 그것은 모친의 다음과 같은 선언을 통해서였다.

"가족이나 매한가진데 가리고 자시고 할 게 뭐 있어."

그뒤로 그들은 가족이나 매한가지인 내 앞에서 말을 가리지 않았고, 나는 그들의 대화를 통해 아들이, 혹은 남편이, 혹은 형이, 혹은 오빠가 단순실종이 아닐지도 모른다고 생각한다는 것을 알게 되었다. 부모는 자신들에 대한 복수를, 부인은 여자를, 남동생은 재산을, 여동생은 지긋지긋한 가족을 의심하고 있었다. 부모는 큰아들을 고등학교도 제대로 공부시키지 못하고 생활전선으로 뛰어들게 했다는 죄책감을 가지고 있었고, 부인은 남편의 바람기를 주목했으며, 남동생은 빌딩 외에 숨겨놓은 재산이 많을 거라는 짐작하에 형의 돈에 대한 집착을 염두에 두고

158

있었다. 그리고 여동생은 오빠 한 사람에게 기생하는 가족 중의 하나라는 데 죄의식을 가지고 있었다. 지난주 방문 때 여동생이 말했다.

"나라도 도망가고 싶었을 거예요. 지긋지긋하지 않겠어요? 열여덟부터 지금까지. 피를 빨리는 데도 한계가 있지. 이건 가족이 아니라 거머리들이야. 징그러웠을 거예요."

그렇게 말함으로써 저녁식사 자리를 숙연하게 만들었다. 그러나 그 거머리들 중 하나인 자신은 정작 그 어떤 변화의 시도도 하지 않았다. 그녀는 스물아홉이었고, 대학을 졸업한 뒤에는 영문학에서 사회학으로, 다시 한국문학으로 전공을 바꿔가며 끊임없이 대학원에 다니고 있었다. 그녀는 요즘, 한국문학은 전망이 불투명하니 다음 학기부터 경제학으로 전공을 바꿔볼까 심각하게 고민하고 있었다. 어쩌면 이미 오빠가 사라진 마당에 변화를 시도한다 한들 의미가 없다고 생각하는 건지도 모르겠다.

그 여동생이 도망치듯 집을 빠져나갔다. 모친이 물으니 도서관에 간다고 했다. 다시 모친이, 다 늦은 저녁에 무슨 도서관이냐, 했다.

"지금이 무슨 저녁이라고 그래. 책만 빌릴 거야."

"잘 갔다 와요."

나는 앉은 채였지만 목소리는 부드러웠고 얼굴에는 미소까지 띠고 있었다. 그러나 여동생은 부츠를 신다 말고 내 얼굴을 힐끗 보았을 뿐 말이 없었다. 그 시선은 무관심으로 가장한 냉담

을 담고 있었다. 세번째 방문에서 그녀는 거실에 나와 둘만 남
았을 때 이렇게 말했다.

"당신이 왜 자꾸 우리집에 오는지 모르겠어요. 혹시 동정받고
싶어요? 아니면 우릴 동정하고 싶은 건가?"

그 말은 꼭 나한테 묻는다기보다는 중얼거림의 성격이 짙어서
대답하지 않았는데, 그뒤로는 별다른 까탈도 부리지 않았고 조
용했다. 다만 내 방문을 달가워하지 않는 것만은 분명해 보였다.
여동생은 이 집안에서 나를 환대하지 않는, 말을 '가리고 자시
고' 하지는 않았지만 나를 '가족이나 매한가지'로 인정하지 않
는 유일한 구성원이었다.

나의 인사에 그녀가 대답하지 않음으로써 분위기가 어색해졌
다. 마침 김길준의 부인이 위로라도 하듯 내 앞에다 홍차를 내
려놓았다. 분위기 반전의 기회를 놓치지 않고 때맞춰 모친이 혀
를 찼다.

"써먹지도 못하는 공부는 해서 뭘 한다고 만날…… 시집갈
준비나 하라니까 어째 저리 고집이 센지. 저걸 어따 팔아먹어."

현관문이 요란한 소리를 내며 닫혔다. 문 부서진다고 모친이
소리쳤지만 돌아오는 대답은 없었고 대신 옆에 있던 김세준이
한마디 했다.

"말만 그러지 말고 선 자리를 알아보라니까 그러네. 눈앞에
들이밀면 지가 어쩌겠어. 남자를 못 만나봐서 그래요. 연애를 해
봐야 좋은 걸 알지."

"그러는 이놈아, 너나 빨리 장가가라. 네가 연애를 안 해봐서 이 모양이냐. 네가 나이가 몇이냐. 옛날 같았어봐라, 서른여섯이면 결혼해서 애가 벌써 두셋이다. 학부형이 되고도 남았다."

모친의 퉁바리에 김세준이 웃음을 흘리며 걱정 말라고 큰소리 쳤다. 그의 자신만만한 태도에 모친이 바짝 다가앉으며 만나는 여자가 있냐고 물었다. 그러나 곧 못 믿겠다는 표정을 지었는데, 그것은, 너 같은 놈한테 시집올 여자가 있겠냐는 뜻이었다. 모친의 평가는 냉정해서 자식이라고 더 후한 점수를 주지는 않았다.

"만나는 건 아니고 마음 가는 여자는 있어요."

"그러면 그렇지. 너만 마음 가면 뭘 해? 여자 마음이 와야지. 여자를 만나고 싶거든 우선 그 눈앞에 치렁거리는 머리카락부터 댕강 잘라버려라. 보는 내가 다 답답해서 미칠 지경이다. 그리고 직장엘 나가야지, 직장 잡기가 힘들면 장사라도 하든가, 제 한 몸 건사도 못 하는 놈을 어느 여자가 좋아라 하겠냐. 정 이것도 저것도 안 되면 형 사무실에라도 나가든지. 비워둔 지가 벌써 석 달이다."

"형 일을 이어받느니 차라리 굶어 죽을 거야."

"그럼 그러든가. 젊은 놈이 허구한 날 집구석에만 박혀 있으니 내가 속이 터진다."

모친은 가슴을 치는 시늉을 해 보였는데, 물론 그것은 제스처에 불과했다. 아무리 어르고 달래고 위협해도 작은아들은 집에서 꼼짝도 하지 않았고 이제는 거의 포기한 상태였다. 김세준,

그는 백수였다. 그는 대개의 시간을 집에서 뒹굴거리며 보냈고 뒹굴다 지치면 비디오를 보거나 게임을 하거나 기타를 쳤고, 집이 지겨워지면 슬그머니 밖으로 나가 아파트 놀이터에서 꼬마들 몇 명에 둘러싸여 역시 기타를 쳤다. 그가 놀이터에 있을 때면 좀더 큰 아이들에게 기타를 가르치기도 했지만 생계수단은 아니었다. 그의 말에 의하면 단순히 재미삼아, 였다.

그는 돈을 경멸했다. 돈을 버는 행위를 경멸했다. 그 이면에는 돈에 집착하는 형에 대한 경멸이 있었고 형이 돈을 버는 수단인 사채업에 대한 경멸이 있었다. 그는 형과 다르다는 것을 보여주기 위해 돈을 벌지 않았다. 그러면서 형의 물질에 기대어 살았다. 그는 스스로를 낭만주의자라 칭했고 그런 이유로, 모친의 잔소리에도 불구하고 '눈앞에 치렁거리는' 머리카락을 자르지 않았다. 비쩍 마른 몸을 고수하는 것도 우수 어린 낭만주의자 대열에서 이탈하지 않기 위해서였다.

또한 그는 자신의 능력 혹은 미래를 형 때문에 포기했다는 자기 연민을 가지고 있었다. 자기 연민은 형의 물질에 기대어 사는, 그것도 당당하게 기댈 수 있는 근거가 되어주었다. 간혹 가족 중 누군가가 그 근거에 의문을 제기하거나 부정이라도 할라치면, 형처럼 돈을 버느니 차라리 굶어 죽겠어, 라는 극단적인 선언을 함으로써 입을 막았다. 제발 그러라고 말은 하면서도 실제로는 그의 부모가 굶어 죽게 내버려두지 않았던 것이다.

두 노인은 큰아들뿐 아니라 작은아들에게도 약간의 죄책감을 가지고 있었는데, 그것은 모질고 독한 큰아들에게 눌려 작은아들이 맹탕이 됐다는 것 때문이었다. 그들이 '모질고 독한 큰아들'이라고 발음할 때의 표정은 공포에 떠는 초식동물의 그것과 비슷했다. 나는 그 표정에서 그들이 큰아들을 얼마나 두려워하는지 알았고 얼마간 위안을 받았다. 그 표정은 내 행동에 정당성을 부여하고 있었다. 비록 그들의 의지와는 상관없는 것이라 할지라도.

"그래, 잘 지냈소?"

신문을 접으며 불쑥 부친이 내게 물었다. 여간해선 먼저 말을 건네지 않는 부친의 그같은 질문은 내 존재를 인식시킴과 동시에 옥신각신 주거니 받거니 한담을 즐기던 모자의 반성을 일깨우는 효과를 가져왔다. 잠시나마 나를 잊고 있어서 미안하다는 듯 모친이 다시 내 손을 잡아 쓰다듬었다.

네, 뭐 그렇죠, 하고 나는 말을 얼버무렸다. 천성적으로 거짓말을 잘 못하는 나는 지난주 부모와 서너 차례 마찰이 있었음에도 아무 일 없었다는 듯 잘 지냈다고 할 수가 없었다. 그러나 형식적인 질문에 대한 얼버무림을 주목하는 사람은 없었다.

"소식은?"

이번에는 모친이 물었다. 나는 없다고 했고 잠시 틈을 두었다가 같은 질문을 던졌고 역시 같은 대답을 들었다. 다 같이 한숨을 내쉬었다. 하지만 한숨 타임을 가지는 것 역시도 어느 정도는 형식적이어서 우울한 분위기가 오래가지는 않았다. 그들은 실종신고만 형식적으로 해놓았을 뿐 실종자를 찾기 위한 어떠한 노력도 하지 않았다. 때로는 실종자보다 실종자가 빌려주고 회수하지 못한, 혹은 못했을지도 모르는 사채를 더 아쉬워하는 것처럼 보이기도 했다.

김길준의 열 살짜리 아들이 영어학원에서 돌아와 내게 영어로 인사했다. 나는 답례로 최신 게임 시디를 선물했는데 녀석은 좋아서 펄쩍펄쩍 뛰며 비명을 질러댔다.

"이거 내가 갖고 싶었던 건데. 어떻게 알았어요, 이모? 귀신이 다 귀신이야. 다음에 또 사줘요, 이모. 네?"

"그래. 필요한 거 있으면 언제든지 말해."

준비한 선물 하나를 더 꺼냈다. 모친의 것이었다.

"뭘 나한테까지 이런 걸. 안 그래도 되는데. 번번이 미안해서 어째."

모친은 포장을 풀고 돋보기안경을 꺼내기는 했지만 선뜻 써보지는 못하고 민망한 웃음을 흘렸다. 작은아들이 얼른 써보라고 재촉하자 그제야 눈가에 걸치더니 잘 어울리느냐고 거듭 물었다. 모친이 얼마나 돋보기안경을 갖고 싶어했는지는 모친만 알 것이었다. 책도 읽지 않고 신문도 보지 않았지만 남편의 돋보기안경을 얼마나 부러워했는지도.

때때로 모친이, 눈이 침침하니 돋보기 하나만 있었으면 좋겠네, 같이 늙어가는 처지에 저 영감은 자기 눈만 챙기네, 투덜거리긴 했지만 그것은 소극적인 항의에 불과했고 그래서 아무도 귀담아듣지 않았던 터였다. 모친이 소극적인 항의를 할 수밖에 없었던 이유는 돋보기안경을 필요로 할 만큼 눈이 나쁘지 않았던 데 있었다. 그럼에도 내가 선물한 돋보기안경은, 집에서는 며칠 만에 얼굴에서 내려왔지만, 노인정으로의 외출시에는 필수 애장품이 되었다.

마지막 선물은 꺼내지 않았다. 머플러는 원래 여동생에게 전해질 것이었지만 결국 주인을 찾지 못하고 가방 속에 머물렀다. 여동생의 반감이 여전해서 선물 증정은 몇 주 미루기로 했다. 겨울은 아직 길었고 만약 겨울이 다 가고 봄이 될 때까지 전달하지 못한다 하더라도 상관없었다. 그땐 스카프를 선물하면 되니까.

식탁 앞에서 미소짓고 있던 김길준의 부인이 문득 생각났다는 듯 저녁들 드시라, 고 불렀다. 다섯시 사십분이었다. 밖은 깜깜했고 시계만 보지 않는다면 여덟시라고 해도 믿을 수 있을 것 같았다. 집에서의 저녁식사 시간은 대개 일곱시 이후였다. 월요일과 수요일, 나는 이른 저녁을 맛있게 먹기 위해 점심을 생략했다.

저녁밥은 달았다. 식사시간은 늘 그렇듯이 시끌벅적했고 오늘은 특히 더 그랬다. 컴퓨터 앞에 붙어 있다가 체포되다시피 끌려온 이 집안의 막내 구성원은 오늘 입수한, 게다가 막 시운전한 게임에 대해 설명하느라 정신이 없었다. 설명 대상은 물론 나였는데 나는 게임에 대해 아는 것이 없었지만 추임새만은 열심히 넣어주었다.

저녁을 다 먹고 과일도 먹고 커피까지 마신 뒤 나는 일어났
다. 집에 가야 할 시간이었다. 모친이 자고 가라고 했지만 잘 방
이 없다는 건 나도 알고 모친도 아는 사실이었다. 형식적이어야
할 것을 간곡하게 말하는 것, 그것이 바로 모친의 능력이었다.
온 가족의 배웅을 받으며 김세준과 나는 아파트를 나섰다. 첫날
이후 버스정류장까지의 배웅은 김세준의 몫으로 정해져 있었다.
처음에는 모친이 떠밀어서 나섰지만 이후로는 자발적으로 따라
나왔다.

아파트에서 버스정류장까지 걸어가는 십여 분 동안 우리는 띄
엄띄엄 대화를 나누었다. 공통된 화제가 없었으므로 나는 사인
에 대해, 그는 음악에 대해 몇 마디씩 주고받다가 결국은 그의
가족 얘기로 넘어가고는 했다. 모친을 통해 듣고 또 들었던 이
야기들.

오늘 그는 가족 얘기로 넘어가지 않았다. 대화 소재가 바닥났
을 때 어깨를 웅크리며 문득 그가 물었다.

"춥지 않아요?"

"추워요."

"어떡하죠?"

"뭐가요?"

"추워서."

"겨울이니까요."

166

"그게 아니라, 집에서 나올 때마다 당신이 추워하는 것 같아서요. 원래 이 시간대가 가장 춥게 느껴지거든요. 그런데 매번 이 시간대에 나오니까. 버스가 바로 오는 것도 아니고."

"그럼 오늘부터 지하철 탈게요."

"내 말은 그런 뜻이 아니라…… 일찍 나서면…… 산책도 하고…… 추위에 내성도 기르고…… 그러면 좋지 않을까……"

"갈게요."

바로 앞에 지하철역으로 통하는 계단이 있었다. 돌아서서 내려가는데 그가 저기요, 하고 불렀다. 돌아보자 쭈뼛거리기만 할 뿐 뒷말을 잇지 못했다. 뭔가 할 말이 있는 얼굴이었으나 나는 그대로 계단을 내려갔다.

4

나는 보이게끔 했고 그녀는 보았을 뿐이었다. 나는 바쁜 일이 없다는 듯 천천히 걸었고 그녀는 모른 체하지 않았다. 그녀가 내 앞에 우뚝 서서 나도 걸음을 멈췄다.

"이렇게 만나다니, 이런 우연이 다 있나."

그러나 그것은 우연이 아니었다. 나는 김길준의 또다른 축인 김선숙, 그녀가 무슨 생각을 하는지 알고 싶었다. 알아야 한다, 고 생각했다. 노력 끝에 다니는 회사를 알아냈고 그녀가 나올 때까지 거리를 배회했다. 같은 블록을 스무 번쯤은 왔다갔다했다. 노점상 주인이 이상하게 쳐다보아서 나는 마치 어려운 결정을 내려야 하는 사람처럼 고뇌하는 표정을 지었다.

"못 알아볼 뻔했어. 그런데 이 얼굴은 뭐지?"

네? 하고 나는 반문했다. 최대한 무심한 표정을 지으려고 애썼지만 잘되지 않았다. 그녀의 날카로운 눈매 앞에서 나는 벌써 파닥거리고 있었다.

"왜 이렇게 편해 보이지? 혼자 잘 먹고 잘살았나봐. 피둥피둥 살이 쪘군."

웃으라고 한 소린가, 생각하다 나는 조금 웃었다. 나는 피둥피둥 살찌지 않았다. 내 인생에 '피둥피둥'이라는 단어는 끼어들 여지가 없었다. 지난 여름보다 오히려 살이 빠졌고 나는 농담을 받아넘기듯 그 점을 지적했다. 까칠해졌군, 웃지도 않고 그녀가 말했다. 그런 뒤에는 시계를 보았고, 약속이 있는데, 중얼거렸고, 기다림의 미학을 배우는 것도 나쁘지 않겠지, 한번 더 중얼거렸고, 성큼성큼 앞으로 걸어갔다. 나는 그 자리에 그대로 서 있었는데 그녀의 의도를 몰라서였다. 몇 발짝 앞에서 그녀가 말했다.

"차나 한잔 할까? 썩 반가운 인연은 아니지만."

나는 뒤를 따랐다. 그녀는 여전히 당당하고 여전히 제멋대로였지만 겉모습에는 많은 변화가 있었다. 집시 같던 옷차림은 바지정장으로 바뀌었고 굵은 컬의 파마머리는 생머리가 되었다.

화려한 핸드백 대신 무난한 톤의 가방을 들고 있었다. 못 알아볼 뻔한 것은 정작 나였다. 그러나 딱 하나 변하지 않은 것이 있었는데, 바로 새빨간 하이힐이었다. 새빨간 하이힐은 날씨와도 그녀의 옷차림과도 전혀 어울리지 않아서 외려 그녀답다는 생각이 들었다. 한편 그것은 마지막 남은 자존심처럼도 보여서 안쓰러운 마음이 일기도 했다.

"보험설계사라고 들어봤어? 뭐 별로 똑똑해 보이진 않지만 그 정도는 알겠지. 세상에 널린 게 일인 것 같아도 막상 덤벼들면 내 것이 아니더라고."

담배를 꺼내물며 그녀가 말했다. 나는 고개를 끄덕이다가 직업이 보험설계사냐고 물었다. 그녀는 내 말에는 대꾸도 없이 엉뚱한 소리를 늘어놓았다. 한참 듣다보니 보험설계사에 대한 얘기라는 걸 알 수 있었다.

"세상 뭐 별거 없더라고. 인간은 다 똑같아. 강한 자 앞에서 약해지고 약한 자 앞에서 강해지고. 비겁하지. 하지만 그게 세상이고 인간이야. 보험설계사가 꼭 친절하라는 법 있어? 그런 개 같은 규칙을 누가 만든 거냐고. 병 걸려 집안 말아먹고 죽은 사람 널렸어. 한둘만 끄집어내도 상대는 벌써 오그라든다고. 그 꼴 나고 싶으면 보험 들지 말라고 쐐기를 박아주지. 제발 들어주십사 하고 비는 것보다 그게 더 잘 먹혀. 참 이상하지? 협박이 더 잘 통한단 말야."

나는 할 말이 없어서 그런가요, 하고 말았다. 진심으로 하는 말인지 자조에서 나온 말인지 알 수가 없었다. 그녀는 커피를 마시고 다시 담배를 꺼내물었다. 생각해보면, 그녀가 말했다.

"김길준 그 인간한테 많이 배웠지. 언젠가 경고했었지? 사채업자. 그런데 그 인간이 어느 날 갑자기 사라져버렸단 말야. 어디로 갔을까? 그게 어떤 돈인데, 사채를 그대로 깔아놓고 사라질 인간이 아닌데. 절대 포기할 인간이 아니지. 결론은 하나네. 보디가드까지 대동하고 다니는 주제에 당한 거지."

나는 시선을 피하기 위해 고개를 숙였고 다음에는 고개 숙인 행동에 정당성을 부여하기 위해 커피를 마셨다. 실제로는 어떤지 모르겠지만, 그녀는 모든 것을 다 안다는 듯 여운을 남기는 말투를 쓰고 있었다. 성격일 거라 짐작하면서도, 그런 말투는 나를 불안하게 만들었다.

"이해 못 할 건 없어. 당할 짓을 좀 많이 했어야 말이지. 나만큼 그 인간 약점을 잘 아는 사람도 없을 거야. 죄책감을 덜려고 그랬는지 나한테는 다 털어놨거든. 무용담처럼 떠벌리긴 했지만. 한마디로 위악을 떨어댔지. 꼴사납게."

그 말에 용기를 얻은 나는 그녀를 떠보기로 했다.

"빚도 함께 사라졌으니 당신 입장에서 보면 잘된 일이네요. 새 인생을 시작할 수도 있고. 지금처럼."

그러자 그녀가 피식 웃었다. 그녀를 만난 이래 처음 보는 웃음이었다.

"지금이 새 인생을 사는 것처럼 보여? 잘된 것도 없고 안 된 것도 없어. 그놈이 안 뺏으면 다른 놈이 뺏고, 다른 놈이 안 뺏으면 내가 뺏는 게 인간이고 인생이야. 뺏느냐 뺏기느냐는 글쎄, 두고 보면 알겠지."

나는 그녀다운 말이라고 생각했다. 그녀가 여전히 그녀다워서 다행이었다. 그녀는 '뺏긴다고 해서 누구를 원망할 필요도 없고 뺏는다고 해서 죄책감을 가질 필요도 없다'는 자신의 신념을 그대로 유지하고 있었다. 그녀는 그런 삶에 익숙해져 있었고 그러므로 김길준에 대해서도 별로 연연해하지 않았다. 이제 걱정을 접어도 될 것 같았다. 그녀는 비록 새 인생을 인정하지 않았지만, 나는 빼앗기지도 빼앗지도 말고 잘살라고 새 인생을 시작하는 그녀에게 덕담을 날렸다. 그러자 그녀가 내 말을 귓등으로 들었군, 하며 반격을 가했지만 예전처럼 강력하지는 않았다. 어쩌면 그 동안 내가 강해졌는지도 모르겠다.

그쯤에서 일어서려는데 전화벨이 울렸다. 김세준이었다. 그는 다급한 목소리로 만나자고 했다. 만나자고 했다가 만나야 한다고 했다가 만나달라고 말을 바꿨다. 왜냐고 물으니 그것도 만나서 얘기하겠다고 했다. 어차피 수요일에 볼 텐데, 생각했지만 눈 앞에 김선숙이 앉아 있어서 알았다고 말하고 전화를 끊었다.

"애인 생겼나봐?"

나는 잠시 생각하다 아니라고 말했다. 그러나 가족이나 매한가지라는 말은 덧붙이지 않았다. 그녀는 처음부터 내 대답에는 관심이 없었던 듯, 그리고 문득 생각났다는 듯, 마지막으로 경고 하나 하겠는데, 하고 말을 시작했다.

"내 남편한테 바람 넣지 마라. 그 인간이 원래 게으르고 놀기 좋아했어도 요즘처럼 벽만 바라보고 살지는 않았어. 네가 무슨 생각으로 가게를 온통 페인트로 도배를 했는지는 모르겠지만 그게 용돈벌이가 된다는 걸 알고서는 아예 꼼짝을 안 한다. 밤낮 동전이나 세고 있는 꼴이라니, 한심해서 더는 봐줄 수가 없어. 굼벵이 같은 인간 네가 책임질 거 아니면 더이상 무뇌아로 만들지 말고 가게에도 얼씬거리지 마라. 내 눈에 띄면 다리 하나 부러진다."

예전보다 강도 높은 위협이었지만 역시 예전처럼 강력한 두려움을 일으키지는 못했다. 나는 남은 커피를 마셨고 잠깐 생각했고 곧 그러겠다고 선선히 대답했다. 새로운 작업실을 어디서 찾지, 하는 생각이 들었지만 그건 천천히 해결해도 될 것 같았다. 분출에의 갈망이 머리꼭지까지 차서 쏟아내지 않으면 안 될 때까지는 여유가 있었다. 그보다는 나의 사소한 행동이 한 인간을 밤낮 동전이나 세는 무뇌아로 만들었다니, 그게 더 놀라웠다. 나는 진심으로 미안하다고 말했다.

"알았으면 됐어. 바쁜 것 같은데 가봐."

나는 일어났고 고개를 숙였고 커피숍을 나왔다. 몇 걸음 걷다 돌아보니 그녀는 그대로 앉아 새 담배에 불을 붙이고 있었다. 빼앗기지도 빼앗지도 말고 잘살라고 나는 다시 한번 마음속으로 빌어주었다.

청혼자

1

나는 형 소유 빌딩의 야간 경비원이 되었다. 그것은 내 생애 첫 직업이었다. 마지못해 시작한 일이었지만 생각보다 나쁘지 않았다. 나쁜 것은 같이 일하는 동료들과의 관계였다. 경비원은 모두 네 명이었고 주간에 둘, 야간에 둘 교대로 건물을 지켰다. 그들은 나를 껄끄러워했다. 그럴 만한 이유가 있었다. 나 때문에 김씨가 해고당했다. 김씨는 형의 소유가 되기 전부터 이 건물을 지키고 있었고, 가장 연장자였다. 김씨를 자랑스럽게 했던 그 이유들이 이제는 해고의 이유가 되었다.

"이 양반 보게. 쉴 나이가 훨 지났구먼. 저승길 가기 전에 원 없이 놀아봐야지."

아버지가 말했다. 농담인지 진담인지 알 수 없었다. 그래도 당신보다 어린 김씨에게 저승길 운운하는 것은 듣기에 민망했다. 육십사 세의 김씨가 육십팔 세의 아버지에게 집안 형편을 들먹이며 해고당하면 안 되는 이유를 구구절절 설명했지만 받아들여지지 않았다. 김씨가 나가고 김씨의 자리에 내가 들어갔다. '굴러온 돌이 박힌 돌 빼낸다'고 툴툴거릴 만도 했다. 굴러온 돌인 나 역시 전임자의 직함을 이어 김씨가 되었다.

그들이 나를 껄끄러워하는 데는 이유가 또 있었다. 김씨가 나간 이후 어쩔 수 없이 최고 연장자가 된 배씨가 동료들을 대표해서 물었다.

"사장님 동생이 뭣 하러 이런 험한 일을 하쇼?"

나는 말씀 놓으시라고 정중하게 말했다. 나의 이같은 배려는 옆에서 듣던 홍씨와 양씨에게 얼마간 감명을 주었다. 배씨는 나보다 이십 년이나 연상이었고 그런 말을 들을 자격이 있는 사람이었다. 그러나 사실을 말하자면 나는, '하쇼'라는 말이 귀에 거슬렸다. '해요'도 아니고 '합니까'도 아닌 '하쇼'는 마치 시비조로 들렸다.

"그래, 뭣 하러 이런 험한 일을 하……나?"

나는 생각했다. 내가 왜 이 일을 하지? 솔직한 나의 대답은 이런 것이었다. 어쩔 수가 없었어요. 주위에서 등 떠미니 직장은 다녀야겠고 기술은 없고 경력도 없고 변변한 자격증도 하나 없이 제가 어디로 가겠어요.

내가 백지에다 세상에 존재하는 직업들을 쭉 적어나가고 있을 때 문득 아버지가 물었다.

"붙박이처럼 서 있는 일이라도 괜찮으면 한번 해볼래?"

"뭔데요?"

"수위."

"가만히 서 있기만 하면 되는 거예요?"

"아마 그럴걸."

나는 좋다고 했다. 가만히 있는 거라면 자신있었다. 나는 하루의 거의 대부분을 가만히 있는 것으로 보냈다. 가만히 앉아 있거나 가만히 누워 있거나 가만히 앉거나 누워서 텔레비전을 보거나 기타를 치면서.

"그럼 월요일부터 출근하자."

그러나 배씨에게 그렇게 말할 수는 없었다.

"제가 사장은 아니잖아요."

"아, 그야 그렇지."

"젊은 놈이 빈둥거리는 것보다야 무슨 일이든 하는 게 낫죠."

"젊은 놈이 빈둥거리는 꼴은 못 보지."

"제가 워낙 과묵해서요. 다른 일은 안 맞더라구요."

"아, 그런가."

대답은 그렇게 해도 배씨의 표정은 여전히 떨떠름한 것이었다. 하지만 나머지 두 사람의 반응은 달랐다. 훌륭까지는 아니더라도 '정신 바로 박힌' '요즘 보기 드문' 젊은이로 나를 평가했다. 그런 이유로 앙숙이 될 수도 있었을 그들과의 관계는 서먹

서먹함 정도에서 일단락되었다.

"네가 웬일이냐? 일을 다 하겠다고 나서고? 이제 철들었냐?"

출근 첫날 어머니가 말했다. 보잘것없다는 이유로 경비원은 반대하면서도 일을 하겠다는 의지에 대해서는 놀라움을 금치 못했다. 미심쩍어하기도 했다. 정말이냐고 몇 번이나 물었다.

"아이 씨, 못 믿겠으면 같이 출근하든가."

"믿어, 믿어. 누가 못 믿는대? 안 믿겨서 그러지. 네가 논 세월이 좀 길어야 말이지."

그렇긴 하다. 나는 삼십육 년을 놀았고 삼십칠 년째 놀 뻔했다. 그 긴 세월 동안 온갖 구박에도 굴하지 않고 나는 줄기차게 놀았다. 집에서 나가라거나 심지어 밥을 굶기겠다는 협박도 숱하게 들었다. 그래도 꿋꿋하게 견뎠다. 그런데 이제는 놀 수가 없었다.

"큰오빠가 없으니까 드디어 작은오빠한테도 책임이라는 단어에 대한 감이 오는 모양이지."

동생이 단정적으로 말했지만 그것은 사실이 아니었다. 나는 한 번도 형의 빈자리를 내가 채워야 한다고 생각해본 적이 없었다. 게다가 형이 없어도 우리는 생활에 어려움을 느끼지 못했다. 오히려 형이 없어서 경제적으로 더 윤택해진 편이었다. 빠듯한 용돈을 받지 않아도 되었으니까. 형의 통장을 관리하는 아버지는 손이 컸고, 당신 평생에 처음으로 가족들에게 아낌없이 베풀

176

었다. 어쩌면 잃었던 가장의 위치를 되찾고 싶은 건지도 모르겠다. 그러니 내가 책임이라는 단어에 대해 감을 키워야 할 이유는 없었다.

그녀 때문이었다. 아니, 나 때문이었다. 만나자고 한 건 나니까. 내가 만나자고 해서 우리는 만났다. 하고 싶은 말은 딱 하나뿐이었는데 그 하고 싶은 말은 나오지 않고 엉뚱한 말만 나왔다. 조카에게 선물한 게임이 재밌더라는, 하지 않아도 될 얘기를 했다. 부동산과 환율과 경제, 예측 불가능한 세계 곳곳의 기후에 대해서도 얘기했다. 모두 그날 오전 뉴스에서 본 내용이었다. 잠자코 듣고 있던 그녀가 시계를 보았다.

"바쁘세요?"

내가 물었다. 그녀는 오늘 커피를 여러 잔 마셨더니, 했다. 그래서 뭐 어쨌다는 거지, 하는 생각이 들었지만 묻지는 않았다. 말귀가 둔하거나 따지기를 좋아하는 성격으로 오해할 소지가 있었다. 결론은 얼른 용건을 말하라는 거잖아. 나는 그렇게 알아들었다. 그 정도 눈치는 있었다. 나는 물을 한 모금 마셨고, 목을 가다듬었고, 용기를 내 나올 듯 말 듯 애를 태우던 말을 뱉어냈다.

"우리 연애라는 거, 한번 해볼래요?"

그녀는 커피잔으로 향해 있던 눈을 들어 내게로 옮겼을 뿐 별다른 반응을 보이지는 않았다. 예상한 것 같기도 하고 잘 못 들은 것 같기도 했다. 나는 망설이다 물었다.

"들었어요?"

"네."

"어떻게 생각해요?"

"솔직하게 말해도 되나요?"

그녀가 조심스럽게 물어서 나도 덩달아 조심스러워졌다. 그러나 잠시 생각해본 뒤 솔직하게 말해도 된다고 했다. 빙글 돌려서 말하나 솔직하게 말하나 결론은 하나일 터였다. 상대가 이렇게 묻는다는 것은 하기 힘들고 듣기 힘든 말이라는 뜻이었다. 그러므로 나는 거절의 말을 예상하고 있었다.

"내가 다가가면 사람들은 무뇌아가 되는 경향이 있어요. 물론 그들이나 나나 의도한 건 아니에요. 나의 어떤 면이 무뇌아로 살고자 하는 그들의 숨겨진 본능을 일깨우는지도 모르죠. 어쨌거나 문득 정신을 차리고 보면 그들은 무뇌아가 돼 있는 거예요. 어쩌면 당신도 그렇게 될지 몰라요. 그래도 괜찮나요?"

나는 그녀의 말을 도대체 이해할 수가 없었다. 그래서 솔직하게 무슨 말인지 잘 모르겠다고 했다. 그러자 그녀는 같은 말을 반복했다. 나는 얌전히, 좀더 주의 깊게 들었는데 그러나 무릎을 탁 치는 기적은 일어나지 않았다. 이것은 영어듣기시험이 아닌 것이다. 다만 나는 이렇게 물을 수 있을 뿐이었다.

"왜 그럴까요?"

"말했잖아요. 나의 어떤 면이 그들의 숨겨진 본능을 일깨우는지도 모른다고."

"그러니까 내가 괜찮다고 하면 되는 거죠?"

"네."

"난 괜찮아요."

나는 자신있게 말했다. 괜찮다는 말쯤은 얼마든지, 언제든지 할 수 있었다. 하지만 문제는 그게 아니었다. 중요한 것은 내가 아니었다.

"난 괜찮지 않아요."

"왜요?"

"주위 사람들이 나를 비난해요. 그들을 무뇌아로 만들었다고."

"아."

나는 할 말을 잃었다. 결국 부족한 설명으로 완벽한 이해를 해야 하는 것이었다. 나는 이해력이 떨어지는 나를 질책하며 무뇌아가 어떤 상태를 말하는 거냐고 물었다.

"의지가 없다는 것. 예를 들어, 하루 종일 동전 같은 거나 세고 있는 것. 삼십 분 이상 벽을 쳐다보는 것. 앉아서 조는 것. 지나가는 사람 구경하는 것. 신문에 실린 오늘의 운세를 맹신하는 것. 지나치게 맥주를 좋아하는 것."

하마터면 나는 아, 하고 신음소리를 낼 뻔했다. 내 생활을 어떻게 그리 잘 아느냐고 물을 뻔했다. 그녀가 말한 무뇌아의 상태라는 것은 바로 나의 모습이었다. 나는 극도의 무기력상태에 빠질 때면 몇 시간이고 벽을 쳐다보며 앉아 있었다. 벽이 지루해지면 창가에 앉아 맞은편 아파트 사람들을 관찰했다. 관찰의 끝은 늘 꾸벅꾸벅 조는 것이었다. 주로 집 안에만 있으면서 신문에 실린 오늘의 운세는 꼭 보았다. 중독성이 강한지 한번 보기 시작하니까 끊기가 어려웠다. 오늘의 운세를 보며 오늘은 이런 것들을 조심해야지 생각했다. 저녁에 마시는 차가운 맥주 한 잔은 심심하고 무기력한 내 삶의 암모니아 같은 것이었다. 짜릿한 고통과 쾌감이 내가 살아 있다는 것을 느끼게 해주었다. 동시에 내일을 살아갈 힘을 주었다.

나는 간신히 물었다.

"그러니까 무뇌아가 뭔지는 몰라도 하여튼 그렇게 하지만 않으면 된다는 거죠? 동전을 세거나 벽을 쳐다보거나 그런 거요."

"아마도."

"혹시 더 있어요?"

"생각나면 말해줄게요."

나는 알아들었다. 내가 뭘 해야 하고 뭘 하지 말아야 하는지. 그녀는 내가 뭘 해야 하는지는 말하지 않았다. 다만 하지 말아야 할 것을 말했다. 문제는, 하필 그 하지 말아야 할 것이 지금까지 살아온 내 삶이라는 데 있었다. 나는 그녀의 마음을 얻고 싶었고 따라서 하지 말아야 할 것을 하지 않기 위해 내 삶을 바꿔야 했다. 즉, 생산적인 것으로.

나는 야간 경비원이 되었다. 원래 주야 교대로 하는 것이지만 낮의 경비원은 아버지 말처럼 가만히 서 있기만 해서 될 일이 아니었다. 의외로 할일이 많았다. 또 의외로, 건물을 지키는 단순한 일도 잘 처리하지 못할 만큼 나는 무능했다. 그리고 게을

렀다. 낮보다는 밤이 내게 더 잘 맞았다. 생산적이면서 동시에 내 원래의 삶에 더 가까웠다. 자정 이후에는 모든 문을 다 걸어 잠그고 잠깐 눈을 붙일 수도 있었다.

실제로 그런 적은 없지만, 원한다면 큰 소리로 노래를 부르거나 마음껏 비명을 지를 수도 있었다. 대도시 한가운데서, 새벽의 시간에, 미친 듯이 떠들 수도 있다는 것은 퍽 짜릿한 일이었다. 원하기만 한다면. 나는 원하지 않았다. 음악은 MP3로 들었고 노래는 조용조용 따라 불렀고 비명을 지르는 대신 그녀와 긴 통화를 했다.

내가 야간의 붙박이가 된 대신 배씨, 홍씨, 양씨가 교대로 내 파트너가 되었다. 배씨는 잠이 많았다. 열시만 되면 텔레비전 앞에 앉아 졸았다. 내 눈치를 보며 졸지 않기 위해 애를 쓰기는 하지만 결국은 졸았다. 졸기 마련이었다. 그는 쉰여섯이었다. 그의 육체는 오십육 년 동안 그에게 끌려다니느라 언제나 고단했다. 그가 숙직실에서 조는 동안 나는 내 자리에 앉아 눈앞의 현관문을 바라보았다.

배씨가 텔레비전 앞에 앉아 존다면 홍씨는 텔레비전 앞에 앉아 술을 마셨다. 안주는 야식집에서 배달을 시키거나 가까운 식당에서 냄비째 사오기도 했다. 혼자 마시는 술자리는 길었다. 아홉시 조금 넘어 시작한 술자리는 자정이 가까워서야 끝났다. 그는 엄청난 주당이었고 소주 두세 병을 마시고도 끄떡없었다. 술판을 걷은 후에는 빌딩 안팎으로 시찰을 돌았다. 나는 마지못해 한두 잔 받아마실 뿐 본격적으로 동참하지는 않았다. 아직은.

홍씨가 엄청난 주당이라면 양씨는 또 엄청난 골초였다. 몇 시간 만에 두 갑의 담배를 태워 없앴다. 그는 담배를 피우기 위해 자주 밖으로 나갔고 한번 나가면 삼십 분씩 들어오지 않았다. 그의 몸에서 풍기는 담배 냄새는 가히…… 살인적이었다.

2

급기야 희준이 소리를 질렀다. 인내심 대결에서 어머니가 이겼다. 오래 산 사람답게 역시 한 수 위였다. 처음부터 끝까지 어머니는 낮고 느린 목소리로 안 된다, 를 고수했고 그게 희준을 폭발시켰다. 그런 줄 알았다. 그러나 희준의 폭발은 계획적인 것이었다.

"왜 나가려는지 이유라도 물어봐."

나는 시계를 보았다. 네시 일 분 전. 그녀가 올 시간이었다. 내가 경비원으로 취직한 이후 그녀는 방문시간을 네시로 늦췄다. 아침에 퇴근하는 나를 위한 배려였다. 네시에 도착해서 다섯시에 저녁 먹고 일곱시에 집을 나서 커피를 마시거나 산책을 하고 여덟시 반에 헤어졌다. 그녀가 방문하지 않는 날은 밖에서 만나 영화를 보기도 했다.

네시 정각에 초인종이 울렸다. 나는 현관으로 가며 그만 좀

싸우지, 하고 말했는데 어머니와 여동생이 동시에 시계를 올려 다보았다. 어머니는 덤덤한 얼굴인 데 반해 희준은 싱긋 미소를 지었다. 저게, 하고 생각했지만 이미 늦었다. 내가 문을 열고 그녀가 들어서는 순간 희준은 다시 한번 목소리를 높였다.

"왜 나가고 싶은지 이유라도 물어보라구요. 난 이 집이 지긋지긋해."

"그래그래. 나중에 얘기하자."

어머니가 일어섰다. 순식간에 표정을 싹 바꿔 온화한 미소로 그녀를 맞았다. 어머니가 그녀의 손을 잡고 연주 왔냐고 하는 장면은 언제 보아도 흐뭇했다. 차는 내가 준비했다. 그녀의 방문이 네시로 바뀌면서 그렇게 되었다. 형수는 저녁 준비로 바빴다. 붉게 우러난 홍차를 내가자 그녀가 고맙다고 했다.

"잘 지내셨어요?"

그녀가 물었고 어머니는 애매한 미소로 늘 그렇지 뭐, 했다.

"건강은 어떠세요?"

다시 그녀가 물었고 어머니는 역시 애매한 미소로 날씨가 추워서 그런지 안 쑤시는 뼈마디가 없어, 라고 했다. 그녀는 보약 얘기를 했고 어머니는 이 집안에 내 보약 해줄 인간이 어딨냐며 푸념과 체념이 섞인 표정을 지었다. 그녀가 나를 돌아보자 어머니는 첫 월급 받아보면 알겠지, 했다. 나는 어머니의 시선을 외면했다. 어머니는 가끔 당신이 얼마나 건강한지 잊는 것 같았다. 겨울에 감기 한번 걸리는 법 없는 어머니가 보약을 먹는다면 그건 보약에 대한 예의가 아니었다. 보약은 보약을 필요로 하는 사람에게 먹여져야 했다.

"얼씨구. 정말 눈물겨워서 못 보겠네. 그렇게 걱정되면 언니가 직접 지어오면 되잖아요. 매번 말잔치만 요란하다니까."

"너는 말이라도 한번 해봤냐? 늙으면 말에 살고 말에 죽는 법이다."

말잔치의 수혜자인 어머니가 근엄한 얼굴로 희준을 야단쳤지만 사실 희준의 말에서 심통과 가시만 뺀다면 크게 틀린 것도 아니었다. 나 역시 늘 반복되는 낯간지러운 인사치레를 옆에서 듣고 있기가 불편했다. 하지만 완전한 가족이 되기 위한 통과의례쯤으로 생각했다. 어쩔 수 없이 치러야 하는. 그건 그렇고 희준의 고약한 말버릇은 따끔하게 혼을 내서 고쳐야겠다. 버르장머리 없이.

내가 그녀와 사귀겠다고 했을 때 유일하게 반대한 사람이 희준이었다. 찬성하지 않는 정도가 아니라 결사반대였다. 이유를 묻자 '속을 알 수 없는 흐릿한 눈빛'이 마음에 들지 않는다고 했고 '큰오빠를 핑계로 집에 드나드는' 것도 석연찮다고 했다.

"실종자 가족이 다 이럴 거라고 생각해? 천만에. 자기도 힘든데 남을 어떻게 돌아봐? 안 그래? 그 여자 어디에 오빠를 잃은 슬픔이 있냐고. 난 오히려 냉담하게 보이던데. 자기 오빠가 실종됐다는 거 맞기는 한 거야?"

"너 같으면 멀쩡히 잘 있는 오빠를 실종됐다고 하겠냐? 이 철

없는 것아, 철 좀 들어라. 슬픔을 참느라고 눈빛이 흐릿한 게지."

내가 나설 새도 없이 어머니가 재빨리 대꾸했다. 어머니는 진작부터 그녀를 마음에 두고 있었고, 행동력이 부족한 나를 부추긴 것도 어머니였다. 길준이를 데려간 대신 개를 보내신 거야, 가 어머니의 운명론적인 믿음이었다.

"엄마는 그 여자가 주는 돈을 왜 받아? 우리가 거지야? 우리가 굶어?"

"정성이라는데 어떻게 거절하냐? 입만 살아 나불거리지 말고 엄마한테 한 번이라도 용돈을 줘봐라. 그럼 그런 봉투 열 개가 들어와도 안 받는다."

"엄마나 오빠, 아니 다들 그 여자한테 홀렸어. 그 얼굴에 넘어갔다구. 아니면 돈봉투에 넘어갔거나. 냉정하게 생각해봐."

"예쁘면 좋지 뭘 그래. 괜한 걸로 트집을 잡는다."

"괜한 트집이 아니라니까. 꼭 같은 요일 꼭 같은 시간에 정확하게 나타나는 것도 이상해. 그렇잖아? 어쩌다 귀찮으면 빼먹을 수도 있고 몇 분쯤 늦을 수도 있잖아. 그런데 봐봐. 이건 마치 배터리가 닳지 않는 자명종 같아. 오빠는 그게 정상이라고 생각해?"

그런가? 그 동안은 부지런하고 정확한 사람이라고만 생각했는데 희준의 말을 듣고 보니 또 그런 것도 같았다. 하지만 희준을 편들고 싶지 않아서 가만히 있었다. 나중에 그녀와 제법 친해졌을 때 농담처럼 물어보았다. 그랬더니 그녀는, 내 머릿속에

는 시계가 심어져 있어요, 하고 농담인 것도 같고 아닌 것도 같
은 말을 했다. 표정, 눈빛 어디에도 힌트는 없었다. 도대체 무슨
소린지 알 수가 없어서 나는 가볍게 웃고 말았다.

"왜 아무도 반응이 없어? 엄마, 어떻게 생각해?"

어머니는 희준의 말을 가볍게 무시했다. 그녀가 선물한 돋보
기안경을 꺼내 닦고 손바닥으로 거실의 먼지를 훑더니 화장실로
들어가버렸다. 아무도 듣지 않는 가운데, 희준은 외로이, 그리고
급기야 알 듯 모를 듯한 그녀의 말투까지 들어 불만을 쏟아냈다.

그런 희준이 오늘은 그녀를 지원군 삼아 어머니와 협상을 벌
이려 하고 있었다.

"이건 분명히 독립선언이야. 이 집으로부터 나를 해방시켜
줘."

"나가고 싶으면 나가라. 누가 잡디?"

"돈을 줘야 나가지. 방은 거저 생겨?"

"내가 돈이 어딨냐? 벌어서 나가."

"어차피 오빠 결혼하면 내가 나가야 하잖아. 방도 없고 이 좁
은 집에 복닥복닥 무릎 맞대고 살 거야? 누군가 나가긴 해야 하
는데, 엄마 아빠를 모셔야 할 오빠를 나가라고 할 거야, 명색이
자기 집인데 올케언니를 나가라고 할 거야. 어차피 내가 나가야
할 거 좀 빨리 나간다 생각하면 되잖아. 안 그래요, 언니? 언니
는 찬성이죠?"

희준은 환하게 웃는 얼굴로 그녀를 돌아보았다. 자기 편이 돼

달라는 간절함이 담긴 웃음이었다. 그러나 그녀는 못 들었거나 못 들은 척했고 그래서 대답을 하지 못했거나 혹은 하지 않았다. 희준은 좀 놀란 것 같았다. 유독 밉살맞게 구는 희준에게 잘 보이기 위해 그녀는 대개 희준의 생각에 동조했고 조금은 쩔쩔매기도 했던 것이다.

"언니가 말 좀 해줘요. 언니 말이라면 무조건 예스잖아요, 엄마는. 한 사람 누우면 꽉 차는 골방에서 눈 뜨고 골방에서 하루를 마감하는 거 정말 지긋지긋해."

"그 골방도 없는 사람, 많아요."

그녀가 말했다. 누구도 예상하지 못한 말이어서 모두들 눈을 동그랗게 뜨고 그녀를 쳐다보았다. 농담인가, 했지만 표정을 보아하니 농담이 아니었다.

"언니가 독립시켜줄 것도 아니면서 무슨 말이 그래요?"

"난 사실을 말한 건데요. 세상에 노숙자가 얼마나 많은데……"

그녀가 말끝을 얼버무렸지만 발끈한 희준을 진정시키기에는 이미 늦었다.

"지금 나를 노숙자와 비교하는 거예요?"

도움을 받으려다 오히려 역공을 당한 희준은 분노로 바르르 떨었고 속엣말을 거침없이 쏟아내었다. 차마 그대로 옮기지 못하겠다. 아무튼 요지는, 당신이 우리한테 접근한 건 무슨 꿍꿍이속이 있어서가 아니냐, 재산을 노리고 오빠와 사귀는 게 아니라고 어떻게 장담할 수 있겠느냐, 나는 진작부터 당신이 마음에 들지 않았다, 따위였다. 당신의 정체를 밝히겠다고도 했는데, 어머니와 내가 희준의 입을 막기 위해 안간힘을 썼지만 소용없었다. 어릴 때부터 희준은 기가 센 아이였고 한번 화가 나면 누구도 말릴 수 없었다. 그나마 형이 있었다면 좀 달랐겠지만.

결국 그녀를 데리고 집을 나섰다. 충격을 받았는지 그녀는 하얗게 질린 얼굴로 몸을 떨었다. 괜찮아요? 하고 물었지만 돌아오는 대답은 없었다. 괜찮지 않은 게 뻔한데 괜찮냐고밖에 묻지 못한 내가 그때만큼 못나 보인 적이 없었다.

그날 저녁 우리는 침묵 속에서 저녁을 먹고 커피를 마셨다. 그녀가 너무 침울해 보여서 말을 붙일 수가 없었다. 내가 서너 번 미안하다고 말하고 그때마다 그녀가 괜찮다고 한 게 다였다. 다른 여자 같으면 희준의 흉이라도 보련만 웬일인지 그녀는 오히려 스스로를 자책하는 것처럼 보였다. 그러지 말라고 말하고 싶었지만 자책이 아니면 또 어쩌나 하는 생각에 그만두었다. 이래저래, 심란한 저녁이었다.

"우리, 계속 만나는 거죠?"

그녀는 대답하지 않았다. 힘없이 웃는데, 그 미소가 너무 희미해서 그녀의 존재 전체가 금방이라도 증발해버릴 것 같았다. 그녀는 역으로 내려갔고 나는 한참을 더 서 있다 돌아섰다. 야간 경비원이 되지 않았으면 그녀를 집까지 바래다줄 수 있었을 텐데, 아쉬웠다.

3

그래서 내가 희준을 혼냈냐고? 내가 감히 어떻게 희준을. 다음날 아침 퇴근해 집으로 가니 희준은 그때까지도 기가 살아 펄펄 날뛰고 있었다. 물론 중간에 자느라 잠시 쉬었겠지만 마치 잠시도 쉬지 않았던 것처럼 어제의 감정을 그대로 유지하고 있었다. 어머니는 어머니대로 아버지를 상대로 어제 얘기했을 사건의 전말을 다시 설명하느라 바빴다. 두 사람 다 과장되고 왜곡된 것은 같았다. 희준은 자신에게 유리하게, 그리고 어머니는 희준의 독함을 부각시키는 쪽으로. 어머니가 있어서 내가 굳이 나서서 그녀를 변호할 필요는 없었다. 나 역시 어제의 감정, 심란함을 그대로 안고 방으로 들어가 잠들었다.

결국 희준은 소원대로 독립했다. 소란이 있은 지 한 달 만이었다. 희준의 독립에는 그녀의 공이 컸다. 한 달 동안 그녀가 방문을 하지 않았던 것이다. 그것은 몇 달 만에 처음 있는 일이었고 그래서 어머니를 긴장시켰다.

"밖에서는 만나냐?"

나는 고개를 저었다.

"전화는?"

"안 받아요."

"찾아가서 싹싹 빌어라. 희준이가 사과하면 더 좋겠지만 씨도 안 먹힐 테고, 눈앞에서 치워주는 수밖에."

그리고 어머니가 덧붙였다. 이번에는 희준을 향해서였다.

"오빠가 총각귀신으로 늙었으면 좋겠냐. 아무리 눈 비비고 세상천지 둘러봐라, 그만한 여자 있는지. 너한테 질렸다. 독립자금인지 뭔지 줄 테니 낮에는 집에 발도 들이지 마라."

아버지는 침묵했다. 형수도 침묵했다. 희준은 어머니를 껴안으며 고마워 엄마, 하고 말했다. 그리고 의미심장한 눈빛으로 나를 보았다. 희준은 우리집의 아킬레스건을 간파하고 있었던 것이다. 어머니가 마지막으로 못을 박았다.

"전세금 까먹으면 너 시집도 못 갈 줄 알아. 결혼자금 미리 주는 거니까."

그렇게 되었다. 희준은 나를 밟은 대가로 원하는 것을 얻었지만 밟힌 나는 꿈틀거릴 수만 있을 뿐이었다. 해가 지면 꿈틀꿈틀 출근하고 꿈틀꿈틀 손가락을 움직여 하루 한 번 그녀에게 문자메시지를 보냈다. 그녀는 내가 선물한 핸드폰을 버리지 않았다. 연결음이 살아 있었다. 연결음을 살리기 위해 핸드폰을 충전한다는 것은 나와의 관계가 아직 끝나지 않았다는 뜻이었다. 그녀는 기다리고 있었다. 사람들의 기억에서 그리고 자신의 기억에서 희준의 독한 말들이 잊혀지기를. 나는 그렇게 생각했다. 그러므로 나 역시 기다려야 했다. 핸드폰이 살아 있다는 것이 내가 걸고 있는 유일한 희망이었다. 그 희망이 있어서 그나마 꿈틀거릴 수도 있는 것이었다.

"어이, 김씨. 한잔 하지?"

홍씨가 불렀다. 열시. 몇몇 사무실의 몇몇 사무원들이 아직 퇴근하지 않았다. 좀 전 어느 사무실에선가 먹을 걸 잔뜩 사들고 올라갔으니 빌딩을 완전봉쇄하고 밤의 고요를 즐기려면 아직 멀었다.

"딱 한 잔만 하고 가."

혼자 먹기 미안했던지 홍씨가 다시 불렀다. 숙직실에는 홍씨와 배씨가 텔레비전을 켜놓고 앉아 술을 마시고 있었다. 배씨는 퇴근했다가 집에서 저녁 먹고 조금 전에 왔다. 생일이라고 했다. 생일 음식이 너무 많이 남아서 싸가지고 왔다고 했다. 집은 멀지 않았다. 술은 홍씨가 슈퍼에 가서 사왔다. 홍씨는 무슨 음식이든 안주로 취급하는 경향이 있었다.

"친구분도 있고 가족들도 있을 텐데 무슨 음식을 이렇게 많이 가져오셨어요?"

인사 삼아 내가 말했다.

"이 도시에 친구가 어딨나? 고향에나 가면 몰라도."

그 말에서 나는 배씨의 고향이 이 도시가 아니라는 것을 알았다.

"온다던 자식놈들도 한 놈도 안 왔어. 평일이잖아. 바쁘겠지. 술 생각은 나는데 마누라랑 둘이 마주 앉아 마시기도 그렇고."

그 말에서 또 나는 배씨의 자식들은 모두 평일에 바쁘다는 것을 알았다. 홍씨가 종이컵을 꺼내 술을 따라주었다.

"쭉쭉, 쭉쭉 마셔."

홍씨의 리드미컬한 말에 박자를 맞추듯 나는 쪽 소리를 내며 술을 마셨다. 빈 잔은 금방 채워졌다.

"일은 할 만한가?"

배씨가 물었다. 나는 네, 하고 대답했다. 잠시 침묵이 이어졌다. 텔레비전이 켜져 있는 이유를 알 것 같았다. 몇 분쯤 후 배씨가 힘든 거 있으면 말하게, 했다. 오늘따라 친절한 배씨에게 나는 또 네, 하고 공손하게 대답했다. 홍씨가 건배를 제안해서 다 같이 마셨다. 빈 잔은 홍씨가 채웠다. 술병이 홍씨 가까이 있었다. 술병이 자신의 몸에서 한 뼘 이상 떨어지지 않게 두는 건 홍씨의 버릇이었다.

홍씨의 몸을 뒤지면 어느 주머니에선가는 꼭 소금이 나왔다. 홍씨는 늘 알갱이가 굵은 소금을 가지고 다녔다. 시간이 늦었거나, 돈이 없어서 안주를 사거나 배달시킬 수 없을 때 두툼한 손가락으로 굵은 소금을 집어먹으며 술을 마셨다. 소금만큼 좋은 안주가 없다고 했다. 그런데도 비싼 돈을 들여 안주를 사는 건 건강을 생각해서라고 했다. 그러니까 소금은 비상용 안주인 셈이었다.

"아, 저 자식. 바보같이 넘어지고 지랄이네."

홍씨가 외쳤다. 안타까워 죽겠다는 목소리였다. 배씨는 무덤덤한 얼굴이었다. 저건 웃으라고 넘어지는 건데요, 하고 말하고 싶었지만 참았다. 두 사람은 개그프로를 보면서도 그게 개그인지 잘 모르는 것 같았다. 웃어야 할 장면에서 웃지 않았다. 웃음 포인트들을 무감각한 얼굴로 지나쳤다. 홍씨가 건배를 제안했다.

"쭉쭉, 쭉쭉 마시자고."

홍씨의 리듬에 맞춰 쭉쭉 잔을 비우고 나는 일어섰다. 소주 서너 잔에 눈앞이 흐늘거렸다. 나는 내 자리로 돌아왔다. 배씨는 열한시 조금 넘어 돌아갔고 홍씨는 혼자 텔레비전을 보며 술을 마셨다.

"그래도 낮에는 안 마시니 기특하잖아."

언젠가 홍씨가 말했었다. 그 쓴 술을 밤낮 어떻게 마시냐는 내 질문에 대한 답이었고, 한편 낮에는 안 마시고 열심히 일하 니 아버지에게 이르지 말라는 말이었다. 매일 밤 그렇게 마셔대 면서 낮에 일하는 걸 보면 기특하긴 기특했다. 그래서 나는 아 버지에게 이르지 않았다. 최신 보안시스템 덕분에 밤에는 그다 지 할일이 많지 않다는 말도 하지 않았다. 이 큰 건물에, 그것도 밤에 혼자 있다는 것은 생각만 해도 끔찍한 일이었다.

열두시가 넘었다. 마침내 빌딩에는 홍씨와 나 둘만 남았다. 시 간이 지날수록 취기가 깨는 게 아니라 오히려 더 올랐다. 그녀 가 보고 싶었다. 보지 못하니 목소리라도 듣고 싶었다. 목소리를 들을 수 없으니 문자메시지라도 보내야겠다는 생각이 들었다. 그녀가 침묵을 끝낼 때까지 하루 한 번의 문자메시지로 만족하 며 기다리겠다는 결심은 취기 앞에서 아무런 힘도 발휘하지 못 했다.

희준이 집에서 독립했다고 찍었다가 지우고 집에서 쫓겨났다로 바꾼 뒤 보냈다. 열두시 십오분이었다. 십 분을 기다렸지만 답이 없었다. 두번째 메시지는, 가족들은 모두 당신 편이다, 였다. 열두시 이십칠분이었다. 시계를 올려다보며 초조하게 기다렸지만 역시 답은 없었다. 세번째 메시지는, 보고 싶다, 였고 네번째는 상처받지 마라, 였다.

상처라는 단어를 찍을 때는 문득 눈물이 날 것 같았다. 상처라는 단어가 가슴을 먹먹하게 했다. 밤이어서 그럴 수도 있고 취기 때문일 수도 있었다. 눈을 들어 앞을 바라보았다. 가로등 불빛 때문에 현관 유리에 비친 내 모습이 선명하지 못하고 흐릿했다. 다행히 눈동자는 보이지 않았다. 흐릿한 내 모습 너머 밤하늘을 올려다보고 있는데 홍씨의 목소리가 들렸다. 술에 취한 홍씨의 발음은 불분명했다. 먼저 잔다는 말인 것도 같고 그만 자자는 말인 것도 같았다. 사실 불분명해도 상관없는 말이었다. 나는 네, 하고 대답해주었다.

홍씨까지 잠들고 나자 외로움이 코끝에 사무쳤다. 외로움은 콧물이라는 형태로 다가왔고, 나는 몇 번 훌쩍이다가 결국은 휴지로 닦아냈다. 닦아내도 또 고였다. 아, 빌어먹을 술. 그러나 이미 마셔버린 술이고 이미 올라버린 취기였다. 후회해도 늦었다. 후회해도 늦었다, 고 생각하는데 후회라는 단어를 떠올리는 순간 코끝이 찡했다. 생각하고 따져볼 겨를 없이 급히 메시지 하나를 보냈다.

'우리 결혼할까요?'

심장이 뛰었다. 손바닥으로 가슴을 눌렀다. 한동안 그대로 있었다. 심장이 제 속도를 찾으면서 정신이 들었다. 그제야 그녀가 어떻게 받아들일지 걱정이 되었다. 벽에 걸린 시계도 눈에 들어왔다. 한시 오십분. 이런 미친놈. 진작부터 핸드폰을 꺼놓고 자고 있을지 모른다는 생각도 들었다. 아침에 깨어 메시지를 보면 얼마나 황당할까. 현관으로 달려가 유리에 비친 내 모습에 머리를 찧고 싶은 심정이었다.

아아. 아아아아아.

절망의 탄식이 새어나왔다. 그때 책상 위에 놓여 있던 핸드폰이 몸서리를 쳤다. 그 몸짓과 소리가 얼마나 요란한지 지진이라도 난 줄 알았다. 나는 깜짝 놀라 핸드폰을 집었고 손 안의 발광체를 열어 진정시켰다. 누군지 확인할 겨를도 없었다.

"여보세요."

내 목소리는 속삭이듯 했고 겁먹은 듯했고 추위에 떠는 듯했다. 그래도 적막한 빌딩 안에 울린 목소리는 천장의 형광등이 떨어져서 내는 소음과 맞먹을 정도로 크게 들렸다. 야간 경비원인 나는 새벽 두시에 볼펜 한 자루만 떨어뜨려도 깜짝깜짝 놀라는 인간이었다. 그러므로 나는 상대와 관계없이 내 목소리에 놀라 흠칫 몸을 떨었다.

"무슨 프러포즈가 이래요?"

그녀였다. 역시 충격을 받은 모양이었다. 나는 더듬거리며 미안하다고 말했고 술을 한잔 했다고 했고 밤이 너무 깊어서, 라고 했다.

"그럼 술김에 해본 말이었어요?"

"아니에요. 진심이에요."

그녀가 오해할까봐 나는 재빨리 대답했다.

"우리 안 만난 지 한 달이 넘었어요. 알고 있어요?"

"네. 그렇지만…… 못 보니까 더 보고 싶고…… 아, 희준이 일은 잊어도 돼요. 걔가 독립할 욕심에 연주씨를 이용한 거예요. 일부러 연주씨를 괴롭힌 거라구요. 지금쯤은 반성하고 있을 거예요. 앞으로 다시는 그런 짓 못 하게 혼을 냈어요. 가족들 모두 보고 싶어해요. 나는……"

나는 마음이 급했다. 그녀가 언제 전화를 끊을지 몰랐으므로 하고 싶은 말과 해야 할 말을 두서없이 늘어놓았다. 내 말을 다 듣고 난 그녀가 말했다.

"신선하네요."

"네? 뭐가요?"

"프러포즈."

"아."

"새벽 두시에. 문자메시지로. 얼굴 안 본 지 한참 만에. 밤이 너무 깊어서. 술을 마셔서. 미안해서."

"미안하다는 건 그런 뜻이 아니에요."

그렇게 말했다가 나는 밤이 깊어서와 술을 마셔서도 아니라고 정정했다. 신선하다는 그녀의 말을 어떻게 받아들여야 할지 알 수 없었다. 어떻게 들으면 말 그대로 신선하다는 의미인 것 같고 또 어떻게 들으면 나의 미욱함을 책망하는 것처럼 들리기도 했다. 침묵이 길어질수록 생각은 책망 쪽으로 기울어졌다. 마침내 나는 침묵을 견디지 못하고 물었다.

"받아줄 건가요?"

"어떨 것 같아요?"

4

노력에는 필연적으로 보상이 따른다. '필연적으로'라는 말이 미심쩍다면 '언젠가는'을 붙여보자. 그러면 대개 맞다. 얼마 전까지만 해도 나는 이런 말을 할 필요도, 할 줄도 모르는 인간이었다. 그러나 이제는 할 수 있고, 하고 있는 인간이 되었다. 나는 두 달 가까이 인내하며 노력한 끝에 마침내 보상을 받게 되었다. 어머니는 이게 다 당신 덕이라고 내세우지만.

그녀가 프러포즈를 승낙한 그날 아침 나는 퇴근하자마자 가족들에게 사실을 알렸다. 모두들 얼떨떨한 얼굴이었고 축하한다는 말은 나중에야 어머니의 입에서 가장 먼저 나왔다.

"일이 어떻게 이렇게 풀리냐? 너무 갑작스러워서…… 잘됐다만 나는 도대체 뭐가 뭔지 모르겠다."

뭐가 뭔지 모르기는 나도 마찬가지였다. 나는 다만 이렇게 대답할 수 있을 뿐이었다.

"프러포즈가 신선하대요."

"은근히 기다리고 있었던 거 아니냐. 애달프게 하면서 말이다."

"그럴지도 모르죠."

"아무튼 날 더워지기 전에 해치우자."

그녀의 부모도 같은 생각이었다. 상견례에서 만난 그녀의 부모와 내 부모는 죽이 잘 맞았다. 식은 빠르면 빠를수록 좋았고 절차는 간소할수록 좋았고 예물은 생략할수록 좋았다. 그녀의 부탁을 받은 우리 가족은 상견례 자리에서 그녀의 큰오빠에 대해서는 한마디도 꺼내지 않았다. 꺼내지 않아도 그들이 얼마나 상처받았을지 짐작되었다. 그녀의 부모는 어쩐지 허둥대는 것 같았고 서두른다는 느낌을 주었다. 큰아들의 빈자리가 얼마나 큰지 알 수 있었다.

그녀 쪽에서는 새로운 사람을 맞아 잃어버린 사람을 잊기 위해, 우리 쪽에서는 내 직업을 문제삼을 시간을 주지 않기 위해, 할 수 있는 한 날짜를 당겨 잡았다. 의견이 충돌할 일도 별로 없었지만 혹 생긴다 하더라도 서로가 양보하기 위해 애를 썼으므로 오히려 그것 때문에 이견이 생길 정도였다. 그녀는 어쩐지 몰라도 나는, 상품성이 떨어지는 나를 팔기 위해 노심초사하는 부모가 안쓰러운 한편 민망했다. 그녀의 아버지가, 결혼하면 재택근무는 그만둬도 될까요, 하자 아버지가, 당연하지요 집도 있고 재산도 있고 얘 직장도 있는데 며느리까지 일할 필요는 없지요, 했을 때는 숟가락으로 얼굴을 가리고 싶은 심정이었다. 아버지는 비굴하기도 했지만 뻔뻔스럽기도 했다.

상견례 한 번에 결정될 것은 모두 결정되었고 결정된 사항은 빠르게 진행되었다. 아니, 빠르게 진행되고 있다고 했다. 나는 도무지 일이 어떻게 돌아가는지 정신을 차릴 수가 없었다. 더구나 내 방과 희준의 방 사이 벽을 허물어 신혼방을 넓히는 공사까지 벌어지고 있어서 낮에는 여관으로 가서 토막잠을 자야 했다.

저녁식사 자리에서나 잠깐 만나는 어머니는 걱정 말라고 했지만 솔직히 걱정이 안 될 수 없었다. 어머니와 그녀의 취향이 다를 것이 분명한데 다툼이 생기지나 않을까, 혹 희준이 끼어들어 문제를 일으키지는 않을까, 생각하는 것마다 다 걱정거리였다. 그러나 어머니가 입을 다물고 있으므로 알 도리가 없었다. 내가 아는 거라곤 지금은 3월 초이고 결혼은 4월 초, 신혼여행지는 제주도라는 것뿐이었다.

하루하루 날짜가 다가올수록 마음이 떨렸다. 어떤 날은 이게 꿈인가 싶기도 했다. 또 어떤 날은 그녀가 덜컥 결혼을 취소해버리지나 않을까 걱정이 되었다. 내가 소심해서가 아니었다. 결혼이 결정된 뒤에도 우리는 자주 만나지 못했다. 상견례 때 한 번, 그리고 아파트 앞에서 어머니와 함께 택시를 타는 모습을 한 번 본 게 다였다. 엄밀히 말한다면 두 번 다 만난 것이 아니었다. 본 것에 불과했다. 그녀는 결혼준비로 바빴고, 아마도 그래서겠지만 내 전화를 피곤해했다. 목소리만 들어도 그녀의 피곤을 고스란히 느낄 수 있었다. 그래서 나는 만나자고 하지 못했다. 전화도 자제했다. 두 달 가까운 공백기간 후 또다시 공백이 이어지고 있었다. 그래도 그때는 문자메시지라도 보낼 수 있었는데 지금은 그것도 자제하는 중이었다. 모두들 바쁘고 피곤한데 나만 한가하다는 생각이 들어서 나는 외로웠다. 결혼의 당사자는 나이지만 그 과정에서 제외된 나는 소외감을 느꼈고 어떤 때는 열패감으로까지 슬쩍 번지기도 했다.

그 와중에 형수의 반란이 시작되었다.

"저희 분가했으면 해요. 이제 도련님도 결혼하시잖아요. 새며느리도 보실 테고 또 같이 살다보면 서로 불편한 것도 있을 거예요."

밤새 얼마나 연습을 했을까, 형수의 생기 없는 목소리와 충혈된 눈을 보며 나는 생각했다. 그리고 조금 미안했다. 최근 몇 달 동안 형수는 거의 잊혀진 존재나 다름없었다. 늘 그 자리에 있어서 있는지 없는지 모르는 사물과 같았다. 사물이 입을 열어 자신의 주장을 펼친다는 것은 여간 놀라운 일이 아니었다. 어머니 아버지는 놀랐다. 놀라서 한동안 입을 열지 못했다. 먼저 정신을 수습한 것은 어머니였다. 어머니는 마음을 정한 듯 복잡한 표정을 걷어내고 권위적으로 말했다. 어머니에게 권위는 가끔 며느리 앞에서만 타고 나는 마법의 양탄자 같은 것이었다.

"우리가 먼저 했어야 할 말을 네 입으로 하게 해서 미안하구

나. 아범이 살아 돌아온다는 보장도 없는데 계속 붙잡아둘 수는 없겠지. 혹여 네가 서운해할까봐 먼저 말 못 했다. 이해해라. 아파트 한 채 얻어줄 테니 맘대로 살아봐라."

그러나 형수의 요구는 그게 다가 아니었다. 굳은 표정으로 형수가 말했다.

"빌딩은 우주 명의로 했으면 해요. 월세 들어오는 통장도 넘겨주시면 좋겠구요. 사실 이거 다 우주 아버지 재산이잖아요. 자식이 물려받는 게 맞다고 생각해요. 대신 이 아파트는 아버님 앞으로 해드릴게요. 매달 생활비와 용돈도 얼마씩 드리고."

"그러니까 네 말은 지금 이 아파트만 빼고 다 내놓으라는 소리냐?"

믿지 못하겠다는 표정으로 어머니가 물었다. 형수는 분명한 목소리로 네, 하고 대답했고 그 순간 어머니가 집어던지듯 숟가락을 내려놓았다. 아버지 역시 혀를 찼는데, 두 분은 아마도 형이 당신들의 자식이라고만 생각했지 형수의 남편이자 우주의 아버지라는 생각은 해본 적이 없는 것 같았다. 형수가 다시, 명의와 통장 관리자만 바뀔 뿐 생활은 지금과 크게 다르지 않을 거라고 했지만 두 분의 표정은 풀리지 않았다. 식탁 위로 긴장이 흘렀다. 아슬아슬한 긴장을 깨며 어머니가 소리쳤다.

"우리더러 너한테 생활비를 타 쓰란 말이냐? 너한테?"

어머니는 '너한테'를 강조해서 말했는데, 그 말에서는 '밥이나 짓고 청소나 하던 무식한 너'라는 숨겨진 속마음이 물씬 풍졌다. 형수는 고개를 숙였고 어머니는 식탁 위를 재빨리 훑어보았다. 뭐 던질 게 없나 하는 눈빛이었다. 내가 나서지 않을 수 없었다.

"엄마, 침착해. 침착, 침착. 형수 말도 맞아. 원래 가장이 사망하면 그 재산은 배우자와 자식이 상속받게 돼 있어. 법적으로. 그러니까 일단 진정하고."

법적으로 그런지 어떤지는 잘 모르겠다. 잘 모르기는 어머니도 마찬가지여서 식탁 위를 훑던 눈이 커지더니 이해할 수 없다는 표정과 저게 믿는 구석이 있어 저러는구나 하는 표정이 교차했다. 이해타산이 빠른 어머니는 곧 생각에 잠긴 표정이 되었다. 타이밍이 적절했다. 최소한 나는 밥그릇이 날아다니는 불상사만은 막았다. 형수를 편들어서가 아니었다. 밥그릇에 맞아 피라도 본다면! 결혼을 보름 앞두고 온 가족이 피해자이자 가해자가 되어 철창을 드나드는 일만은 겪고 싶지 않았다.

"새사람이 들어오는 이상 재산의 경계가 분명해야 한다고 생각해요. 아가씨도 독립하셨고. 저로선 우주 장래를 걱정하지 않을 수 없죠."

형수의 말에 어머니가 던지듯 놓았던 숟가락을 들며 말했다.

"네가 결혼하는 바람에 우리 알거지 되게 생겼다."

내가 아무 말도 못 하는 가운데 형수는 우주를 데리고 식탁에서 일어섰다. 오늘 우주는 학교에 지각할 것이다. 어머니는 밥한 그릇을 다 비운 뒤 전사처럼 식탁 의자를 박차고 일어나 바

202

람처럼 집을 나섰다. 어디로 가는지는 말하지 않아도 알 수 있었다.

오후에 돌아온 어머니는 형수를 앉혀놓고 말했다.

"큰일이 코앞에 있다. 네 문제는 일단 일 치른 다음에 얘기하자."

형수가 방에서 나가자 어머니는 혼자 중얼거렸다. 무슨 방법이 있겠지. 방법이 있을 거야. 앉아서 다 뺏길 순 없지.

형수의 요구는 그렇게 일단락되었다. 잠정적인 평화. 보름간의 유예. 형수가 이 문제를 다시 꺼낸다면 그건 내가 제주도로 떠나 있는 동안일 것이다. 그러므로 나는 신부에게 흉한 꼴을 보이지 않아도 되고 처신에 어려움을 겪지 않아도 된다. 나는 형의 재산분배에 관여하고 싶은 생각이 없었다. 그나마 생활비는 준다지 않는가. 평생 야간 경비원으로 살아야 할지도 모른다는 사실이 목을 옥죄어오기는 하지만 뭐 어떻게든 되겠지. 새 직장을 얻을 수도 있고 장사를 해도 되고. 장사밑천 정도는 형수가 대줄 것이다. 형수는 모질지 못했다. 오히려 어리석을 정도로 착한 사람이었다. 지금 모질게 나오는 것은 위기감 때문일 것이다.

저녁을 먹은 뒤 빌딩으로 출근했다. 이번주 파트너는 양씨였다. 양씨가 담배를 피우러 나간 사이 나는 오랜만에 그녀에게 전화를 했다. 그리고 정말 오랜만에 우리는 오랫동안 통화를 했다. 주로 말과 말 사이의 침묵이 대부분이었지만 그녀의 숨소리를 듣고 있는 것만으로도 행복했다. 행복한 것도 행복한데 그녀와 통화를 하는 동안 시간이 흐른다는 것도 행복했다. 시간이 흘러야 날이 흐를 것이고 그래야 보름 뒤가 올 테니까.

진작부터 그녀에게 해주고 싶은 말이 있었다. 한 번도 해보지 못한 말. 쑥스러워서 참으려고 해도 입이 근질거렸다. 어쩌면 재산다툼으로 하루 종일 마음이 심란해서 더 그런지도 몰랐다. 나는 망설이다 입을 열었고 더듬거리며 말했다. 말을 한 것까지는 좋았다. 그런데 너무 떨려서 말끝이 올라가버렸다. 아아, 이런.

이미 내뱉어버린 말이 이명처럼 귓가를 맴돌았다.

"음…… 나…… 연주씨…… 사랑해요?"

잘해주세요

1

　나는 그를 너무 모르고 있었다. 내가 전화했을 당시 그도 나를 잘 몰랐을 테지만 나는 그보다 더 몰랐다. 그가 협박, 납치, 감금을 업으로 삼는다는 것을 제외하고는 아무것도 몰랐고, 더욱 나쁜 것은 그를 과소평가하기까지 했다는 것이다. 희미한 기억 속의 그는 존재감이 거의 느껴지지 않는 평범한 학생이었다. 그래서 그가 얼마나 집요한 인간인지 미처 알지 못했다.

　그는 시도 때도 없이 전화를 걸었고, 만나자고 요구했고, 내생활을 캐물었다. 그는 아니라고 했어도 위험한 일을 수행한 데대한 보상을 바라는 것 같아서 금액과 계좌번호를 물었지만 그것조차 알려주지 않았다. 그렇다면 왜?

　"만나자. 얼굴 보고 얘기해야 해."

나는 만나고 싶지 않았다. 우리 사이에는 금전 문제가 아니라면 얼굴을 맞대고 해야 할 얘기가 없었다. 게다가 나는 그와 더 이상 얽히고 싶지 않았다. 사채업자도 그도 잊을 수 있다면 잊고 싶었다. 나는 침묵했고 그는 폭발했다.

　"나 같은 인간은 못 만나겠다는 거냐? 네가 그렇게 고귀해?"

　"고귀하지 않다는 거 알잖아."

　진심이었다. 하지만 그는 그렇게 생각하지 않는 것 같았다. 그는 다시 한번 폭발했고 야비함과 광기가 뒤섞인 말들을 쏟아냈다. 그 위험수위가 나날이 높아져 정점에 다다랐을 때 문득 그가 자취를 감췄다. 매일 요란하게 울어대던 전화기가 아무런 전조도 없이 잠잠해진 것이다. 사채업자의 집을 드나들기 시작할 무렵이었다. 멱살 잡힌 상태에서 일시정지된 화면처럼 불안하고 께름칙했다. 예의바른 아이들마냥 안녕, 작별인사를 끝내고 헤어져야 하는 건 아니지만 이런 식의 침묵은 더 위협적인 뭔가를 준비하는 게 아닌가 의심이 들게 했다.

　다행히 몇 달이 지나도록 재생버튼이 눌러지는 불상사는 일어나지 않았다. 그제야 나는 얼마간 마음을 놓았고 사채업자의 집을 드나드는 한편 김세준과의 관계도 발전시켜나갔다. 뇌관은 터지지 않은 채 아직 그대로 묻혀 있었고 나는 보호막이 필요했다. 김세준을 사랑하지도 않았지만 혐오하지도 않았다. 그 정도면 괜찮은 시작이라고 할 수 있었다.

　상견례를 마치고 돌아온 날 저녁이었다. 아버지가 술 한잔 하자, 했다. 오빠 내외와 삼촌까지 집에 와 있었다. 내내 붉게 달아올라 있던 아버지의 얼굴은 술이 한잔 들어가자 더욱 붉어졌다. 아버지가 내게 잔을 건네더니 술을 따라주었다. 난생 처음 있는 일이어서 어리둥절했지만 나는 공손하게 받아 마셨다.

"그걸 한 번에 다 마시냐?"

"네?"

나는 더욱 어리둥절해져서 반문했다.

"그래, 마셔라. 오늘은 마셔도 된다. 난 네가 결혼도 못 할 줄 알았다."

아버지가 말했다. 나는 항의하고 싶었으나 아버지의 눈가에 얼핏 물기 같은 것이 비쳐서 그만두었다. 어쩌면 잘못 보았을 수도 있었다. 내가 물기를 보았다 싶은 순간 아버지는 고개를 숙였고, 술잔을 들여다보았고, 고개를 들었을 때는 물기 비슷한 것도 없었다. 그래도 나는 보았을 수도 있는 것을 보았다고 믿기로 했다. 이제 내가 이 집에 있을 날도 얼마 남지 않았다.

"그 청년 착해 보이더라."

나는 네, 하고 대답했다.

"싸우지 말고 잘살아라."

나는 또 네, 하고 대답했다.

"약 꼭 챙겨먹고. 말 잘 듣고."

나는 다시 네, 하고 대답한 다음 안방을 나왔다. 아버지의 말을 듣는 순간 해야 할 일이 생각났다. 미안해, 벤자민, 하고 말할 시간이었다. 내내 시름시름 앓더니 급기야 벤자민이 죽었다. 뭔가 이상해서 줄기를 잡고 들어올리자 뿌리까지 쑥 딸려올라왔다. 모르고 있었을 뿐 죽은 지 오래된 것 같았다. 약물과다복용이 원인일 수도 있었다. 나를 대신해 죽은 벤자민의 장례는 아직 치르지 않았다. 몇 년을 함께했는데 쉽게 버릴 수가 없었다. 책상 옆에 두고 미안해, 벤자민, 하고 하루에 한 번씩 속삭여주었다. 이제 한 달 뒤면 이 집을 떠나야 한다. 죽은 벤자민을 데려갈 수는 없었다. 그러므로 벤자민을 애도할 시간도 얼마 남지 않았다.

나는 매일매일 바빴다. 결혼날짜를 워낙 빠듯하게 잡아서 바쁘다고 말할 시간조차 없을 만큼 바빴다. 틈틈이 어머니에게 요리도 배웠다. 밥을 맛있게 짓는 법, 나물 무치는 법, 된장찌개 끓이는 법 같은 것들. 이렇게 말하고 보니 요리라고 하기엔 좀 뭣하다.

삼촌 회사의 일은 그만두었다. 그 동안 모인 월급이 꽤 되었다. 나는 그 돈을 쓰고 싶었지만 어머니가 말렸다. 비상금으로 가지고 있으라고 했다. 은행에 가서 몇 년치 월급을 모두 현금으로 찾았다. 커다란 가방 하나가 가득 찼다. 새 집으로 들어가는 날 김길준의 부모님에게 선물로 드릴 생각이었다. 그래야 마음이 좀 가벼워질 것 같았다. 부득이하게 김길준을 격리시키긴 했지만 악감정은 없었다.

바쁜 날들이 무사히 지나가고 있었다. 나는 하루가 지날 때마다 안도의 숨을 내쉬었고 밤이 영원히 지속되어 다음날이 오지 않기를 빌었다가, 이왕 다음날이 올 거면 또 얼른 지나가기를 빌었다. 이유는 알 수 없었으나 나는 뭔가에 쫓기는 심정이었다.

마침내 결혼식이 일주일 앞으로 다가왔다. 예물반지와 시계를 찾아 돌아오는 길이었다. 날이 따뜻해서 조금 걸을 생각이었는데 빈 택시를 보자 갑자기 다리가 아파왔다. 아픈 게 당연했다. 그날도 아침부터 오후까지 여러 곳으로 불려다닌 터였다. 한번 쳐다보는 것으로 택시가 멈췄다. 내가 타자 선글라스를 쓴 기사가 안녕하세요, 했다. 나는 건성으로 대답한 뒤 목적지를 댔고 기사는 또 기운차게 감사합니다, 했다.

조금 졸았다. 햇빛이 차장 너머에서 넘실거렸다. 며칠 만에 보는 햇빛이었다. 나도 모르게 눈이 감겼다. 택시가 신호에 걸렸을 때 기사가 요구르트를 건넸다.

"드세요. 잠이 확 깨실 겁니다. 이런 날 졸면 아깝죠."

그러면서 그도 요구르트 하나를 따서 마셨다. 그의 말이 맞았다. 졸면서 보내기에는 너무 아까운 햇살이었다. 매년 봄은 점점 여름을 닮아가고 있었다. 봄다운 봄은 순식간에 지나갔다. 나는 졸지 않기 위해 요구르트를 마셨다. 기사가 말을 건넸다. 어디 다녀오시는 길이냐. 나는 요구르트에 대한 답례로 대답했다. 한복집과 웨딩숍과 귀금속전문점에 들렀다 집으로 가는 중이다. 기사가 다시 물었다. 혹시 결혼하시냐. 나는 일주일 남았다고 했다. 그 말을 하면서 하품을 했다. 졸음 앞에서는 음료도 소용없

는지 눈꺼풀이 무겁게 내려앉고 있었다. 룸미러로 나를 보며 기
사가 말했다.

"알고 있어."

나는 내가 잘못 들었다고 생각했다. 몸이 늘어지는 만큼 귀까
지 가물거리는 모양이라고 생각했다. 그래서 나는 네? 하고 힘
없이 물었다. 이제는 바로 앉기도 힘들 지경이었다. 머리는 자꾸
만 옆으로 떨어졌고 볼을 꼬집어 잠을 깨려고 해도 손을 들어올
릴 수가 없었다.

"알고 있다고."

알고 있다고? 이번에는 제대로 들었다. 그러나 그게 무슨 의
미인지 생각은 할 수 없었다. 물론 물을 수도 없었다. 입이 열리
지 않았다. 기사가 다시 룸미러로 나를 보며 말했다.

"나, 안수철. 놀라운걸? 기억 못 할 줄은 몰랐는데."

그 순간 기사의 목소리가 낯설지 않다는 것을 깨달았다.

"반가워, 연주."

결국 나는 졸음을 이기지 못하고 옆으로 쓰러졌다.

2

눈을 떴을 때 나는 침대에 누워 있었고 당혹스럽게도 두 손과
두 발이 침대에 묶여 있었다. 움직이려 하자 묶인 부분이 쓰라

렸는데, 잠들어 있는 동안 이미 상처가 난 것 같았다. 나는 한 자세로 오래 누워 있지 못하고 끊임없이 몸을 뒤척이는 편이었다. 그 생각을 떠올리자 갑자기 허리가 아파왔고 참을 수 없을 만큼 갑갑함을 느꼈다. 소리를 지르고 싶었으나 시원스레 목소리가 나오지 않았다.

묶여 있다는 것, 이곳이 어딘지 모른다는 것, 목소리가 나오지 않는다는 것 때문에 심장이 조여왔고 숨이 잘 쉬어지지 않았다. 급기야 나는 곧 숨이 넘어갈 것처럼 과장되게 헉헉댔는데, 그러자 서러운 생각이 들었다. 묶여 있다는 것, 이곳이 어딘지 모른다는 것, 시원스레 목소리가 나오지 않는다는 것, 숨이 넘어갈 것처럼 헉헉댄다는 것 때문에 서러워진 나는 울고 싶었으나 또 눈물이 나오지 않았다. 이상하게 정신이 말똥말똥했다. 한숨 잘 자고 일어난 사람처럼 머리가 맑았다. 누가 설명해주지 않아도 내가 처한 상황과 나를 데려온 사람을 알 수 있었다. 이름을 듣는 순간 희미한 기억 속에 머물던 얼굴이 눈앞으로 성큼 다가왔던 것이다. 내가 모르는 것은 그가 원하는 것이 무엇인가 하는 거였다.

"깼어?"

안수철, 그가 문을 열고 들어오며 물었다.

"이게 무슨 짓이야?"

나는 움직일 수 없다는 것을 깜빡 잊고 일어나려다 도로 쓰러졌다. 얼굴이 찡그려지며 신음소리가 새나왔다. 안수철은 내 신

음소리를 듣고 손발의 상처를 보았을 텐데도 못 듣고 못 본 척
했다.

"밥 먹자."

줄을 풀어내며 그가 말했다. 설마 했지만 나는 자유의 몸이
되었다. 침대에서 몸을 일으킬 수도 있었고 팔을 움직이고 다리
로 걸을 수도 있었다. 저 여유는 뭐지, 하고 생각하는데 그가 말
했다.

"난 네가 한 일을 알고 있지."

그의 목소리나 태도가 너무 침착해서 나는 그가 무슨 말을 하
는지 이해가 되지 않았다. 떠오르는 것은 고작 오늘 들렀던 가
게들과 작년 여름에 의뢰한 김길준 정도가 다였다. 그의 의도가
그런 거라면 나도 말할 수 있다. 난 내가 한 일을 네가 알고 있다
는 것을 알고 있다. 그러나 실제의 나는 아무 말도 하지 않았다.

"뭐냐고 물어봐."

다시 묶이고 싶지 않아서 나는 순순히 뭔데? 하고 물었다.

"밥 먹고 얘기해줄게. 이제 내려가자."

"여기 어디야?"

나는 정말 묻고 싶은 것을 물었고 그는 장난기 많은 소년처럼
싱긋 웃었다. 덩치에 어울리지 않게 수줍어하는 것 같기도 했다.

"그것도 밥 먹고."

자랑스러운 비밀을 쉽사리 털어놓지 않고 아끼듯 그가 말했
다. 어찌 보면 칭찬을 바라는 듯 보이기도 했다. 그의 말투나 태

도가 그랬으므로 나는 내 처지를 그다지 비관하지 않았다. 빠르면 오늘밤, 늦어도 내일쯤에는 집으로 돌아갈 수 있으리라 생각했다. 이건 벌이야, 나는 그를 따라 계단을 내려가며 마음속으로 중얼거렸다. 그렇게 만나달라고 애원했는데도 무시한 벌. 너무 매정하게 군 데 대해 나는 내 잘못을 인정했고 달게 벌을 받기로 마음먹었다. 그랬으므로 그가 무슨 얘기를 할지 새삼 궁금하기까지 했다. 만나서 꼭 할 얘기가 있다고 그는 수없이 말했던 것이다.

식탁에는 밥과 국, 찌개와 반찬이 차려져 있었다. 그가 직접 만들었다고 했다. 먹어보니 맛이 괜찮았다. 나는 음식솜씨를 칭찬했고 그는 또 수줍은 듯 미소를 지었다. 미소가 사라진 것은 낯선 남자가 식당으로 들어오면서였다. 관리인이라고 했다. 내 소개는 없었다. 그것은 관리인이 나를 알고 있다는 뜻이었다. 나를 알고 있음에도 관리인은 마치 내가 없는 듯 행동했다. 말이나 인사는 물론 눈길 한번 마주치는 법 없이 자기 밥과 국을 떠와서 먹기 시작했다. 그런 태도는 애써 나를 무시하는 것 같기도 했고, 또 한편 정말로 나를 의자나 가구처럼 여기는 것 같기도 했다.

음식 맛은 괜찮았지만 나는 밥을 반도 먹지 못하고 숟가락을 놓았다. 창밖에는 짙은 어둠이 내려앉아 있어서 보이는 거라고는 창에 비친 식당 안 풍경뿐이었다. 낯선 장소, 십 년 만에 만난 동기생과 초면의 관리인, 그들의 침묵이 만들어내는 어색하고 불편한 분위기. 밥이 넘어갈 리가 없었다.

"더 먹어."

고개도 들지 않고 안수철이 말했다. 나는 기회를 놓치지 않았다.

"지금 몇시나 됐을까?"

"여덟시."

이번에는 시계도 보지 않고 대답했다. 그러나 상관없는 일이었다. 내가 원한 것은 말의 물꼬였다.

"여기 어디야?"

"별장."

"지명은?"

"나도 모르지. 아마 지도에도 안 나올걸."

나는 실망하지 않기 위해 노력했다. 실망하기엔 이르다고 스스로를 타일렀다.

"집에 전화 한 통 해도 돼? 부모님이 걱정하실 텐데."

"매일 안부전화를 넣을 순 없잖아. 빨리 포기하도록 하는 게 그분들을 돕는 거야."

매일? 내가 '매일'에 대해 곱씹어보는데 그가 덧붙였다.

"너 옮기다 핸드폰 떨어뜨렸어. 박살이 났기에 버렸는데, 괜찮지? 핸드폰 없다더니 있데."

"산 지 얼마 안 됐어."

"몇 년은 묵은 모델이던데?"

"몰랐어."

"그 말이 더 놀라운걸?"

그러면서 그가 웃었다. 비웃음의 성격이 짙어서 나는 내가 처한 상황도 잊고 목소리를 조금 높였다.

"모르면 안 되는 건가."

웃음소리가 더 커졌다.

"그래, 알아. 몇 년 묵은 모델이야. 선물로 받은 건데 구형이라고 안 쓸 수는 없잖아."

"누가 선물했는지 물어도 돼?"

"사귀는 사람이 선물했어. 한 달 용돈을 털어 샀대. 일주일 뒤면 그 사람과 결혼해. 그전에도 핸드폰 있었어. 고장나서 버렸지만."

"나한텐 왜 없다고 했을까?"

"너 같으면 사실대로 말하겠니? 어떻게든 번호 알아내서 전화를 해댈 게 뻔한데."

"밥 안 먹을 거지? 이제 일어나자. 할일이 많아."

그렇게 말하며 그가 자리에서 일어났다. 얼굴에도, 목소리에도 웃음의 흔적은 남아 있지 않았다. 굳이 자극할 필요는 없었는데, 뒤늦게 실수를 깨달았다. 그는 관리인에게 뭔가를 지시하더니 앞서 식당을 나갔다. 나는 뒤를 따르며 나를 데려온 이유가 뭐냐고 물었다. 데려온 게 아니라 납치한 거야, 하고 그가 대답했다. 맞다. 나는 납치당했다.

"그럼 납치한 이유가 뭐야?"

"알려주고 싶은 게 있어서."

"그러니까 그게 뭐냐고?"

치미는 화를 이기지 못하고 나는 다시 소리를 높였다. 그는 태연했고 마치 내 말을 못 들었다는 듯 엉뚱한 소리를 했다.

"넌 한 번도 묻지 않는구나."

우리는 이층에 올라와 있었다. 그가 화분 아래의 뭔가를 만지 작거리는가 싶더니 순간 벽이 열렸다. 나는 놀라고 당황했지만 아무렇지 않은 척했다. 투숙, 장례 따위의 단어가 떠올랐으나 애 써 무심한 척 뭘, 하고 물었다. 투숙이나 장례에 대해서는 알고 싶지 않았으므로 벽이 움직이는 놀라운 광경을 보았음에도 아는 척하지 않았고 본 척하지 않았다.

"사채업자가 어떻게 됐는지 궁금하지 않아?"

"전혀."

그는 벽 속으로 들어갔고 나는 자리에서 움직이지 않았다. 한 동안 발소리를 울리며 계단을 내려가던 그가 위를 올려다보며 따라와, 했다. 그래도 선뜻 몸이 움직여지지 않았다. 그의 따라 와, 는 어떻게 들으면 명령인 것 같았고 또 어떻게 들으면 청유 형인 것도 같았다. 다만 확실한 것은 나는 벽 속으로 들어가고 싶지 않았고 섬뜩한 소리를 내는 철제계단을 밟고 싶지도 않다 는 것이었다.

"보고 싶지 않아? 안 보면 후회할 텐데."

그가 계속 재촉했으므로 나는 어쩔 수 없이 아래로 내려갔다. 백열등 빛은 희미하고 계단은 가팔라서 한 발 한 발 조심스럽게 내디뎠다. 어둠 속으로 들어갈수록 심장이 세차게 요동치기 시작했다. 마침내 바닥에 발이 닿았다. 예상대로 그곳은 감옥 역할을 하는 곳이었다. 쇠창살이 쳐진 방들이 있었고 방마다 비쩍 마르고 머리카락이 제멋대로 자라 언뜻 보아서는 남자인지 여자인지 잘 구별이 되지 않는 사람들이 갇혀 있었다. 때에 전 잠옷과 맨발, 오물덩어리 그리고 그들 주위를 얼쩡거리는 쥐들.

내가 2호와 3호 사이 복도에서 걸음을 멈추자 그가 끝까지 둘러보고 오라고 했다. 그의 얼굴이 너무 단호해 보여서 싫다는 말이 나오지 않았다. 나는 최대한 발소리를 내지 않기 위해 노력하며 복도를 걸었다. 어슬렁거리거나 그릇을 핥거나 엎드린 채 열심히 신문을 들여다보는 갇힌 사람들에게 내 존재를 알리고 싶지 않았다. 그들 중에 있을 사채업자가 나를 알아보는 것을 원하지 않았다. 내가 그림자처럼 움직였어도 그들 중 몇몇은 고개를 들었고 나를 보았고 눈을 커다랗게 떴고 입을 벌렸다. 하지만 그들은 반응이 느렸고 내 걸음은 빨랐다. 그들이 뭔가를 말하기 전에 나는 7호라고 적힌 끝방까지 갔다가 재빨리 돌아왔다.

"역시."

그는 얼굴을 잔뜩 찌푸린 채 고개를 끄덕였다. 나는 '역시'가 무슨 뜻이냐고 묻지 않았다. 이곳에서 나가고 싶다는 생각밖에 없었기 때문에 그의 말꼬리를 잡아 시간을 지체하는 우는 범하고 싶지 않았다. 다시 이층으로 돌아온 뒤에야 나는 길고 긴 심호흡을 했다. 심장은 여전히 제 속도를 찾지 못하고 방황했다.

이제 그가 말할 차례였다. 왜 나를 납치한 것인지, 이 벽 속의 세계를 보여준 이유가 무엇인지 그가 설명할 차례였다. 나는 그러리라고 생각했다. 그 수순이 아니면 무엇이랴, 생각했다. 그가 화분 밑을 만지작거려 벽을 닫는 동안 나는 가슴을 지그시 누르고 기다렸다. 벽을 원상태로 돌려놓은 그가 처음 내가 깨어난 방으로 갈 때도 조용히 뒤를 따르며 드디어 올 것이 왔구나 생각했다. 그래서 그가 잘 자, 하고 말했을 때는 허망한 기분마저 들었다. 그가 말했다.

"옷장 안에 이불 더 있으니까 추우면 꺼내 덮어. 잘 자."

3

노크 소리에 간신히 눈을 떴다. 지난밤엔 잘 자지 못했다. 침대에 누워서 이런저런 생각을 하다가 새벽이라 짐작되는 시간에 아래층으로 내려갔다. 어둠에 잠긴 거실에는 아무도 없었다. 절호의 기회처럼 보였다. 그러나 현관문으로 막 손을 뻗치려는데 잠겼어요, 하는 소리가 들렸다. 돌아보니 흐릿한 달빛 속에 관리인이 서 있었다. 위협하는 얼굴도, 지키고 있었다는 얼굴도 아니었지만 나는 깜짝 놀라 그 자리에 주저앉았다. 관리인은 식당으로 가 물을 마시는 듯 냉장고 여닫는 소리를 내더니 곧 방으로 들어갔다. 내가 현관에 있거나 말거나 신경쓰지 않았다. 저 여유는 또 뭐지, 하는 생각이 들었다.

관리인은 지나가는 말인 듯 잠겼다는 한마디를 던진 것뿐이지만 나는 탈출의지를 잃고 얌전히 방으로 돌아왔다. 잠겼다는 말을, 잠겼으니 잠금쇠를 풀고 나가라는 뜻인지 잠겼으니 열쇠가 없으면 열지 못한다는 뜻인지도 알지 못했다. 다만 관리인의 목소리를 듣는 순간 나는 기운이 빠졌고 자포자기하는 심정이 되었다. 이해할 수 없는 일이었다.

침대에서 일어나 창밖을 내다보았다. 그제야 나를 묶지도, 특별히 감시하지도 않은 이유를 알았다. 눈에 보이는 것은 온통 산이었다. 사방이 산인 것 같았다. 커다란 산이 가로막고 있어서 시야가 탁 트이지도 않았다. 여기가 어디쯤인지, 산 중턱인지 아래인지도 알 수 없었다. 그렇구나. 나는 힘없이 중얼거렸다. 다른 말은 생각나지 않았다.

"커피 마실래?"

나는 돌아보지 않았다. 내 시선은 여전히 창밖에 묶여 있었고 마음속으로 끝없이 그렇구나, 하고 중얼거리고 있었다.

"이리로 가져올까?"

눈꺼풀이 파르르 떨렸다. 피곤하면 나타나는 증상이었다. 머리도 묵지근했고 가슴 위쪽의 어딘가도 저릿해져왔다.

"너 지금 되게 아름다워 보인다. 광호 형이 봤으면 기절했을 거야."

광호? 아, 유광호. 자살한 선배.

"그런데 말야, 도로로 떠밀릴 때 형은 무슨 생각을 했을까? 나라면 자동차가 멈추거나 네가 잡아주기를 원했을 거 같은데."

"잡아주다니, 뭘?"

"이제야 입을 여네. 커피 마시러 내려와."

"내가 잡아주기를 원했을 거라니, 무슨 뜻이야?"

"모르지는 않을 테고. 그럼 모르는 척? 모르는 척이라면 캐묻지도 않을 텐데. 이거 애매하네. 아무튼 궁금하면 내려와."

그가 방에서 나갔다. 나는, 내가 뭘 어쨌다고, 중얼거리다 아래층으로 내려갔는데, 딱히 궁금해서는 아니었다. 더이상 뻗대다가는 안수철의 기분이 상할 테고 그것은 결국 내게도 이로울 게 없다는 판단에서였다.

거실 창 가득 오전의 햇살이 쏟아지고 있었다. 창가에 일인용 소파 두 개와 테이블이 있어서 마치 카페 같은 분위기가 났다. 소파에 앉아 눈을 감았다. 이제 결혼식은 엿새 남았다. 나는 그 안에 집으로 돌아갈 수 있을까. 어제의 낙관적인 생각은 머릿속에서 지워지고 없었다. 어쩌면 눈앞을 가로막은 산을 보아서인지도 모르겠다. 걱정하고 있을 부모님과 결혼식 준비를 아직 다 마치지 못했다는 데 생각이 미치자 마음이 조급해졌다. 나는 뭘 찾는지도 모르면서 주위를 두리번거렸다.

"헛수고야. 아무리 둘러봐도 전화기는 없어. 너를 위해서 벌써 치웠지."

안수철이 그렇게 말했을 때에야 나는 내가 전화기를 찾고 있었다는 것을 깨달았다. 그렇구나, 전화기가 없구나. 나는 힘없이 중얼거렸다.

"있으면 어떡할 건데? 경찰을 부를 거야? 저 아래 사람들은 어떡하고? 사채업자는? 그럼 너는 어떻게 될까?"

안수철은 농담을 던지듯 툭, 가볍게, 약간의 시간차를 두고 말을 뱉었다. 얄밉지 않은 건 아니었지만 나는 대꾸하지 않았다. 사채업자 얘기는 되도록 피하고 싶었다.

"어제 흥미로운 걸 발견했어. 원한과 증오로 얽힌 두 사람이 서로를 알아보지 못하는 거야. 빤히 보면서도 서로 상대가 누군지 모르더군. 이상하지 않아? 왜 그럴까. 지하의 남자는 너를 만나게 해달라고 그렇게 애원했는데. 만나게 해달라고 애원하던 상대가 눈앞에 나타났는데 일부러 모른 척할 리는 없고."

피하고 싶은 얘기였지만 더이상 피할 수 없게 되었다. 나는 죄책감과 초조함, 당시의 두려움이 뒤섞인 목소리로 말했다.

"어두워서 못 알아본 걸 거야. 아니면 정말 모를 수도 있고. 직원들을 시켜 나를 감시하게 했으니까."

"감시라. 이유가 뭘까."

나는 커피를 한 모금 마셨고 눈을 들어 산을 바라보았고 그런 뒤 조용희와 김선숙에 대해, 김선숙과 사채업자에 대해, 사채업자와 조용희에 대해 간략하게 설명했다. 다 듣고 난 안수철은 피싯, 소리내어 웃었다.

"고작 그런 이유란 말야? 고작 그런 이유로 사람을 저 지경으로 만든단 말야?"

나는 그의 비웃는 듯한 말에 발끈했다. 발끈해서, 네가 직접 당해봐, 하고 소리쳤다. 잠시 숨을 몰아쉬다가, 납치한 건 너잖아, 하고 다시 소리쳤다. 그가 아무 말도 하지 않았으므로, 네가 싫다고 했으면 됐잖아, 하고 마지막으로 일격을 가했다.

"이거 재밌는데? 사채 빌려주고 감시한 대가로 누구는 영영 나오지 못할 지하에 갇혀 있고, 가련한 동창생의 부탁을 들어준 누구는 죄인이 되어 있고, 사채를 빌리고도 갚지 않은 누구는 오히려 사채업자의 사무실을 차지하고 사채업자의 직원들을 이용해 사채업자가 놓은 사채를 받으러 다닌다……"

나는 깜짝 놀랐다. 소파에 어정쩡하게 앉아 동전이나 세고 있던 조용희가 설마, 하는 생각이 들었다.

"조용희가 아니라 김선숙. 난 또 김선숙이 누군가 했네. 너와 관련이 있었군. 더 재밌는 건 말야, 이전 사채업자보다 더 악랄한 사채업자가 돼 있더란 거지, 김선숙이가. 세상이 이래도 되는 건지 모르겠네."

그놈이 안 뺏으면 다른 놈이 뺏고 다른 놈이 안 뺏으면 내가 뺏는 게 세상이라고 했던 김선숙의 말이 떠올랐다. 다른 놈이 뺏을까봐, 아니면 다른 놈이 안 뺏어서 자기가 뺏는 걸까.

"가장 나쁜 건 너야. 네가 의뢰하지 않았으면 사채업자가 갇힐 일도, 내가 부당한 대우를 받을 일도, 김선숙이 사채업자가 될 일도 없었겠지. 그리고 네가 지금 이 자리에 앉아 있을 일도 없었을 테고."

"의뢰하지 않았으면 내가 죽었을 거야."

"감시 따위로 죽지는 않아."

"넌 날 몰라."

"널 모르는 건 광호 형이었지."

그때 관리인이 이층에서 내려와 식당으로 들어갔다. 관리인도 그도 서로 인사 한마디 없었다. 지시하고 지시받을 때가 아니라면 그들은 서로가 서로를 그 자리에 없는 것처럼 대했다. 그들은 어땠을지 몰라도 나는 그런 상황이 어색하고 불편했다. 식당에서 나온 관리인이 거실 쪽으로 오는가 싶더니 그대로 밖으로 나갔다.

조금 남은 커피는 진작에 식어서 하얀 띠를 띄우고 있었다. 나는 커피잔을 내려다보며, 마치 커피잔에게 묻는다는 듯, 몇시야, 하고 말했다. 열시 삼십분. 시계도 보지 않고 그가 말했다. 플라스틱 통을 든 관리인이 눈앞을 지나갔다. 잠시 후 나타난 관리인은 이번에는 꽤 무거워 보이는 플라스틱 통을 들고 반대편 마당으로 사라졌다. 뭐가 들었는지는 알 수 없었다. 나는 몇시냐고 물었고 그는 여전히 시계를 보지 않고 열시 삼십사분이라고 했다.

"지금은?"

"열시 삼십오분."

"지금은?"

"열시 삼십육분."

"미쳤어?"

"미친 건 너지. 정신병원에도 들어갔었잖아."

나는 뭔가 어른거리는 물체가 있어 마당으로 시선을 돌렸다. 어제도 보지 못했고 오늘도 보지 못한 개가 어디서 나타났는지 마당을 어슬렁거리고 있었다. 관리인을 봐도 그다지 반가운 기색은 아니었다. 짖지도 않으면서 꼬리를 흔들지도 않았고 도망가지도 않으면서 다가가지도 않았다.

"집 지키라고 사온 놈인데 풀어서 키웠더니 반은 야생이 다 됐어. 산으로 쏘다니다가 며칠에 한 번씩 들어오지. 지가 어디 소속인지도 잊어버린 모양이야."

"언제 보내줄 거니?"

"가고 싶으면 가겠지. 지금도 안 가는 곳 없이 다 가는데."

"저 개 말고 나 말야."

"글쎄, 언제가 될지 나도 모르지."

"네가 데려왔잖아. 네가 모르면 내가 아니?"

"그렇게 가고 싶으면 지금이라도 가. 두 발 멀쩡하고 문도 안 잠겼고. 마을까지 며칠이나 걸릴지는 안 걸어가봐서 나도 모르지만."

그가 약올리듯 말했다. 내가 진정하기 위해 숨을 몰아쉬는데 그가 덧붙였다.

"참, 근처에 야생동물들도 꽤 산다던데 조심해야 할 거야. 잡아먹히기 싫으면."

나는 울고 싶은 것을 간신히 참았다. 우는 대신 벌게진 눈으로 오랫동안 산을 노려보았다. 마당을 어슬렁거리던 개가 늑대처럼 길게 목청을 뽑으며 우우, 하고 짖었다.

4

안수철은 집요하면서도 지능적으로 나를 괴롭혔다. 지하세계에 나를 가두지는 않았다. 밥을 굶기지도 않았다. 고문을 하지도 않았고 폭력을 가하거나 욕설을 퍼붓지도 않았다. 노골적으로 비난하지도 않았다. 겉으로의 나는 시골 별장에 잠시 다니러 온 사람처럼 평온하게 생활하고 있었다. 마음만 먹으면 별장 주위를 자유롭게 돌아다닐 수도 있었다. 하지만 나는 집 밖으로 나가지 않았다. 내 마음이 지하세계였다. 밥을 먹어도 포만감이 느껴지지 않았다. 고문을 당하지 않았어도 나는 고문을 당한 것보다 더 아팠다. 그의 공격 무기는 말이었다. 그의 말이 지나갈 때마다 내 마음은 폐허가 되었다.

안수철은 예상하지 못한 순간에, 허를 찌르듯, 그러나 지금 막 생각난 건데 한번 던져본다는 식으로 말을 했다. 자살한 광호 선배에 대해 한마디 툭 던졌다가 내가 미처 그 생각에서 빠져나오기도 전에 조용회와는 어떤 관계였냐고 물었고, 사채업자 가족들을 그렇게 농락해도 되는 건가 혼잣말처럼 중얼거렸다가 갑자기 정신병원은 어떤 곳이더냐고 묻기도 했다. 두서도 없고 논리도 없었다. 딱히 내 대답을 바라는 것도 아니었다. 그는 내가 하기 싫고 듣기 싫은 말만 골라 하는 재주가 있었다.

두서도 없고 논리도 없다고 했지만 며칠이 지나면서 나는 그의 말에서 어떤 법칙 같은 것을 느끼기 시작했다. 아무 생각 없이 가볍게 던지는 것처럼 보이는 말이 점점 핵심으로 다가가고 있다는 인상을 받았다. 과거에서 현재, 다시 현재에서 과거로, 원을 그리며 바깥에서 안으로 조여들고 있었다. 그는 마치 포위망을 좁혀오는 노련한 사냥꾼 같았다. 마지막에 무슨 말이 나올지 두려웠다. 그가 아니라 그의 말이 두려웠다.

아무런 준비 없이 핵심에 도달할지도 모른다는 불안 때문에 나는 그를 피하기 시작했다. 방에서 거실로, 거실에서 식당으로 끊임없이 움직였다. 집 안에서 더이상 피할 곳이 없으면 밖으로 나갔다. 그는 또 노골적으로 쫓아다닌다는 인상은 주지 않기 위해 노력했으므로 집 밖까지 따라오는 경우는 거의 없었다.

나는 플라스틱 통을 엎어놓고 그 위에 앉아 산을 바라보거나 흙먼지 날리는 마당을 왔다갔다했다. 그러다보니 반은 야생이 됐다는 개와 간헐적으로 눈이 마주치기도 했다. 개는 마당을 공동 점유하게 된 나를 경계하지도 않았고 반기지도 않았다. 다만 눈이 마주치면, 딱히 할 일이 없어서였겠지만 서로를 오래 바라보며 관찰했다. 관찰이 끝나면 나는 먹을 것을 던져주었는데, 포물선을 그리며 떨어지는 것들을 개는 공중으로 홀쩍 뛰어올라 받아먹었다. 그러나 그뿐, 먹을 걸 먹고 나면 어딘가로 홀쩍 사라져버리고는 해서 개를 쓰다듬거나 애정을 표현할 기회는 오지 않았다.

결혼식까지는 하루가 남았다. 아니다. 결혼식은 아마 취소되었을 것이다. 그러므로 결혼식을 기준으로 날짜를 세는 것은 이제 무의미해졌다. 나는 때때로 내가 뭘 그렇게 잘못했지, 하고 자문했지만 안수철에게 대놓고 묻지는 못했다. 종종 그가, 난 네가 한 일을 알고 있지, 라고 말해서 그런지 정말로 내가 모르는 내 잘못을 알고 있을 것만 같았다. 나는 나날이 시들어가고 있었고 그를 설득할 의지마저 급격히 잃어갔다.

그날 오후 나를 납치한 후 처음으로 안수철이 외출했다. 나는 마당에 앉아 흙먼지를 일으키며 멀어져가는 자동차를 바라보았다. 그 자동차 트렁크에 내가 숨어 타고 있다는 상상을 했다. 비록 현실성 없는 상상이었지만 안수철이 별장에 없다는 것만으로도 숨쉬기가 편해졌다.

안으로 들어가니 관리인이 거실에서 신문을 읽고 있었다. 신문을 보는 순간 가슴이 뛰었다. 나는 다가갔고 관리인의 맞은편에 앉았고 눈치를 보다가 말을 건넸다.

"그 신문, 다 본 페이지 있으면 좀 줄래요?"

관리인은 말없이 신문을 넘겨주고 자신은 잡지를 읽기 시작했다. 나는 신문을 들고 처음부터 끝까지 헤드라인을 꼼꼼하게 살폈다. 부고란과 사회면은 글자 하나 빼놓지 않고 읽었다. 아무리 작은 광고라도 눈을 부릅뜨고 보았다. 나는 뭘 기대한 걸까. 그 어디에도 내 이름은 보이지 않았다. 아버지는 왜 나를 찾지 않는 거지? 터무니없는 서운함이 일었다.

"3월 14일자 신문입니다. 알고 있는지 모르겠지만."

"아."

날짜를 보았다. 신문 상단에 3월 14일이라고 박혀 있었다. 그렇다고 해서 좀 전에 느꼈던 서운함이 사라지는 것은 아니었다.

"어디로 간 거죠?"

나는 주어를 생략하고 물었는데 관리인은 한 번에 알아들었다. 그러나 대답은 퍽 실망스러운 것이었다. 모른다고 했다. 나는 다시 몇시쯤 돌아올 것 같냐고 물었고 그는 역시 모른다는 말만 했다. 정말 몰라서 모른다는 것인지 알고서도 알려주기 싫어 모른다는 것인지 표정만 봐서는 알 수가 없었다.

"다른 차가 또 있나요? 아니면 자전거라도."

"없습니다."

"정말 없어요?"

내가 따지듯 묻자 관리인이 흘끗 눈을 들어 나를 보았다. 금방 잡지로 되돌아가긴 했지만 그 눈은, 나는 당신들 일에 관여하고 싶지 않다, 고 말하고 있었다.

228

"찾아보세요."

"내가 모르는 곳에 숨겼을지도 모르죠."

"그럼 모를 만한 곳도 찾아보세요."

"당신은 어떻게 외출해요? 없을 때."

나는 다시 주체를 생략하고 물었는데 관리인은 또 한 번에 알아들었다. 그러나 대답은 여전히 실망스러운 것이었다. 안 합니다, 였다. 그랬다가 다음 질문을 예상하고서 미리 대답했다.

"규정대로라면 한 달에 한 번 외출할 수 있죠. 사장님이 별장에 와 있을 때. 나는 거의 외출을 안 합니다. 가고 싶은 곳도 갈 곳도 없으니까요."

"어떻게 그럴 수가 있죠?"

"그럴 수도 있습니다."

나는 머릿속이 복잡해졌다. 자조 섞인 관리인의 마지막 말은 나도 이러고 있는데 너라고 별수 있겠냐는 뜻으로 들리기도 했고, 평생 별장에 갇혀 산들 뭐 대수냐는 의미로 들리기도 했다.

"도와주세요."

내 입에서 불쑥 그런 말이 나왔다. 의도한 바가 아닌데다 목소리까지 제법 간곡해서 나는 얼굴을 붉혔다. 관리인은 잡지를 놓고 고개를 들어 나를 바라보았다.

"도망가는 것 말인가요? 방법이 없습니다. 여긴 아주 깊은 산속이거든요. 지도에도 안 나올 거라는 말이 맞을 겁니다."

나는 무너지듯 소파에 등을 기댔다. 기운이 빠져서 허리를 곧

추세우고 앉아 있을 수도 없었다. 관리인의 눈에 잠깐 동정의 빛이 떠올랐다. 나는 그 눈빛에 모든 희망을 걸었다. 그는 이곳에 대해 잘 알 테니 그래도 무슨 방법이 있겠지 생각했다. 마침내 그가 처방을 내놓았다.

"그러지 말고 사장님을 설득해보세요. 그렇게 나쁜 사람은 아니니까요. 아마 서운해서 그럴 겁니다."

"우리 사이 일…… 알고 있나요?"

"네, 대충. 잘해주세요."

"뭘 어떻게 잘해주라는 말인가요?"

"그냥 잘해주세요."

할 말을 다 했다는 듯 관리인은 일어나 방으로 들어가버렸다. 나는 허탈하면서 한편 어이가 없었고 또 한편으로는 마음이 슬쩍 동하기도 했다. 소파에 깊숙이 몸을 묻고 생각에 잠겼다.

어디서부터 잘못된 거지? 그래, 내가 안수철을 만나주지 않아서 이 모든 일이 시작되었다. 그는 만나서 할 얘기가 있다고 했다. 방법이야 어쨌든 만났다. 다음 순서는 그가 말을 하는 것. 내 역할은? 들어주는 것. 그런데 그는 말을 하지 않는다. 그냥 말이 아니라 '만나자마자 했어야 할 말'을. 자신이 무시당했다고 생각한 그는 '처음에 준비한 말'을 하지 않고 '변질된 말'을 해서 나를 괴롭힌다. 그의 변질된 말을 들을 때마다 나는 내 수명이 줄어들고 있다는 것을 느낀다. 나는 악몽에 시달린다. 간신히 든 잠이지만 이번에는 잠에서 깨기 위해 사투를 벌인다. 잘해주라는 것은 그의 변질된 말까지도, 그가 만족할 때까지 얌전하게 들으라는 뜻인가? 하지만 꼭 그래야 하나? 내가 뭘 그렇게 잘못했지? 만나기 싫어서 안 만난 것도 죄인가?

내 몸은 점점 더 깊숙이 소파에 파묻히고 있었다. 생각을 하면 할수록 내가 어떻게 해야 하는지 갈피를 잡을 수가 없었고 정신이 몽롱했다. 그리다 나는 잠이 들었다.

뭔가 타닥거리는 소리가 들렸고, 뭔가 고소한 냄새가 났다. 아마 그래서 잠이 깬 것 같았다. 눈을 뜨자 나는 담요를 덮고 소파에 누워 있었다. 기지개를 켜며 일어나 앉았다. 주위를 두리번거리던 나는 깜짝 놀랐다. 바깥이 깜깜했다. 도대체 내가 몇시간을 잔 거지? 아마도 바깥의 짙은 어둠 때문이겠지만 거실은 낮보다 더 환한 듯했고 낮보다 더 따뜻한 듯했고 낮보다 더 인간적인 것 같았다.

타닥거리는 소리가 다시 들렸고 고소한 냄새가 다시 맡아졌다. 그 소리와 냄새 때문에 잠시 착각했다. 집으로 돌아온 것으로. 엄마, 하고 부르려다 입을 다물었다. 눈물이 날 것 같았다. 담요로 어깨를 두르고 타닥거리는 소리를 들었다. 빗소리 같기도 하고 기름 튀는 소리 같기도 했다. 어쩌면 둘 다일지도.

이층에서 관리인이 내려왔다. 내가 묻지도 않았는데 그는 저녁을 주고 오는 길이라고 했다. 그 역시 주체를 생략했으나 나는 알아들었다.

"사채업자는 몇호실이죠?"

내가 그렇게 묻고 있었다. 그것은 결코 내가 알고 싶은 사항이
아니었다. 아마 나는 관리인이 먼저 말을 걸어준 데 대해 고마움
을 표하고 싶었던 모양이다. 그의 일에 관심을 보이는 것으로.

"7호실입니다."

7호실 남자가 어떻게 생겼는지는 물론 기억나지 않았다. 나는
벽 속 세계의 사람들 중 누구도 주의 깊게 보지 않았었다.

"고마워요."

나는 담요를 가리켜 보였다. 관리인은 어깨를 으쓱했다. 그 표
정과 몸짓에서 나는 그가 아니라는 걸 알았다. 자리를 뜨며 관
리인이 말했다.

"사장님이 돌아오셨어요. 식당에 있을 겁니다."

나는 고개를 끄덕였다. 소파 위에 담요를 접어놓고 식당으로
갔다.

"담요 고마워."

"비 와. 봄비."

"그럴 거라고 생각했어. 뭐 해?"

"전 부치지. 고추전 호박전 깻잎전 김치전. 하여 일명 모듬
전."

그가 노래 부르듯 말했다.

"왜?"

"비 오니까. 술 생각도 나고. 오늘 한잔 하자."

나는 술을 못한다고 말했다가 곧 생각을 바꿔 서너 잔 정도는

할 수 있다고 했다. 예정대로라면 내일이 결혼식이었다. 그러므로 오늘밤 파탄난 결혼식을 자축할 필요가 있었다. 내가 자조 섞인 목소리로 그 말을 하자 안수철이 미안하다고 했다. 미안? 이게 누구 때문인데? 하지만 나는 자제했다. 대신 씁쓸하게 웃었다.

그가 앉아 있으라고 해서 나는 식탁 앞에 앉았다. 그는 동작이 빨랐다. 음식도 곧잘 만들었고 냉장고 안 정리정돈도 잘했다. 식탁은 금세 차려졌다. 일명 모듬전과 깍두기, 그리고 막걸리. 식당 바닥에는 막걸리가 상자째 놓여 있었다. 그 옆에는 맥주가 상자째, 또 그 옆에는 소주가 상자째. 오늘 나간 김에 사왔다고 그가 자랑스럽게 말했다. 인터폰으로 관리인을 부르고 난 뒤 그도 식탁 앞에 앉았다.

잔 세 개에 막걸리를 따르고 건배했다. 나는 입만 대다 내려놓았고 두 사람은 목울대를 울리며 벌컥벌컥 마시더니 잔을 비웠다.

"오늘 어디 갔다 왔는지 안 물어봐?"

"어디 갔다 왔는데?"

"서울."

나는 그가 무슨 말을 하려는지 직감했다. 그래서 입을 다물었다. 하지만 안수철의 입까지 다물게 할 수는 없었다.

"너네 부모님, 실종신고를 안 했더라고. 이상하지? 왜 그랬을까?"

"내가 어떻게 알아?"

신경질적으로 쏘아붙였지만 어쩌면 그러지 않을까, 내심 짐작했던 바였다. 아버지는 자존심이 강한 사람이었고 남의 시선을 많이 의식하는 편이었다. 소문이 두려웠겠지. 그것도 결혼을 앞두고. 짐작은 했지만 그렇다고 서운하지 않은 건 아니었다.

"그래도 좀 야위셨더라. 아마 비공식적으로, 비밀리에 수소문하고 있겠지. 딸이 갑자기 사라졌는데 가만있을 부모가 어딨겠어? 안 그래?"

"그렇게 걱정되면 보내주면 되잖아."

"그전에 다짐 하나 받고."

침을 꿀꺽 삼키며 나는 뭔데, 하고 물었다. 의외로 잘 해결될 수도 있겠다는 생각이 들었다. 혹시 지금 이 막걸리가 납치를 끝내는 기념파티용이 아닐까 하는 생각도 들었다.

"우리 같이 살자. 내가 잘해줄게. 아들이 둘 있기는 하지만 얌전한 녀석들이라 별 어려움은 없을 거야."

"만나서 한다는 애기가 그거였어?"

"응."

"너 제정신이니? 얼굴도 가물가물하다가 십 년 만에 만나서 같이 살자면 그래, 좋아, 할 것 같아? 그것도 애 둘 딸린 홀아비한테."

식탁 위로 정적이 흘렀다. 한순간 모든 것이 정지되었다. 안수철은 굳은 표정이었고 나는, 애 둘 딸린 홀아비는 좀 심했나, 생각했고 관리인까지도 긴장한 모습이었다. 그러다 곧 빗소리가 들리고 젓가락질하는 소리가 들리고 깍두기 씹는 소리가 들리고 막걸리 따르는 소리가 들렸다. 그러나 누구도 말을 하지는 않았다. 정적이 참을 수 없어졌을 때쯤 나는, 결혼할 사람 있다는 거 알잖아, 했다. 안수철이 피식 웃었다.

"사랑해?"

"응."

"그 친구 말고 너. 너 말야. 네가 사랑하냐고."

"그런 것 같아. 그럴 거야. 사랑해."

"넌 양심도 없는 인간이야. 어떻게 그럴 수가 있지? 사채업자의 동생이라는 거 알면서."

"알기 때문에 이러는 거야. 잘할 거야. 다 갚을 거야."

그렇게 말하고 보니 정말 그런 것 같았다. 이전에는 잘 몰랐지만 내가 한 짓을 갚기 위해 사채업자의 가족들에게 접근한 것 같았다. 내가 아무것도 바라지 않았다는 것만 봐도 그랬다. 지금은 직업이 있지만 처음 만날 때 김세준은 백수였다. 내가 영화티켓을 사고 밥을 사고 커피를 샀다. 희준의 그 지독한 말도 결국 참아냈다. 좁은 방에서 두 사람이 엉켜살아야 하는 것도 불평하지 않았다. 게다가 나는 그의 부모님에게 드리기 위해 거금이라는 선물까지 준비했다.

"그건 네 생각이고. 사실을 안다면 그 친구도 그러라고 할까? 자신이 갚겠다고 나서지 않을까? 그 친구 앓아누웠어. 꽤 나약한 친구야, 응? 그렇지만 형을 매장시킨 사람이 너라는 걸 안다면. 잘 생각해봐. 전화 한 통이면 끝나는 거야."

이번에는 내가 침묵할 차례였다. 나는 생각했다. 안수철이 모르는 게 있다. 김세준은 형을 그다지 좋아하지 않는다. 김세준뿐만 아니라 가족들 모두가 그렇다. 하지만 '사실'을 안다면 가만있지 않을 것이다. 아무리 미워도 가족은 가족이다. 어떠한 경우라도 가족보다 타인이 우선이 될 수는 없다. 그러므로 그 상대가 비록 나라 하더라도 그들은 가만있지 않을 것이다. 만약 내가 이미 가족이라면? 그때는 얘기가 달라질지도 모른다. 아, 그래서! 나는 잊고 있던 것을 기억해냈다. 나는 그들의 가족이 되기 위해 김세준과 결혼하려고 했다. 안전망의 역할로.

며칠 되지 않았지만 별장에 잡혀온 뒤로 내 머릿속은 뒤죽박죽 엉망이 되었다. 안수철의 변질된 말들 때문이었다. 현재에서 십 년 전으로, 십 년 전에서 삼 년 전으로, 다시 현재로, 일 년 전으로…… 시공간을 홀쩍 뛰어넘어 불려다니느라 정신이 하나도 없었고 기억체계도 혼란 그 자체였다.

목이 타서 막걸리를 조금 마셨다. 시원하기는커녕 입 안이 더 텁텁해졌다. 몇시야, 하고 물으니 안수철이 아홉시, 했다. 시계는 보지 않았다. 매번 시계도 보지 않고 단정적으로 말하는 것 때문에 나는 화가 났고, 그래서 불쑥 소리쳤다.

"도대체 어쩌라는 거야?"

"너 나한테도 갚을 거 있어. 맞지? 나한테 먼저 갚아. 그런 다음 그 자식한테 갚든지 말든지 해."

"같이 사는 걸로?"

"애들 엄마가 되는 걸로."

"지금 복수하는 거지?"

"어느 정도는. 너한테도 나쁠 건 없을 거야. 내 옆에 있는 게 오히려 안전할 테니까."

나는 막걸릿잔을 들었다가 그대로 내려놓았다. 거무스름한 색이 마음에 들지 않았다. 물론 텁텁한 맛도. 채 한 잔도 마시지 않았는데 트림에서 쉰내가 올라왔다.

"막걸리 못 먹겠어. 맥주로 줘."

안수철이 자리에서 일어나 상자를 뜯고 맥주를 가져왔다. 새 잔에다 자작으로 맥주를 따라 마셨다. 관리인이 냉장고에서 마른안주를 꺼내 식탁에다 펼치더니 밖으로 나갔다. 말린 바나나와 말린 무화과 틈의 땅콩을 보자 지난 여름이 생각났다. 내가 삼열종대로 정렬해놓은 땅콩을 조용희는 먹을 수 없다면서도 쏙쏙 잘도 빼먹었었다. 그때로 돌아갈 수 있다면, 나는 생각했다. 안수철에게 의뢰하는 일은 없을 텐데.

맥주를 마시는 척하며 안수철을 흘끗 보았다. 그는 취하기로 작정한 듯 막걸리를 마셔대고 있었다. 벌써 눈동자가 충혈되었고 얼굴은 무화과 옆의 땅콩껍질 색을 띠고 있었다. 평소의 그는 햇볕에 타서 얼굴이 가무잡잡했다.

"더 못 기다려. 이제 대답해."

"내가 물건이야? 오늘은 이 사람하고 상견례하고 내일은 저 사람하고 살아? 비웃음거리만 될 거야. 싫어. 말도 안 돼. 이해할 수도 없어. 청구서 보내. 계좌번호도. 돌아가는 즉시 입금할게. 너한테 갚을 건 이거야."

내 말이 끝나기도 전에 안수철이 충혈된 눈으로 나를 노려보았다.

"내가 이런 말까지는 안 하려고 했는데, 비웃음거리? 비웃음거리가 될 거라고? 넌 이미 비웃음거리야. 몰랐어? 정신병원 들락거리는 게 불쌍해서 정말 이 얘기는 안 하려고 했어. 넌 살인자야. 너는 아니라고 생각하겠지만, 뭐 법도 네 편을 들어줬지만 넌 살인자라고. 응? 알아들어?"

5

그가 다시 한번 넌 살인자야, 하고 소리쳤다. 나는 대꾸할 말을 찾다가, 이젠 별소리를 다 듣겠다고 쏘아주었다. 그의 말이 은유적인 표현이라고 생각했기 때문에 심각하게 받아들이지 않았다. 그게 그의 분노를 키웠다. 그가 얼굴을 일그러뜨리며 소리쳤다.

"아닌 척해봐야 소용없어. 광호 형은 네가 죽였어. 내가 군대에 있었다고 모르는 줄 아나본데, 조사를 좀 했지. 나중에. 네가 사채업자의 집을 드나드는 동안. 배신감 때문에 뭐라도 하지 않으면 안 됐거든. 처음부터 알았으면 좋았을걸. 사람들 말이, 네가 형을 도로로 떠밀었다고 하더군. 바로 그때 자동차가 지나갔고."

"아냐. 선배는 자살했어. 내 그림 앞에서 목을 매달았어. 치사하게. 그래, 치사하게."

피해자는 오히려 나다, 하고 나는 생각했다. 피해자는 오히려 나다. 사건 이후 무수히 들었던 말이었다. 피해자는 오히려 너라고. 의사도 그랬고 가족들도 그랬고 친구들도 그랬다.

"정말 모른단 말야? 네 그림 앞에 매달려 있던 건 실물 크기의 인형이었는데, 정말 모른단 말야? 그날 밤 형은 취해 있었고, 너한테 다가갔고, 말을 걸었고, 가벼운 실랑이가 있었고, 비키라며 네가 떠밀었는데. 형이 몇 발짝 뒷걸음질치다 도로로 넘어졌는데. 경찰은 형이 술을 마셨다는 것을 주목한 반면 너한테는 고의성이 없었다고 판단했지. 인형? 정말 기발하지 않니? 형 친구들의 작품이야."

말을 하는 동안 그의 목소리는 점점 작아져서 마지막엔 거의 속삭이는 듯했다. 혹은 혼자 중얼거리듯 했다. 나는 아무런 대꾸도 할 수 없었다. 얇은 기억의 표피를 뚫고 떠오르는 것들이 있었다. 의사와 가족들의 노력에도 불구하고, 무의식의 저편으로 잘 밀어넣었다고 생각했던 것들이 사실은 의식 한가운데 점, 점으로 떠다니고 있었다. 기회가 생기자마자 점, 들은 하나의 덩어리로 뭉쳤고 곧 어느 한 시기의 완전한 역사가 되었다.

그래, 인형이었구나. 정말 진짜 같은 인형이었어. 나는 천장에 매달린 섬뜩한 인형을 보고 그 자리에서 정신을 잃었었다. 선팅된 안경을 벗었다고 생각했는데, 정면으로 해를 바라보게 되었다고 생각했는데 그것마저도 착각이었다니.

나는 자리에서 일어났다. 안수철은 혼란스럽다는 눈으로 쳐다보았다. 혹은 왜 반발하지 않는 거지, 하는 눈으로 쳐다보았다. 잘 자라는 인사는 생략했다. 대신 나는 몇시냐고 물어보았다. 열한시쯤 됐을 거라고 했다.

"시계도 안 보고 어떻게 알아?"

"느낌으로. 시계 없어."

그렇구나. 나는 연신 그렇구나, 중얼거리며 이층 내 방으로 올라갔다. 비는 그때까지도 내리고 있었다.

다음날 이른 아침에 안수철이 방문을 노크했다. 나는 깨어 있었지만 대답하지 않았다. 문이 열리고 안수철이 들어왔다. 그는 고개를 돌리고 어색해하며 말했다.

"미안해. 어제는 많이 취했었나봐. 네가 잊었을 거라고는 상상도 못 했어. 연기라고 생각했거든. 그래서 홧김에."

그는 괴롭다는 듯 얼굴을 찌푸렸다.

"집으로 돌려보내고 싶은데 그럴 수가 없어. 널 믿지만 인간은 믿지 않거든. 너도 인간이니까. 지금 당장은 그럴 생각이 없어도 시간이 지나면 바뀔지도 모르니까. 아니, 분명히 바뀔 거야. 어제 그 말을 듣기 전이라면 몰라도. 이젠 나를 미워하잖아. 사실 어제 장을 볼 때까지만 해도 오늘 오후쯤 보내줄 생각이었어. 정말이야. 결혼만 방해할 작정이었어. 그런데 네가 끝까지 나를 거부하니까…… 그냥 한번 떠볼 생각이었는데…… 같이 산다고 하지 그랬어? 그럼 오늘밤에는 집에 가 있을 텐데. 이젠 어쩔 수가 없어. 나에 대한 복수심으로 가득 차 있잖아. 그렇지? 사채업자에게 한 일을 보면…… 내 맘 이해하지?"

나는 아무것도 생각할 수 없었다. 그에 대한 복수심이 있는지 없는지조차 알지 못했다. 머릿속이, 텅 빈 백지상태였다.

"대답 못 하는 걸 보니 맞구나? 나 오늘 서울 가. 며칠 있다 올 거야. 널 어떻게 할지 그 동안 고민해볼게. 잘 있어."

그가 방에서 나가자 갑자기 눈물이 흘렀다. 그가 가는 게 슬퍼서가 아니었다. 집으로 돌아가지 못해서도 아니었다. 내 인생은 도대체 왜 이럴까 싶어서였다. 봄볕이 너무나 좋은데 그걸 즐길 수가 없어서였다. 내가 사채업자에게 한 일 때문이었다.

기억이 온전했더라면 사채업자를 매장시키지 않았을 것이다. 미행 따위에 그렇게 겁먹지 않았을 것이다. 안수철의 조사는 완벽하지 못했다. 그가 모르는 게 있었다. 선배 친구들의 아이디어는 실물 크기의 인형 제작에만 국한되지 않았다. 역시 학교 선배이기도 한 그들은 나를 미행했다. 그러나 미행은 서툴렀고, 혹은 서투른 척했고, 내게 들켰거나 들킨 척했다. 내가 누구세요, 하고 물어도 그들은 당황하지 않았다. 웃으며, 당당하게 앞으로 나섰다.

"그날 밤 우리가 모르는 무슨 일이 있었지? 어떤 대화가 오갔지? 고의성이 없었다는 거 거짓말이지?"

처음에는 회피하다가 결국 하고 또 했던 말을, 지겹도록 했던 말을 되풀이했다.

자정이 다 된 시간이었다. 작업을 마치고 학교에서 나와 택시를 잡고 있었다. 그때 선배가 나타나 차 한잔 하자고 했다. 시간이 늦었으니 다음날 하자고 해도 막무가내였다. 어떻게 그럴 수 있니? 선배가 말했다. 사람들 앞에서 어떻게 그럴 수 있어? 나는 미안하다고 했다. 그렇게 심하게 말할 생각은 아니었는데 사람들이 야유하는 바람에 당황해서…… 미안해요, 하고 말했다. 선배는 취해 있었다. 화를 냈다가 또 금방 태도를 바꿔 사과했다.

"아냐, 내가 미안해. 내가 사과할게. 너 원망하는 마음 조금도 없어. 나 미워하는 거 아니지? 어디 가서 얘기 좀 하자. 다 설명할게. 한 시간만. 딱 한 시간만 같이 있어줘."

선배가 손목을 잡고 끌었다. 나는 내일 얘기하자고 했고 잠깐 실랑이가 이어졌다. 그러다 내가 떠밀었다. 얼른 집에 가고 싶었고 선배 입에서 나는 술냄새가 역겨웠다. 그뿐이었다. 선배가 차도로까지 밀려 넘어진 것은 내 힘 때문이 아니라 발이 엉켜서 그런 것이었다. 선배는 몸을 가누기도 힘들 만큼 취해 있었다……

그들은 믿지 않았다. 미행과 질문과 대답이 반복되었다. 더이상 정상적인 생활을 할 수 없어서 학교를 그만두었을 때에야 그들의 미행도 멈추었다.

안수철의 차가 떠났다. 나는 침대에서 움직이지 않았다. 한두 시간을 꼼짝 않고 앉아 있었다. 그사이 관리인이 올라와 아침을 먹으라고 했지만 내려가지 않았다. 밥 생각이 없었다. 반은 야생이 됐다는 개가 나타나 마당을 기웃거리고 다녔다. 고개를 외로 틀며 개가 재채기를 했을 때 나는 아무 생각 없이 조금 웃었다. 웃다가, 내가 웃을 처지가 아니라는 것을 깨닫고 웃음을 걷었다.

식당에 들러 먹을 것을 챙기고 마당으로 나갔다. 개가 빤히 쳐다보았다. 우리는 몇 초쯤 서로를 탐색했다. 나는 아무런 전조도 없이 팔을 휙 뻗어 먹을 것을 던져주었는데, 내가 팔을 뻗는 것과 거의 동시에 개가 공중으로 날아올랐다. 나는 또 아무 생각 없이 박수를 치다가, 내가 박수칠 입장이 아니라는 것을 깨닫고 손을 내렸다. 내가 다가가자 개가 물러섰다. 나는 먹을 것을 바닥에 놓고 내 자리로 돌아왔다. 개가 다가와 먹기 시작했다. 중간에 한 번 재채기를 했지만 이번에는 웃지 않았다.

하루가 가고 또 하루가 갔다. 안수철이 떠난 지 사흘째였다. 내일이나 모레쯤에는 돌아올 거라는 예감이 들었다. 그러므로 오늘은 결정을 내려야 했다. 안수철을 미워하지는 않았지만 다시 마주치고 싶지도 않았다. 우리 사이에 해결해야 할 일은 더 이상 없었다. 없는 것 같았다. 그러니 그도 며칠씩 나를 피하는 거겠지.

관리인이 부르러 오기 전에 식당으로 내려갔다. 그는 식탁 앞에 앉아 김밥을 말고 있었다. 안수철이 떠난 날부터 그는 아침마다 김밥을 말았다. 김밥 냄새가 온 집 안을 떠다녀서 보지 않아도 알 수 있었다. 특이한 것은 아침에 만든 김밥을 저녁에 먹는다는 것이었다. 그는 저녁마다 딱딱해진 김밥을 입에 넣고 우물우물 힘겹게 씹어 삼켰다. 그러면서도 내게는 꽁다리 하나 주지 않았다. 같이 먹자고 할 때마다 그가 말했다.

"아닙니다. 내가 다 먹을 겁니다."

안수철이 머무는 며칠 동안엔 김밥을 못 먹어서 어떻게 지냈을까.

내가 아침을 먹는데도 그는 여전히 김밥을 말았다. 평소보다 양이 많은 것 같았다. 한 식탁에 앉아 나는 말없이 밥을 먹고 그는 말없이 김밥을 말았다. 문득 누군가가 본다면 참으로 기이한 장면일 거라는 생각이 들었다.

"오늘 떠나요."

내가 말했다.

"그럴 것 같았어요."

그는 내 얼굴을 보지 않았다. 나도 그를 보지 않았다. 우리는 각자 하고 있는 일에 열중했다.

"막을 건가요?"

"네."

"그래도 떠난다면요?"

"어쩔 수 없죠."

그제야 나는 고개를 들고 그를 흘끗 보았다. 그는 흔들림이 없었다.

"직무유기로 해고당할지도 몰라요."

"그렇지는 않을 겁니다. 현관문이 잠긴 것도 아니고, 나는 해야 할 일이 많으니까요."

"7호실 남자…… 살아 있나요?"

"물론이죠. 잘 지낸다고는 말 못 해도 살고는 있습니다."

"미안하다고 전해주세요. 정말 미안하다고."

"그러죠."

예물반지와 시계를 식탁 위에 놓았다. 그리고 팔이 닿는 데까지 관리인 쪽으로 밀었다. 그는 잠깐 식탁 위를 본 뒤 김밥 말기를 계속했다.

"이런 부탁 해서 미안하지만 현금으로 바꿔서 필요한 것 좀 넣어주세요."

"알겠습니다."

나는 잠시 망설이다 안수철에게 미워하지 않는다는 말을 전해달라고 했다. 미워하지도 않고 복수할 생각도 없다고. 그는 알았다고 했다.

"잘 있어요."

"어디로 가시나요?"

"집으로는 가지 않을 거예요."

집으로는 가지 않을 것이다. 내가 모르는 곳, 내가 모르는 사람들 속으로 갈 것이다. 그곳이 어딘지, 갈 수 있을지도 장담할 수 없었지만 그래도 집으로는 돌아가지 않을 것이다.

"배웅은 못 합니다. 보다시피 할일이 많거든요. 현관 앞에 배낭을 둘 테니 가져가세요. 일주일은 버틸 수 있을 겁니다. 김밥은 먼저 먹고 과자는 나중에 드세요. 우유는 먼저 마시고 물은 나중에 마시세요. 산짐승이나 집짐승을 만나더라도 음식은 나눠주지 마세요. 제 먹이는 알아서들 챙기니까요."

어느새 그는 김밥을 다 말고 배낭을 채우고 있었다. 그리고 말이 끝남과 동시에 배낭을 들고 식당을 나갔다. 아, 그래서 저녁마다 김밥을 먹었구나. 뒤늦게 깨달음이 왔다. 내게 왜 김밥 꽁다리 하나 주지 않았는지도.

나는 현관으로 나갔다. 고맙다는 말도 못 했는데 그는 보이지 않았다. 이층으로 올라갔다. 벽 속 세계로 내려가는 문이 열려 있었다. 그 어둠을, 어둠을 간신히 밀어내는 백열등을 잠시 바라보았다. 방으로 들어가 짐을 챙기고 아래층으로 내려갔다. 배낭이 꽤 묵직했다. 밖으로 나가자 반은 야생이 된 개가 마당 한가운데 우뚝 서 있었다. 평소처럼 마당을 어슬렁거리거나 기웃거리지 않았다.

"너도 가려고?"

장난 삼아 물었다. 그런데 개가 컹, 하고 짖었다. 그렇게 봐서 그런지 눈빛까지도 진지한 것 같았다. 이것 역시도 관리인의 선물이라는 것을 직감했다. 마지막으로 봄볕 속에 가라앉은 별장을 돌아보았다.

교환원리의 전일적 지배가
불러온 지옥도

2000년대 소설에서도 '지금 - 이곳'의 가난한 풍경은 펼쳐질 만큼 펼쳐졌다고 말할 수 있다. 그러나 진정으로 중요한 것은 그러한 풍경을, 단지 풍경이 아닌 현실로서 그려내고, 나아가 그러한 풍경을 끊임없이 떠오르게 하는 이면에까지 시선을 던지는 것이다. 구경미의 『미안해, 벤자민』은 이러한 과제를 떠맡고 있는 얼마 안 되는 작품 중의 하나라고 감히 말할 수 있으며, 그러하기에 무척이나 소중한 작품이다.

1. 백수의 사회경제학

　구경미는 첫번째 작품집 『노는 인간』(열림원, 2005)으로, 이후 연이어 씌어진 백수소설의 탄생을 알린 작가이다. 그녀의 소설 속 인물들은 "나는 도대체 왜 살고 있는 걸까, 라고 마흔세 번쯤 생각했다. 아무리 생각해도 살아야 할 이유가 없었다. 그렇다고 살지 않아야 할 이유도 없었다"(「초지일관 그녀는」, 『노는 인간』, 35쪽)에서처럼, 무목적과 무기력에 빠져 있었다. 그들은 인정욕 망도, 그러한 욕망을 불러일으킬 타자도 없는 일상 속에서 허우 적거리고 있었던 것이다. 50년대 손창섭 소설의 '병신'과 '병 자'들을 연상시키던 소설 속 인물들은 이번 장편소설에서도 계 속해서 그 모습을 드러내고 있다. 소설의 여주인공이 결혼하려 고 하는, 사채업자 김길준의 동생 김세준이 대표적인 인물이다.

그는 서른일곱이 되도록 "그 긴 세월 동안 온갖 구박에도 굴하지 않고"(176쪽) 줄기차게 놀아온 것이다.

작가가 가장 공들여 그리고 있는 백수의 존재방식은 자본주의 사회에서 긍정적인 인간상으로 떠받들어지는 '근면하고 영리하며 절약정신이 투철한 뛰어난 사람'과 대비시켜보았을 때 비로소 온전하게 그 의미가 드러난다. 이러한 인간상이 바람직한 존재방식으로 부각된 것은 자본주의의 본격적인 가동이 준비된 12, 13세기의 서구사회에서이다. 자본주의는 자기만의 방식으로 축적을 개시하기에 앞서 다른 종류의 축적이 필요했고, 이를 위해서는 축적 자체를 위한 생산이나 교역이 필요했던 것이다. 그러나 본원적 축적(primitive accumulation)[1]이 이루어지기 이전까지는 '근면하고 영리하며 절약정신이 투철한 뛰어난' 인간상은 경계와 경멸의 대상일 뿐이었다. 증여경제에 의해 사회 전체가 움직이던 사회에서, 축적은 단지 증여의 의식을 치르는 자리에서 다른 사람들에게 베풀어 소진해버리기 위해서만 이루어졌기 때문이다. 따라서 이러한 사회에서 '게으르고 자기가 갖고 있는 모든 것을 혹은 그 이상을 탕진해버리는' 존재방식은 아무

---

1) 자본주의가 본격적으로 가동을 시작하려면, 그 전제조건으로 토지나 자본이나 노동력이 확보되어 있어야만 한다. 자본주의는 자기만의 방식으로 축적을 시작하기에 앞서 다른 종류의 축적이 필요한 시스템인 것이다. 마르크스는 이것을 '본원적 축적'이라고 했다. 본원적 축적이 이루어지는 과정에는 필연적으로 수탈과 불법, 폭력의 원리가 개입할 수밖에 없다.(피터 오스본, 『How to Read 마르크스』, 고병권·조원광 옮김, 웅진지식하우스, 2007, 162~177쪽)

런 문제가 될 것이 없었다. 그러나 본원적 축적을 바탕으로 끊임없는 축적이 요구되는 자본주의사회에서 백수와 같은 존재방식은 '게으른 불량배' 취급을 받을 수밖에 없게 된 것이다.[2]

구경미가 집요하게 관심을 보이고 있는 백수는 자본주의를 지탱하는 인간형에 대한 기원적 비판의 준거점이 될 수도 있는 인물형이다. 이러한 인물형의 탐구는 본원적 축적이라는 원초적 억압 위에서 성립된 지금의 자본주의가 지닌 비인간성을 고발하는 발본적인 작업이라고 의미부여할 수도 있다. 그러나 구경미 소설의 백수들은 자신들의 존재가 지닌 전복성을 의식하지 못하며, 더군다나 실천으로 연결시킬 생각은 애당초 없다. 그들은 어느새 사회에 기생하는 가련한 존재들로 퇴화되어버린 것이다.

『미안해, 벤자민』에는 이처럼 퇴화된 의식을 지닌 백수들의 한심한 처지에 대한 날카로운 비판의식이 새롭게 드러나고 있다. 『미안해, 벤자민』에서 또 한 명의 백수인 그녀[3]는 백수 김세준의 존재양식을 다음과 같이 진단한다.

---

2) 증여경제가 만드는 따뜻한 공동사회에서 살아오던 '게으르고 자기가 갖고 있는 모든 것을 혹은 그 이상을 탕진해버리는' 사람들은 자신들이 살고 있던 토지에서 쫓겨났으며, 결국에는 자본주의사회를 지탱하는 가난한 노동자가 되었던 것이다.(나카자와 신이치, 『대칭성 인류학』, 김옥희 옮김, 동아시아, 2005, 314~317쪽 참조)

3) 이 작품의 초점자는 '나'(1장), 조용희(2장), '나'(3장), 안수철(4장), '나'(5장), 김세준(6장), '나'(7장)로 되어 있다. 이 글에서는 주인공 '나'를 가리킬 때, '그녀'라는 호칭을 사용하기로 한다.

그는 돈을 경멸했다. 돈을 버는 행위를 경멸했다. 그 이면에는 돈에 집착하는 형에 대한 경멸이 있었고 형이 돈을 버는 수단인 사채업에 대한 경멸이 있었다. 그는 형과 다르다는 것을 보여주기 위해 돈을 벌지 않았다. 그러면서 형의 물질에 기대어 살았다. 그는 스스로를 낭만주의자라 칭했고 (……)(162쪽)

사채업으로 돈을 버는 형을 경멸하지만, 그 경멸의 대상이 먹여주는 밥으로만 살 수 있는 것이 바로 백수 김세준의 존재방식이었던 것이다. 자본주의체제 안에서는 누구도 자본의 논리 밖에 거주할 수 없다는 것을 생각하면, 당연한 존재방식이라고 볼 수도 있다. 나아가 "자신의 능력 혹은 미래를 형 때문에 포기했다는 자기 연민을 가지고 있"는 김세준은 "형처럼 돈을 버느니 차라리 굶어 죽겠어, 라는 극단적인 선언을"(162쪽) 하는 어이없는 인물로 그려지고 있다.

또 한 명의 백수인 김길준의 여동생도 "이건 가족이 아니라 거머리들이야"라며, 오빠의 돈만을 바라보는 가족들을 비판하지만, "그 거머리들 중 하나인 자신은 정작 그 어떤 변화의 시도도 하지 않"(159쪽)는다는 점에서는 김세준과 본질적으로 똑같다. 첫번째 작품집 『노는 인간』이 무위의 삶으로 점철된 이 시대 백수들을 별다른 가치판단 없이 담담하게 그려내었다면, 이번 작품에서는 백수들이 지닐 수밖에 없는 허위에 대해서까지 관심의 촉수가 닿고 있는 것이다.

『미안해, 벤자민』이 더욱 문제적인 것은 이 시대의 핵심적인 사회경제적 작동원리에 대해 탐구하고 있다는 점이다. 그러한 탐구는 희미한 모습으로나마 보다 나은 사회에 대한 비전을 그려보는 데까지 이어진다. 구경미의 소설은 다소 과장된 캐릭터와 상황설정 그리고 아이러니한 사건전개 등으로 인해 희극적인 느낌을 주지만, 작품이 담고 있는 문제의식은 대단히 진지하고 본질적이다. 2000년대 소설에서도 '지금-이곳'의 가난한 풍경은 펼쳐질 만큼 펼쳐졌다고 말할 수 있다. 그러나 진정으로 중요한 것은 그러한 풍경을, 단지 풍경이 아닌 현실로서 그려내고, 나아가 그러한 풍경을 끊임없이 떠오르게 하는 이면에까지 시선을 던지는 것이다. 구경미의 『미안해, 벤자민』은 이러한 과제를 떠맡고 있는 얼마 안 되는 작품 중의 하나라고 감히 말할 수 있으며, 그러하기에 무척이나 소중한 작품이다.

2. 부채와 변제의 무한연쇄

구경미의 소설은 단문으로 되어 있다. 문장의 의미를 전달하기 위한 기본 성분만 남아 있을 뿐, 대부분의 경우 수식이나 피수식의 잉여는 제거되어 있다. "기막힌 묘안을 짜내기 위해 밤을 새우는 것은 초보 때나 하는 일이었고, 어느덧 전문가가 된 나는 가장 평범한 방법이 또한 가장 쉽고 안전하다는 걸 알고 있었다"(112쪽)라는 소설 속 전문 납치범 안수철의 말은, 그녀의 문장에도 그대로 적용될 수 있다. 독자들의 고정관념을 깨뜨리고 사유의 혁신을 이룩할 수만 있다면, 단순한 문장은 가장 적합한 수단이 될 수도 있다는 것이다.

문장의 간결함과 평이함에 비해『미안해, 벤자민』의 서사는 복잡하다. 줄거리를 간단하게 정리하면 이렇다. 그녀는 직장 근처 식당에서 누군가를 닮은 한 남자와 계속해서 마주치게 된다. 그녀는 친구를 통해서 그가 자살한 선배 유광호를 닮았음을 깨닫게 된다. 그녀는 선배를 닮은 그 남자, 조용희와 만나게 된다. 사채를 끌어다 쓰고는 파산 지경에 이른 조용희와의 거듭된 만남으로 그녀는 사채업자들에게 감시받는 존재가 된다. 감시받는다는 사실을 견디지 못한 그녀는 동기생 안수철을 통해 사채업자 김길준을 별장에 납치 감금한다. 그후 그녀는 김길준의 식구들에게 접근해 김길준의 동생인 김세준과 결혼 날짜까지 잡는다. 안수철은 그녀에게 납치에 대한 대가로 자신과 결혼할 것을 요구하고, 그녀가 이를 거절하자 그녀마저 납치해서 감금시킨다. 이곳에서 그녀는 유광호의 죽음이 자살이 아니었다는 사실을 알게 된다. 그녀는 예물반지와 시계를 관리인에게 맡기며 그것을 환금해서 김길준에게 필요한 물건을 사줄 것을 부탁하고는, 그 별장을 떠난다.

이처럼『미안해, 벤자민』은 돌발적인 사건이 꼬리를 물고 이어지다가 마지막에 가서야 사건들의 인과관계가 밝혀지는 추리

적 구성을 취하고 있다. 그녀는 정신과 치료로 인해 유광호의 죽음에 관련된 기억을 잃어버린 상태로, 이 소설의 서사는 그녀의 기억을 찾는 작업이기도 하다. 이 작품에서 그녀가 정신과에서 처방해준 약을 먹지 않고 벤자민에게 주는 것은, 그녀가 자신을 둘러싼 환상의 베일에서 벗어나 진실과 마주 보기 시작했음을 알려주는 것이다.

얼핏 복잡해 보이는 이 이야기는 실은 간단한 원칙의 지배에서 벗어나지 않는다. 그것은 바로 부채와 변제의 원칙이다. 『미안해, 벤자민』은 끊임없이 계속되는 부채와 변제의 연쇄로 이루어져 있다. 그녀를 짝사랑하다 죽은 유광호는 그녀에게 자신의 죽음에 대한 변제를 요구해 조용희를 만나게 한 것이며, 그녀를 감시하여 억압된 기억을 들추어낸 사채업자 김길준은 그에 대한 변제로 그녀의 사주에 의해 납치 감금되며, 그녀는 김길준의 동생인 김세준과 결혼해 자신의 부채를 변제하고자 하며[4], 사채업자를 납치 감금한 동기생 안수철은 그녀에게 자신과 결혼함으로써 납치와 감금에 대한 변제를 요구[5]한다.

---

4) 안수철이 김세준을 사랑하느냐고 묻자, 그녀는 "알기 때문에 이러는 거야. 잘할 거야. 다 갚을 거야"(235쪽)라고 말한다. "이전에는 잘 몰랐지만 내가 한 짓을 갚기 위해 사채업자의 가족들에게 접근한 것 같았다. 내가 아무것도 바라지 않았다는 것만 봐도 그랬다"(235쪽)에서 알 수 있듯이, 김세준과 결혼하려는 그녀의 행위는, 김길준을 감금한 것에 대한 변제행위의 일종임을 알 수 있다.

5) 안수철이 그녀에게 요구하는 결혼도 "너 나한테도 갚을 거 있어. 맞지?"(236쪽)에서 알 수 있듯이, 자신이 사채업자 김길준을 납치해서 감금해준 행위에 대한 변제의 방편이라고 볼 수 있다.

마지막에 그녀는 자신의 결혼예물을 김길준에게 준다. 새로운 인생을 상징하는 물건을 김길준에게 줌으로써, 그의 사회적 삶을 빼앗은 것에 대한 변제를 시도한 것이라 할 수 있다. 이러한 변제의 행위 이후에야 그녀는 별장을 나설 수 있는 것이다. 『미안해, 벤자민』에서는 부채와 그에 따른 변제가 이처럼 한 치의 오차도 없이 톱니바퀴처럼 맞물려 돌아가고 있다. 여기에 이르면 제목의 의미는 비교적 분명해진다. 모든 이들은 죽어서든 감금되어서든 상대방에게 부채에 대한 청산을 요구하고, 그러한 요구를 달성한다. 그러나 하나의 예외가 있으니, 바로 그녀 대신 정신과에서 처방한 약을 먹고 죽은 식물 벤자민이다. 벤자민은 죽어서도 말이 없다. 그러니 미안할 수밖에.

3. 벗어날 수 없는 가난, 벗어날 수 없는 계급

이처럼 『미안해, 벤자민』은 '부채와 변제'라는 철저한 교환원리에 따라 서사가 구성되어 있다. 이러한 원리의 전일적 지배현상은 소설 속 현실에서는 더욱 살벌하게 지켜지고 있다. 그것은 부채와 청산을 다루는 것이 일의 본질인 사채업을 통해 드러난다. 2000년대 우울한 현실을 말하는 데 놓칠 수 없는 현상이 되어버린 사채가 이 소설의 한복판을 관통하고 있는 것이다. 인간의 경제행위는 교환원리와 증여원리라는 두 종류의 이질적인 원리의 조합으로 작동한다고 볼 수도 있다. 교환원리에는 그와 관련된 물질이나 사람을 분리하려는 비대칭성이 드러나는 데 비해, 증여원리는 증여되는 것을 매개로 사람과 사람 사이를 연결하는 유동성을 발생시킨다는 점에서 대칭성의 특징을 뚜렷이 드러내게 된다.[6] 사채업을 통한 돈의 흐름 속에는 철저하게 전자의 원리만이 적용된다. 감정이 개입되면 사채업은 존재할 수조차 없는 것이다.

이 소설의 모든 사건은 결국 조용희가 김길준에게서 끌어다 쓴 사채에서 비롯된다. 조용희가 사채를 끌어다 쓰고 겪게 되는 일은, 이 사회에 존재하는 너무나도 두껍고 단단한 계급적 구분이 어떻게 유지되는지를 잘 보여준다. 가게를 낼 때 "담보 하나 없이 돈을 빌려줄 리" 없는 은행에서 대출받는 대신 사채를 쓴 조용희는 "먹고살 만큼밖에 벌이가 되지 않아서 어쩔 수 없이 먹고살기만 했"(54쪽)음에도 불구하고, 이자가 늘어나 "처음에는 가게 하나로 막을 수 있었던 빚이 이제는 가게 두 개에 맞먹게 되었고, 가게가 나가고 나면 다음 매물은 나"(43쪽)가 된 상황에 처하게 된다.

조용희가 사채를 쓰고 겪게 되는 상황은, 조용희와 같은 처지의 사람들이 놓인 암담한 현실을 압축해서 보여준다. 팔 것이라고는 자신의 노동력밖에 없는 조용희가 사업을 하기 위해서는

---

6) 나카자와 신이치, 같은 책, 182쪽.

당연히 자본이 필요하다. 그러나 아무런 담보도 없는 그에게 이용 가능한 자본이란 사채밖에 없는 것이다. 이 상황에서 사채는 감당할 수 없는 비용을 요구한다. 이러한 시스템 속에서 조용희가 자신의 사회적 굴레에서 한 발자국이라도 벗어나는 것은 불가능하다. 조용희의 아내 김선숙이 "로또 하나만 터지면 이런 개 같은 상황도 좋나는 거다. 그때까지는 참고 기다려야 한다" (96쪽)라고 말할 정도로, 이들의 상황에는 출구가 없다.

이제 그들 앞에는 생존의 문제만이 남는다. 무한한 것에 대한 동경 혹은 강렬한 비판정신이나 고발정신, 나아가 책임감과 윤리의식 같은 것은 조용희와 같은 사람들이 지금의 사회에서 살아남는 일에 비한다면 정말이지 아무것도 아니다. "그놈이 안 뺏으면 다른 놈이 뺏고, 다른 놈이 안 뺏으면 내가 뺏는 게 인간이고 인생이야"(171쪽)라는 김선숙의 말 속에 의식이나 윤리 등이 개입할 여지는 조금도 남아 있지 않다. 그들이 사채놀이를 하건, 사람을 납치하여 벽 속에 묻어버리건, 생존이라는 절대명제 앞에서는 꺼리거나 가릴 일이 아니다. 사채업자 김길준을 두둔하며 김선숙이 하는, "김길준이 안 벌면 그들은 모두 굶어 죽는다"는 말과 김길준이 고용한 '깍두기'들에 대해 "그들에게도 부양해야 할 가족이 있으니 어쩔 수 없다"(97쪽)는 말에 반론을 제기하기에는 이곳의 계급적 적대가 너무나 강렬하다.

가족관계에도 남은 것은 교환의 원리뿐이다. 조용희는 자신의 아내 김선숙이 바람피우는 것을 알지만, 아내에게 기생하는 삶을 유지하기 위해 불륜을 묵인한다. 사채업자 김길준의 가족은 좀더 극단적이다. 모든 식구가 김길준의 돈만 바라보고 살던 이 가족은, 김길준의 실종에 대해서도 "실종자보다 실종자가 빌려주고 회수하지 못한"(164쪽) 사채를 더 아쉬워한다. 주인공 그녀는 "우리집에서는 다만 비정상인일 뿐이었지만 이 집에서는 정상인이었고 은인이었고 따뜻한 환대를 받을 자격이 있는 사람"(157쪽)이 되는데, 이유는 그녀가 방문할 때마다 돈을 내놓기 때문이다. 이 가족을 조금이라도 지켜본 사람이라면, "이건 가족이 아니라 거머리들이야"(159쪽)라는 김길준 여동생의 외침에 고개를 끄덕이지 않을 수 없다.

마지막 장면에서 별장을 나서는 그녀는, 굳이 "집으로는 가지 않을 것이다. 내가 모르는 곳, 내가 모르는 사람들 속으로 갈 것이다. 그곳이 어딘지, 갈 수 있을지도 장담할 수 없었지만 그래도 집으로는 돌아가지 않을 것이다"(245쪽)라고 단호하게 말한다. 이러한 단호함 속에는, 교환원리의 지배 속에서 벗어나지 못하는 가족의 부정적 모습이 뚜렷하게 그림자를 드리우고 있다.

4. 교환원리의 전일적 지배

사라진 김길준 대신 유능한 사채업자가 된 김선숙이 그녀에게 하는 "뺏긴다고 해서 누구를 원망할 필요도 없고 뺏는다고 해서 죄책감을 가질 필요도 없다"(97쪽)는 말은 『미안해, 벤자민』의 세계에서 살아가는 인물들의 정언명령이다. 사채를 매개로 한 관계 속에서 '원망'이나 '죄책감'과 같은 감정의 개입은 불필요한 것이다. 교환은 본질상 상품과 상품을 주고받는 인간들 사이에 인격적 분리가 일어난 상태에서 이루어지는 것이기 때문이다. 그러한 원리의 본질적인 측면에만 집중한다면, 수많은 사람들을 파멸로 이끈 사채업자가 "평생 누구한테 해코지 한번 한 적이 없는데……, 내가 왜…… 하필 왜 내가……"(135쪽)라고 억울해하는 것도 당연한 일이다. 그는 누구보다도 충실하게 교환의 원리에 따랐을 뿐이기 때문이다.

교환원리의 전일적 지배 속에서 인간들은 스스로 상품이 되고자 한다. 김선숙은 이 소설에서 단 한 번 콧노래를 부르며, 남편과 격렬한 관계를 맺기도 하는데, 그날은 바로 조용희가 아내를 경매사이트에 상품으로 올렸을 때이다. 조용희의 행위로 인해 수많은 전화를 받은 김선숙은 "기분 나빠하기는커녕 오히려 즐거워하"(68쪽)며 콧노래까지 흥얼거린다. 교환의 논리를 체화한 인물인 김선숙은 자신이 상품이 된다는 것에 즐거워한다. 그녀는 팔려갈 수 있는 상품이 될 때만이 자유로울 수 있음을 알고 있는 것인지도 모른다.

『미안해, 벤자민』에서 그려놓은 현대사회에서 증여의 원리는 작동하지 않는다. 그것은 "협박, 납치, 감금을 업으로 삼는 동기생"(105쪽) 안수철이 사람들을 납치하여 감금하고 있는 별장을 통해 드러난다. 별장에 감금된 사람들은 뺏고 뺏기는 관계에 주제넘게도 감정을 개입시켰던 것이다. 죄책감이나 원망과 같은 감정이 개입할 때, 그 관계는 교환관계에서 증여관계로 변화하게 된다. 증여를 통해 성립된 관계가 배반당했을 때는, 상호간에 아무 일도 없었다면 발생하지 않았을 격렬한 감정이 사람을 지배하게 되는 것이다.

별장의 벽 속에 감금된 여섯 명의 사람들은 친구의 자존심을 상하게 했거나, 부하직원을 무시하는 우를 범했다는 등의 이유로 그곳에 감금되어 있다. "여기 계신 여섯 분 중에서 돈 때문에 오신 분은 없다"(117쪽)는 말에서처럼, 교환에는 필요하지 않은 감정의 유동과 증식을 건드렸기에 이들은 사회로부터 배제되어 상징적 죽음을 당해야만 했던 것이다.

증여관계에 있어 상대방의 미묘한 심리를 통찰하거나, 자신의 행동이 가질 수 있는 위선의 가능성에 대한 반성 등이 부족하다면, 그 관계는 주는 자나 받는 자 모두에게 엄청난 부담과 상처로 작용할 수 있다. 별장에 사람들이 감금된 이유가 "돈에 의한 것보다, 사랑 또는 인간적인 것에 의"한(117쪽) 경우가 대부분인 것처럼, 돈으로 해결되지 않는 감정의 잉여는 더욱더 처리하기가 힘든 것이다. 그러나 진정한 인간간의 교류나 행복이 교환관계로 이루어질 수 없음은 자명하다. 교환의 원리만이 지배할 때, 우리는 별장에 감금될 일도 없겠지만 행복할 일도 없다. 교환원리에 따라서만 움직인다면 우리는 고차원의 컴퓨터에 불과하기 때문이다. 단일한 가치척도로 환산되지 않는 타인과의 관계를 회복할 때, 우리는 기쁨이나 감동, 신뢰와 같은 강렬한 감정을 느낄 수 있는 '인간'이 될 수 있는 것이다.

『미안해, 벤자민』의 주인공은 증여의 원리가 작동하는 사회에 대한 꿈을 버리지 못한 인물이다. 끔찍한 현실과 그것을 뒷받침하는 작동원리를 그리고 있음에도 이 소설에 언뜻언뜻 보이는 따뜻함은 그녀의 이러한 꿈에서 비롯된다. 진정한 증여에 의해 발생하는 인격적 관계에 대한 갈망은 그녀가 조용회의 사무실에 그리는 그림을 통해서 비교적 분명하게 드러난다.

여자와 남자, 여자와 여자, 남자와 남자가 키스하는 장면들을 그려나가기 시작했다. 같은 얼굴 같은 표정은 없었다. 둥글거나 길쭉하거나 뭉개지거나 토막나거나 일그러진 얼굴들이, 찡그리거나 웃거나 화내거나 슬프거나 담담한 표정을 지었다.(152쪽)

"여자와 남자, 여자와 여자, 남자와 남자가" 나누는 이들의 키스는 성적인 차원을 넘어서, 보다 근원적인 차원에서의 결합을 의미한다. 더군다나 이들의 얼굴이나 표정은 어느 하나 같은 것이 없다. 이는 단일한 가치척도에 의해 고유성이 훼손되지 않은 채, 연대하는 것이 이들의 관계임을 드러내는 것이다. 키스를 나누며 이들이 보이는 "찡그리거나 웃거나 화내거나 슬프거나 담담한 표정"에는 교환관계의 전일적 지배에 의해 잃어버린 감정과 영혼의 교감이 새겨져 있다.

5. 파국의 도래

지금까지 이 소설이 부채와 변제라는 절대원칙을 바탕으로 이루어져 있음을 살펴보았다. 그런데 이러한 원칙에 위배되는 것처럼 보이는 일이 있다. 그것은 그녀가 김길준에게 한 일이다. 그녀는 김길준이 자신을 감시했다는 이유로, 김길준을 아무도 살아서 나온 적이 없는 별장에 감금한 것이다. 김길준이 한 일에 대한 변제치고는 너무 과한 것이 아니었을까? 고작 덩치들의 감시를 받고 있을지도 모른다는 이유로 한 인간을 매장해버렸으니 말이다. 그러나 마지막에 밝혀지는 진실을 통해 그녀의 행위는 잉여 없이 적확한 변제의 행동이었음이 밝혀진다.

그녀는 김선숙으로부터 "김길준의 덩치들이 너를 감시하고 있다"(97쪽)라는 말을 들었을 때부터, 두려움에 "온몸이 떨리기 시작"(98쪽)한다. 며칠 동안 극도의 두려움에 빠진 그녀는 "거의 움직이지 않았는데도 몸무게가 이 킬로그램이나 빠"(104~105쪽)질 정도이다. 이러한 극도의 두려움에서 벗어나고자 선택한 행동이 바로 김길준의 납치 감금이다.

감시와 미행에 그녀가 이토록 민감하게 반응하는 데는 분명한 이유가 있다. 대학 시절 유광호는 그녀와 사귀고 있으며, 결혼까지 앞두고 있다는 소문을 퍼뜨린다. 이에 그녀는 사람들 앞에서 유광호에게 온갖 극언을 퍼붓고, 유광호는 술에 취해 그녀에게 자신과 얘기할 것을 애걸복걸했고, 그런 그를 그녀가 떠밀자 발이 엉켜서 도로까지 밀려 넘어진 유광호는 차에 치여 죽은 것이다. 이 일로 그녀의 선배들은 그녀를 괴롭히기 시작한다. "정말 진짜 같은 인형"(239쪽)을 그녀가 작업중인 그림 앞에 매달았고, 그녀를 미행하기까지 했던 것이다. 사채업자들의 감시가 채무자를 완전한 파산으로 몰고 간 후에야 끝나는 것처럼, 선배들의 미행도—"미행과 질문과 대답이 반복되었다. 더이상 정상적인 생활을 할 수 없어서 학교를 그만두었을 때에야 그들의 미행도 멈추었다"(242쪽)에서 알 수 있듯이—그녀가 완전히 파멸되었을 때 끝나게 된다.

그녀의 머릿속에 있는 "몇 년의 공백기"(26쪽)란 바로 의사와 가족들이 유광호의 죽음과 뒤이은 일들을 그녀의 무의식 저편으로 밀어넣기 위해 필요했던 시간이다. 그녀는 안수철과 만나기 전까지 "치사하게. 그래, 치사하게" 자신이 작업중이던 그림 앞에서 목을 매달았고, 그렇기 때문에 "피해자는 오히려 너"(239쪽)라는 말을 의사와 가족들과 친구들에게 무수히 들어왔던 것이다. "기억이 온전했더라면 사채업자를 매장시키지 않았을 것이다. 미행 따위에 그렇게 겁먹지 않았을 것이다"(241쪽)라는 그녀의 생각은, 덩치들의 미행과 감시가 그녀의 억압된 무의식의 가장 예민한 부분을 건드렸음을 보여주는 것이다. 다른 이들에게는 별것 아니었을 미행과 감시도, 그녀에게는 그 일을 저지른 사람을 제거해버릴 정도로 고통스러운 일이었던 것이다. 부채와 변제의 절대원칙 앞에 결코 예외는 없다.

사채업자가 돈을 받으러 다녔다면, 선배들은 그녀에게 죄의식을 받으러 다녔다고 할 수 있다. 유광호의 목숨값에 해당할 정도의 대가가 주어질 때까지 그들의 행동은 멈추지 않았다. 이 작품에서는 사채업자의 행동과 이 여자에게 죗값을 물으러 다니던 유광호의 친구들의 행동이 동일선상에서 그려지고 있다. 그들의 행위는 철저히 교환의 원리에 따라 움직이는 사채업자들의 행동과 다를 바 없다. 거기에는 상대방에 대한 이해나 인격적 공감이 전혀 존재하지 않았으며, 당연히 '사랑의 응답'으로서의 소통이 부재했다. 오직 자신들이 생각하는 부채와 그에 대한 변제의 요구만이 선배들을 지배했던 것이고, 그러한 맹목적인 교환의 논리는 결코 사라지지 않고 끝까지 남아 사람들을 파국으로 몰아가고 있었던 것이다.

6. 폭주하는 기관차를 멈추게 하기

교환의 원리는 너무나도 철저하게 삶 전체를 장악하게 된다. 그 파국의 원리는 사채업자에게만 해당하는 것이 아니라, 가족 나아가 한 인간의 내면까지도 장악하여 놓아주지 않는다. 이러한 상황에서 인간들이 희열, 충만감, 풍요로움 등과는 등을 진 채, 오직 생존에만 의미를 두는 기계 같은 삶을 살게 되는 것은 당연한 일이다. 끊임없는 부채와 변제의 관계 속에서『미안해, 벤자민』속 인간들은 하루하루를 버티다가 사라지고, 죽는다.

이러한 끝나지 않을 것 같은 교환의 무한연쇄 속에서 유일하게 증여의 원리를 말하는 자가 있으니, 그는 별장에서 묵묵히 자신의 일을 수행하는 관리인이다. 그는 "여자의 환심을 사려면 어떻게 해야 하지?"(119쪽)라는 안수철의 물음에 "이유 같은 거 없이 그냥 잘해주세요. 아침에도 잘해주고 저녁에도 잘해주고 꿈속에서도 잘해주고. 이유 같은 거 없어도"(121쪽)라고 답한다. 두 번이나 반복되고 있는 "이유 같은 거 없어도"라는 말 속에서, 그가 순수 증여의 단계로까지 이어질 수 있는 증여의 원리에 서 있음은 쉽게 확인될 수 있다. 그는 '거래'가 아닌 '사랑'을 말하고 있는 것이다. 관리인은 별장에 감금된 그녀에게도 안수철을 설득해보라며, 그 방법으로 "그냥 잘해주세요"(230쪽)라고 말한다. 관리인은 이 소설에서 유일하게 부채와 변제의 원칙 밖에 존재하고 있는 것이다.

순수한 증여가 인간의 영역일 수 없다는 점을 고려한다면, "내가 없는 듯 행동"(213쪽)하고, "서로가 서로를 그 자리에 없는 것처럼 대"(223쪽)하는 관리인에게서 현실의 인간이라면 지니게 마련인 구체적인 질감을 느낄 수 없는 것은 당연한 일이라고 할 수 있다. 인간들이 살아가는 현실세계에서는 순수한 증여에 대한 답례 기대를 살짝 포함시킨, 보다 인간적인 증여의 개념에 만족해야 하기 때문이다. 순수한 증여는 신적인 것으로서, 일상세계의 시공을 구성하고 있는 증여와 교환의 사이클 밖에 있는 지고성이라고 할 수 있다. 그가 관리하는 별장은 "지도에도 안 나올 거라는 말이 맞"는 탈현실적인 공간이며, 그는 "가고 싶은 곳도 갈 곳도 없"(229쪽)기에 별장 밖으로 나가지 않는 비현실적 인물이다. 관리인은 신이 되어, 별장에 감금된 사람들에게 진정한 의미의 증여를 가르치고 있었음이 분명하다.

그러나 그녀를 비롯한 사람들은 순수 증여는 커녕 교환관계의 전일적 지배가 이루어지고 있는 지옥도 속을 살아가야 한다. 관리인이 별장을 떠나려는 그녀에게 하는 말이 소박할 수밖에 없는 것은 이 때문이다. 관리인은 그녀에게 "산짐승이나 집짐승을 만나더라도 음식은 나눠주지 마세요. 제 먹이는 알아서들 챙기니까요"(246쪽)라고 말한다. 이것은 현실에 발 딛고 사는 인간에게 던져주는 최소 윤리의 상징적 표현이라고 말할 수 있다. 증여의 원리에 바탕한 삶 자체가 힘들어진 세상에서, 관리인은 부채와 변제라는 교환의 관계를 중지할 것을 주문하고 있는 것이다. 이 주문은 소극적인 것이기도 하지만, 이 작품을 읽어온 독자라면 고개를 끄덕이지 않을 수 없는 주문이기도 하다. 타인의 삶이나 고통에 함부로 개입한 결과가 가져올 파국의 연쇄반응으로 이 소설은 가득했던 것이다. 유광호의 친구들은 유광호의 죽음에 개입하여 그녀를 파멸시켰고, 그 기억은 결국 김길준의 감금을 불러들였다. 그렇다면 우리에게 남은 삶의 방식은 "빼앗기지도 빼앗지도 말고 잘살"기(171쪽)의 태도인지도 모른다. 진정한 증여에 바탕한 황홀한 세상을 향해 달려가기 이전에, 지옥도가 되어버린 현실을 순환하는 폭주 기관차를 멈추는 것이 우선이라고 구경미는 말하고 있는 것이다.

작가의 말

　내가 참여한 마지막 소설창작모임의 이름은 '느림'이었다. 누구나 달려가고 있었고, 누구나 달리고 싶어하던 그때, 우리는 얼마쯤 냉소를 머금으며 걷기를 표방하고 나섰다. 피에르 상소가 느림과 여유를 예찬하기 훨씬 전이었다. 마침내 피에르 상소의 책이 번역돼 나오고, 그의 추종자들이 생기고, 소박한 삶이 맹위를 떨칠 때 나는 한껏 기고만장해졌다. 거봐, 내 말이 맞잖아.

　2000년, 비슷한 시기에 등단한 비슷한 연배의 젊은 소설가들이 모여 동인을 만들었다. 이름은 '작업(作業)'. 공식적인 의미는 '짓는 것을 업으로 삼다'이지만, 우리가 더 많이 공감하고 더 열렬한 호응을 보냈던 의미는 '업을 짓다'였다. 업이란 무엇인가. 국어사전에는 이렇게 나와 있다. '몸과 입과 마음으로 짓는 선악의 소행. 미래에 선악의 결과를 가져오는 원인이 됨.' 말하자면 소설을 쓰는 행위가 곧 업을 짓는다는 것인데, 업은 결국 자신에게 돌아오기 마련인데, 우리는 왜 그렇게 열렬한 호응을 보냈을까.

올해로 꼭 등단 십 년째가 된다. 맙소사! 십 년 동안 소설집 한 권과 장편소설 한 권이라니, 이건 너무 심했다. 놀아도 너무 놀았다. 열심히 뛴 자가 휴식을 취할 권리도 얻는 법이다. 피에르 상소보다 먼저 주창했던 그것, 이제는 그게 느림의 미학이 아니라 게으름이었다는 것을 알겠다. 여유를 빙자한 직무의 방기였다는 것을 알겠다.

늘 좋은 소설을 쓰고 싶었다. 감동을 주는 소설을 쓰고 싶었다. 웃음을 주는 소설을 쓰고 싶었다. 2008년 새해에 첫 장편소설을 세상으로 내보낸다. 하지만! 이것은 미래에 치르게 될 업보를 쌓는 일인가, 아닌가. 이것은 죄업인가, 덕업인가. 모골이 송연하다. 그 판단은 독자들의 몫일 것이다. 부디 죄업이 아니기를.

이 책이 나올 수 있도록 도와주신 분들과, 특히 문학동네에 감사를 드린다.

2008년 1월

구경미

문학동네 장편소설

미안해, 벤자민

ⓒ 구경미 2008

초판인쇄	2008년 1월 2일
초판발행	2008년 1월 9일

지 은 이	구경미
펴 낸 이	강병선
책임편집	조연주 최유미 권윤진
펴 낸 곳	(주)문학동네
출판등록	1993년 10월 22일 제406-2003-000045호

주 소	413-756 경기도 파주시 교하읍 문발리 파주출판도시 513-8
전자우편	editor@munhak.com
전화번호	031) 955-8888
팩 스	031) 955-8855

ISBN 978-89-546-0474-1 03810

www.munhak.com